快乐王子

[英]奥斯卡·王尔德 著　赵洪玮 任一鸣 潘天一 译

目录

001 序

001 快乐王子
011 夜莺与玫瑰
017 自私的巨人
022 忠实的朋友
033 了不起的火箭
044 少年国王
057 小公主的生日
074 渔夫和他的灵魂
106 星孩
121 阿瑟·萨维尔勋爵的罪行
151 没有秘密的斯芬克斯
156 坎特维尔的幽灵
181 模范百万富翁

序

与那些终生都在埋头创作的世界级大作家相比,仅仅活了四十六年的王尔德,实在是算不上长寿。他真正一心一意地从事创作的时间更为短暂,前后加起来不过七年的时间,称得上是昙花一现。

对其他作家来讲,也许会利用这有限的时间来专攻一面。不过,我们面对的是王尔德,一位对自己的智商一直倍感骄傲的文学才子。或许,他是有意识地向人们展示他的创作才华的——他的性格就是喜欢炫耀的,几乎所有的文学样式,长篇小说、短篇小说、戏剧、诗歌、文论他都一一地实践了,就连童话小说也没有放过。

应该说,为王尔德带来文学声誉和社会地位的主要是那些能在当时剧院上演的戏剧,但是对王尔德本人来说,更有纪念意义的则是那些童话小说。因为他出版的第一部像样的文学作品就是童话小说集《快乐王子》。这部童话小说集的出版标志着他正式走上了文学创作的道路,并由此奠定了他可以与安徒生、格林等著名儿童文学家媲美的地位。

有意思的是,王尔德被中国文坛所接受,也是从他的童话故事开始的。一九〇九年鲁迅与周作人在日本出版用文言文译写的《域外小说集》时,就把王尔德的《快乐王子》收录其中。周作人在当时把《快乐王子》翻译成了《安乐王子》。二十世纪二十年代和三十年代还出版过《王尔德童话》(穆木天译)、《王尔德童话集》(宝龙译),但这两个集子都没有把王尔德的童话收录全。直到一九四七年巴金翻译的《快乐王子集》出版,真正的全译本才算是诞生了。

王尔德的童话小说别具一格,既有其他童话作家笔下的那种纯洁、善良的透明风格,又把自己独特的人生体悟穿插其中。童话是美丽的,但仅仅有美丽是不够的。正如他在给自己的儿子讲述《自私的巨人》时落泪后说"真正美的东西都是让人忧伤的"。"忧伤"能给人带来思索,所以他的童话小说不但赢得了孩子们的心,也让许多的成年人爱不释手。

王尔德不仅是一位唯美主义的倡导者,而且他还身体力行地加以实践,这表现在他的童话小说中就是:不但故事的内容、人物的塑造是至善至美的,连语言的运用,甚至对哲理的思考都是非常讲究美的技巧的。譬如《夜莺与玫瑰》《自私的巨人》等童话小说都尽可能地远离平铺直叙,采用了巧妙的反讽手法,这在其他童话作家的童话故事中是不怎么多见的。在阅读王尔德的童话故事时,应该在这些方面好好地揣摩一下,这对我们的写作会有所帮助。

乔国强

快乐王子

快乐王子的雕像就立在一根高高的圆柱上,高高地耸入城市上空。他浑身镶满薄薄的纯金叶片,眼睛是一对明亮的蓝宝石,剑柄上还镶嵌着一颗大大的红宝石,红光闪闪。

的确,人们对他称羡不已。"他像风标一样漂亮。"一位想炫耀自己有艺术品位的市参议员说道,不过又因为担心别人会把他看成一个不讲实际的人,其实他倒是够实际的,便又补充了一句,"只是不如风标那么有用。"

"你为什么不能像快乐王子那样呢?"一位聪明的母亲对自己那个哭着要月亮的小男孩说,"快乐王子连做梦也没想到哭着要东西。"

"世界上竟然还有如此快乐的人,真让我高兴。"一个失意的人凝视着这座奇妙的雕像喃喃地说。

"他看上去很像天使。"孤儿院的孩子们说。他们正从教堂走出来,身上披着鲜红的斗篷,戴着洁净的白围嘴儿。

"你们是怎么知道的?"数学大师问道,"你们从来没见过天使。"

"啊!可我们见过,是在梦里见的。"孩子们答道。数学大师皱了皱眉头,而且板起了面孔,因为他并不赞成小孩子做梦。

有一天夜里,一只小燕子从城市上空飞过。他的朋友们早在六个星期前就飞往埃及去了,可他却留在了后面,因为他太迷恋那位美丽无比的芦苇小姐了。他是在早春时节遇上她的,当时他正沿河而下追逐一只黄色大飞蛾。他迷上了她那纤细的腰身,便停下来同她谈起话来。

"我可以爱你吗?"燕子问道,他喜欢开门见山,直入正题。芦苇向他深深地弯了一下腰。于是他就绕着她飞了一圈又一圈,并用翅膀轻拂水面,使之泛起层层银色的涟漪。这是燕子的求爱方式。他就这样度过

了整整一个夏天。

"这种恋情实在可笑。"其他燕子喊喊喳喳地讲个不停,"她没有钱,还有那么多亲戚。"的确,河里到处都长满了芦苇。后来秋天到了,燕子就都飞走了。

他们走了以后,他觉得很孤独,而且开始讨厌起他的恋人来了。他说:"她不会说话,我还担心她是个荡妇,因为她老是跟风调情。"这倒是真的,只要风一吹,芦苇便行起最优雅的屈膝礼。"我承认她是个恋家的人,"燕子还说,"可我喜爱旅行,因此我的妻子也应该喜爱旅行才行。"

"你愿意跟我走吗?"他最后问道。然而芦苇却摇摇头,她太依恋自己的家了。

他吼叫道:"原来你是跟我寻开心,我要去金字塔了,再见!"说完他就飞走了。

他飞了整整一天,夜晚时才来到这个城市。"我去哪儿过夜呢?"他说,"我希望城里已经给我准备好了住处。"

随后他看见了高大圆柱上的雕像。

"我就在那儿过夜吧。"他高声说,"这是个好地方,有充足的新鲜空气。"于是,他就落在快乐王子两脚之间。

"我的卧室是金子的。"他环顾了一下四周,轻轻地对自己说,然后打算睡觉。但是他刚刚把头放在羽翅下面,一滴大大的水珠落到他的身上。"真是怪事!"他叫了起来,"天上没有一丝云彩,星星又明又亮,却下起雨来了。北欧的天气真可怕。芦苇倒是喜欢下雨,不过那只是她的自私。"

接着又落下来一滴。

"一座雕像连雨都遮挡不住,那还有什么用?"他说,"我得去找一个好烟囱。"他决定飞走了。

可是还没等他张开翅膀,又落下来第三滴,他抬头一看,看见了——啊!他看见了什么呢?

快乐王子两眼充满了泪水,泪珠顺着他的金面颊淌了下来。王子的脸在月光下美丽无比,小燕子心中充满了怜悯。

"你是谁?"他问道。

"我是快乐王子。"

"那么你为什么哭泣?"燕子又问,"你把我都给淋透了。"

"以前我活着,有颗人心的时候,"雕像开口说道,"我并不知道眼泪是什么,因为我住在无愁宫里,那是个哀愁进不去的地方。白天人们伴着我在花园里玩耍,晚上我在大厅里领头跳舞。花园四周环绕着一堵高高的围墙,可我从来都懒得打听围墙外边有什么,我身边的一切都非常美好。我的臣仆都叫我快乐王子,的确,如果欢愉就是快乐的话,那我真是快乐无比。我就这样活着,也这样死去。而现在我死了,他们把我这么高高地立在这儿,使我能看见自己城市中所有的丑恶和贫苦,尽管我的心是铅做的,可我还是忍不住哭泣。"

"啊！难道他不是纯金的？"燕子对自己说。他非常有礼貌,不愿大声议论别人的私事。

"远处,"雕像用低缓悦耳的声音继续说,"远处一条小街上有一间穷人的房子。一扇窗户开着,我看见窗内有一个妇人坐在桌旁。她的脸瘦削而憔悴,她的手粗糙而红肿,到处是针眼,因为她是一个裁缝。她正在一件缎子衣服上绣西番莲,这是为皇后最宠爱的宫女准备的,她要在下一次宫廷舞会上穿。房间角落里有一张床,上面躺着妇人生病的小孩。孩子正在发烧,嚷嚷着要吃橘子。他妈妈只有河水,除此之外什么也没有,因此他一直在啼哭。燕子,燕子,小燕子,你愿意把我剑柄上的红宝石取下来给她送去吗？我双脚被固定在这个基座上,我一点也动不了。"

"有人在埃及等我,"燕子说,"我的朋友们正在尼罗河上下飞舞,同大莲交谈,不久就要飞到大法老的墓穴里睡觉。法老本人就睡在彩色的棺材里。他的身体用黄亚麻布包裹着,还填满了防腐香料。他的脖子上戴着一串浅绿色翡翠项链,他的双手像是枯萎的树叶。"

"燕子,燕子,小燕子,"王子说,"你不愿意陪我过一夜,做我的信使吗?那孩子渴极了,他母亲伤心死了。"

"我觉得自己并不喜欢小孩。"燕子回答说,"去年夏天,我在河边,有两个顽皮的孩子,就是磨坊主的儿子,他们老是扔石头打我。当然,他们永远也别想打中我,我们燕子飞得多快呀,再说,我出身于一个以敏捷闻名的家庭。可不管怎么说,这是不礼貌的行为。"

然而快乐王子满脸愁容,这使得小燕子的心里很难受。他便说:"这儿太冷了,不过我愿意陪你过一夜,还愿意做你的信使。"

"谢谢你,小燕子。"王子说。

于是燕子从王子的宝剑上啄下那颗大红宝石,用嘴衔着,越过城里一座座屋顶,向远方飞去。

他飞过大教堂的塔顶,看见那里白色大理石雕刻的天使像。他飞过王宫,听见了跳舞声。一位美丽的姑娘同她的情人走上了阳台。"多么奇妙的星星,"他对她说,"多么奇妙的爱情!""我希望我的衣服能准时做好,赶得上盛大舞会,"她回答道,"我已要求绣上西番莲花,但是那些女裁缝们都太懒了。"

他飞过河流,看见了挂在船桅上无数的灯笼。他飞过了犹太区,看见犹太老人彼此讨价还价做着生意,还把钱币放在铜天平上称量。最后他来到了那个穷人的屋子,朝里面望去。孩子正在发烧,在床上辗转反侧,母亲已经睡着了,因为她已经筋疲力尽了。他跳了进去,将大红宝石放在妇人顶针旁边的桌上。然后他又轻轻地绕着床飞了一圈,用翅膀扇孩子的前额。"我觉得好凉爽,我一定是快好了。"孩子说。说完他就进入了甜蜜的梦乡。

后来燕子回到快乐王子身边,给他讲述自己所做的一切。他说道:"你说怪不怪,虽然天气这么冷,可我现在觉得很暖和。"

"那是因为你做了一件好事。"王子说。于是小燕子开始思考起来,接着没多久便睡着了。对他来说,只要一思考,就会打瞌睡。

天亮了,他飞下河去洗了个澡。"真是稀奇的现象,"一位过桥的鸟禽学教授开口说道,"冬天竟会有燕子!"于是他给当地报社写了一封长信,谈论此事。人人都引用他信中的话,尽管信中有很多词语人们并不理解。

"今天晚上我要到埃及去了。"燕子说。一想到远方,他就精神倍增。他拜访了城里所有的公共纪念物,还在教堂尖顶上坐了好大一会儿。每到一处,麻雀们就叽叽喳喳地相互说:"多么难得的贵客啊!"所以他玩得非常开心。

月亮升起的时候他飞回到快乐王子身边。他大声问道:"你在埃及有什么事需要办吗?我马上就要动身了。"

"燕子,燕子,小燕子,"王子说,"你愿意再陪我过一夜吗?"

"有人在埃及等我,"燕子回答说,"明天我的朋友们要飞往第二大瀑布。那儿的河马在纸草丛中过夜,门农神端坐在巨大的花岗岩宝座上①。他整夜望着星星,晨星一闪,他就发出一声欢快的叫喊,随后便默默无语。中午时分,黄狮成群结队下山到河边饮水。他们的眼睛像绿宝石,咆哮起来比瀑布的怒吼还要响亮。"

"燕子,燕子,小燕子,"王子说,"远处,在城市的那一头,我看见阁楼里住着一个年轻人。他伏在一张铺满纸张的书桌上用功,旁边的玻璃杯中放着一束枯萎的紫罗兰。他一头棕色的鬈发乱蓬蓬的,嘴唇红得像石榴,还有一双蒙眬的大眼睛。他正在为剧院经理写一个剧本,但是他已经冻得写不下去了。壁炉里没有火,他还饿得头昏眼花。"

"我愿意陪你再过一夜。"燕子说,他的确心地善良,"我也给他送一块红宝石吗?"

"唉!我现在已经没有红宝石了。"王子说,"剩下的只有我的两只

---

① 门农神像是矗立在尼罗河西岸和帝王谷之间原野上的两座岩石巨像,原是法老阿蒙荷太普三世神殿前的雕像。希腊人认为石像是希腊神话中的门农的雕像,就给石像取名为门农像。门农是希腊神话中黎明女神厄俄斯和特洛伊王子提诺托斯之子,在特洛伊战争中被阿喀琉斯杀死。——译者注

眼睛了。它们是由珍奇的蓝宝石做的,它们可是一千多年前印度出产的。取出一颗给他送去吧。他会把它卖给珠宝商,换些食物和木柴,好把剧本写完。"

"亲爱的王子,我不能这样做。"燕子说完就哭了起来。

"燕子,燕子,小燕子,"王子说,"就照我说的话去做吧。"

于是燕子取下了王子的一只眼睛,朝着年轻人住的阁楼飞去。屋顶上有个洞,很容易进去。就是这样,燕子穿过洞来到屋里。年轻人双手托着脸,没有听见燕子翅膀的拍打声。等他抬起头来,正好看见枯萎的紫罗兰上面的那颗美丽的蓝宝石。

"现在我开始受人赏识了。"他叫道,"这一定是个极其钦佩我的人送来的。现在我可以完成我的剧本了。"他看上去很快乐。

第二天燕子又飞到下面的海港,坐在一艘大船的桅杆上,望着水手们用绳索把大箱子拖出船舱。随着他们"嘿哟!嘿哟!"的号子声,一个个大箱子给拖了上来。"我要到埃及去了!"燕子说道。可是没有人理会他,等月亮升起后,他又飞回到快乐王子身边。

"我是来向你告别的。"他叫道。

"燕子,燕子,小燕子,"王子说,"你不愿意再陪我过一夜吗?"

"冬天到了,"燕子回答道,"寒冷的雪就要到了。在埃及,太阳挂在浓绿的棕榈树上,暖洋洋的,还有鳄鱼躺在泥塘中懒洋洋地环顾着四周。我的朋友们正在巴尔贝克①古城太阳神庙里筑巢,那些粉红和雪白色的鸽子一边望着他们干活,一边相互倾诉衷肠。亲爱的王子,我不得不离开你了,只是我永远也不会忘记你,明年春天我要给你带回两颗美丽的宝石,补偿你送给别人的那两颗,红宝石会比红玫瑰还红,蓝宝石会比大海更蓝。"

"就在下面广场上,"快乐王子说,"站着一个卖火柴的小女孩。她的火柴都掉进了阴沟里,它们都不能用了。如果她不带着钱回家,她的父亲就会打她,她正在哭泣。她既没穿鞋,又没穿袜子,头上什么也没戴。请把我的另一只眼睛取下来,给她送去,这样她父亲便不会打

---

① 古埃及城市,在尼罗河三角洲上,建有祀奉太阳神的庙宇。——译者注

她了。"

"我愿意陪你再过一夜,"燕子说,"可是我不能再取下你的眼睛,那样你就成了瞎子。"

"燕子,燕子,小燕子,"王子说,"就照我说的去做吧。"

于是他又取下了王子的另一只眼珠,带着它飞到了下面。他飞到小女孩面前,把宝石悄悄地放在她的手心里。"一块多么美丽的玻璃呀!"小女孩高声叫着,她笑着往家中跑去。

这时,燕子回到王子身旁。"你现在瞎了,"燕子说,"我要永远陪伴着你。"

"不,小燕子,"可怜的王子说,"你该到埃及去了。"

"我要一直陪伴着你。"燕子说着就睡在了王子脚下。

第二天他整整一天都坐在王子的肩膀上,给他讲述自己在异国他乡的所见所闻和各种经历。他还给王子讲那些红色的朱鹭,它们排成长长的一行站在尼罗河边,用它们的长嘴去捕捉小鱼;还讲起斯芬克斯,它的年龄跟世界一样久长,住在沙漠中,通晓世间的一切;他讲起那些商人,跟着自己的驼队缓缓而行,手中捏着琥珀念珠;他讲到月山的国王,他黑得像乌木,崇拜一块巨大的水晶;他讲到那条睡在棕榈树上的绿色大蟒蛇,要二十个牧师用蜜糕喂它;他又讲到那些小矮人,他们乘坐扁平的大树叶当作小舟渡过一个大湖泊,还常常与蝴蝶发生战争。

"亲爱的小燕子,"王子说,"你为我讲了好多稀奇的事,可是更稀奇的还要算那些男男女女们所遭受的苦难。没有什么比苦难更不可思议的了。小燕子,你就到我城市的上空去飞一圈吧,告诉我你在上面都看见了什么。"

于是燕子飞过了城市上空,他看见有钱人在自己漂亮的住宅里寻欢作乐,而乞丐们却坐在大门外忍饥挨冻。他飞进阴暗的小巷,看见饥饿的孩子们露出苍白的小脸,没精打采地望着昏暗的街道。就在一座桥的桥洞里面,两个孩子相互搂抱着,使彼此得到一点温暖。"我们真饿呀!"他俩说。"你们不要躺在这儿。"守护人吼道,他们只好站起来走进雨中。

随后他飞了回来,把所见的一切告诉了王子。

"我浑身贴满了上等金片,"王子说,"你把它们一片片取下来,送给那些穷人吧。活着的人都认为金子会使他们幸福。"

燕子将纯金叶片一片一片地啄下来,最后快乐王子变得灰暗无光。他又把这些纯金叶片一一送给了穷人,孩子们的脸上泛起了红晕,他们在大街上快乐地嬉笑玩耍。"我们现在有面包了!"孩子们叫喊着。

随后下起了雪,大雪过后又迎来了严寒。街道看上去白花花的,像是银子筑成的,又明亮又耀眼。长长的冰柱如同水晶短剑悬在屋檐下。行人个个穿着皮衣,小孩也都头戴红帽在户外溜冰。

可怜的小燕子觉得越来越冷,但是他不愿意离开王子,他太爱王子了。他只有趁面包师不注意的时候,从面包店门口啄点面包屑充饥,靠拍打翅膀取暖。

但是最后他知道自己快要死了。他剩下的力气只够再飞到王子的肩膀上一回。"再见了,亲爱的王子!"他喃喃地说,"你愿意让我亲吻你的手吗?"

"我真高兴你终于要飞往埃及去了,小燕子,"王子说,"你在这儿待得太久了。不过你得亲吻我的嘴唇,因为我爱你。"

"我要去的地方不是埃及,"燕子说,"我要去死亡之家了。死亡是睡眠的兄弟,对吧?"

接着他吻了吻快乐王子的嘴唇,然后就跌落在王子脚下,死去了。

就在此刻,雕像体内发出一声奇特的巨响,好像有什么东西破碎了。实际上,正是王子铅做的心一裂两半。这的确是一个可怕的寒冬。

第二天一大早,市长在市参议员们的陪同下,来到下面的广场散步。他们走过圆柱时,市长抬头看了一眼雕像。"我的天啊!快乐王子怎么这么难看!"他说。

"真是难看死了!"市参议员们齐声地叫道,他们平时总跟市长一个腔调。说着大家纷纷上前细看。

"他剑柄上的红宝石已经掉了,蓝宝石眼睛不见了,他也不再是金子的了,"市长说,"实际上,他比一个要饭的也好不了多少!"

"的确比要饭的好不了多少。"市参议员们随声附和着说。

"他的脚下还躺着一只死鸟!"市长继续说,"我们真应该发布一个公告,禁止鸟类死在这里。"于是市书记员赶紧把这个建议记录了下来。

于是他们就把快乐王子的雕像给拆了。"既然他已不再美丽,那么也就没有用了。"大学的美术教授说道。

接着他们把雕像放在炉里熔化了,市长还召集了一次市政会议来决定如何处理这些金属。"当然了,我们必须再铸造一个雕像,"他说,"那应该就是本人的雕像。"

"还是铸我的雕像吧。"每一位市参议员都争先恐后地说,他们还吵了起来。我上次听人们说起此事,据说他们还在争吵。

"真是怪事!"铸造厂的工头说,"这颗破裂的铅心在炉子里熔化不了。我们得把它扔掉。"这样他们便把它扔到了垃圾堆里,死去的那只燕子也躺在那里。

"把这个城里最珍贵的两件东西给我拿来。"上帝对他的一位天使说。于是天使就把铅心和死鸟拿到了上帝面前。

"你算选对了,"上帝说,"因为在我天堂的花园里,小鸟将会永远歌唱,而在我的金城里,快乐王子将会把我赞美。"

赵洪玮　译

夜莺与玫瑰

"她说过只要我送给她红玫瑰,她就同我一起跳舞。"年轻的学生大声说道,"可是在我整个花园里,连一朵红玫瑰也没有。"

这番话让在常青橡树巢中的夜莺听见了,她从绿叶丛中向外张望,感到很惊讶。

"在我整个花园里,竟连一朵红玫瑰也没有!"他哭着说,他美丽的眼睛充满了泪水,"唉,幸福竟然依赖于这么微小的东西!我读过智者仁人写的所有文章,一切哲理奥秘也都统统装在我的脑海里,可是就因为缺少一朵红玫瑰,我就得过痛苦的生活。"

"这里总算有一位真正的情人了。"夜莺对自己说,"虽然我们并不相识,但是一夜一夜地我为他歌唱。一夜一夜地我给星星讲述他的故事。现在我亲眼看见他了。他的头发黑得像风信子花,他的嘴唇红得就像他想要的玫瑰;但是激情使他脸色苍白如象牙,忧伤也在他的眉梢打上了印迹。"

"王子明天晚上要开舞会,"年轻学生喃喃地说,"我所爱的人将要前往。假如我送她一朵红玫瑰,她就会同我跳舞到天明;假如我送她一朵红玫瑰,我就能把她搂在怀中,她也会把头靠在我的肩膀上,她的手也将握在我的手里。可是我的花园里没有红玫瑰,我只能孤零零地坐在一边,看着她从身旁经过。她不理睬我,我的心就会破碎。"

"这的确是位真正的情人。"夜莺说,"我所为之歌唱的正是他遭受的痛苦:对我是快乐,对他却是痛苦。爱情真是一件奇妙无比的东西。它比绿宝石更珍贵,比猫眼石更稀奇。用珍珠和石榴换不来,市场上也不卖,商人那里买不来,更不能称重量换金钱。"

"乐师们会坐在他们的廊厅中,"年轻的学生说,"弹奏起他们的弦乐器。我心爱的人将随着竖琴和小提琴的音乐声翩翩起舞。她跳得那么轻松欢快,连脚都要不挨地面了,那些身着华丽服装的臣仆们将她团团围在当中。可是她就是不会同我跳舞,因为我没有红玫瑰献给她。"于是他扑倒在草地上,双手捂着脸哭了起来。

"他为什么要哭呢?"一条绿色的小蜥蜴高高地翘起尾巴从他身旁跑过时问道。

"是啊,到底为了什么?"一只蝴蝶说。她正追赶着一缕阳光翩翩起舞。

"是啊,到底为了什么?"一朵雏菊用低缓轻微的声音对邻居说。

"他为一朵红玫瑰而哭泣。"夜莺告诉大家。

"为了一朵红玫瑰?"他们嚷了起来。"真是可笑!"小蜥蜴说。他一向爱嘲讽别人,忍不住大笑了起来。

可只有夜莺了解学生的烦恼,她默默无声地坐在橡树上,琢磨着爱情的不可思议。

突然她展开棕色的翅膀,向空中飞去。她像影子似的飞过小树林,又像影子似的飞过花园。

在草地的中央长着一棵美丽的玫瑰树,她看见后就朝他飞过去,落在一根小枝上。

"给我一朵红玫瑰吧,"她大声说,"我会为你唱我最甜美的歌。"

可是树儿摇了摇头。

"我的玫瑰是白色的,"他回答说,"白得就像大海的浪花,白得超过山顶上的积雪。但是你去找古日晷旁我的兄弟吧,或许他能满足你的需要。"

于是夜莺便飞到那棵生长在古日晷旁的玫瑰树上。

"给我一朵红玫瑰吧,"她大声说,"我会为你唱我最甜美的歌。"

可是树儿摇了摇头。

"我的玫瑰是黄色的,"他回答说,"黄得就像坐在琥珀宝座上美人鱼的头发,黄得超过拿着镰刀的割草人到来之前草地上盛开的水仙花。但你去找学生窗下我的兄弟吧,或许他能满足你的需要。"

于是夜莺就飞到那棵生长在学生窗下的玫瑰树上。

"给我一朵红玫瑰吧,"她大声说,"我会为你唱我最甜美的歌。"

可是树儿摇了摇头。

"我的玫瑰是红色的,"他回答说,"红得就像鸽子的脚,红得超过在海洋洞穴中漂动的珊瑚大扇。可是冬天已经冻僵了我的血管,霜雪已经冻枯了我的花蕾,风暴已经吹折了我的树枝,我今年是不会开出玫瑰花了。"

"我只要一朵红玫瑰花,"夜莺大声叫道,"只要一朵红玫瑰!就没有办法让我得到它吗?"

"办法倒有一个,"树回答说,"可就是太可怕了,我都不敢对你说。"

"告诉我吧,"夜莺说,"我不怕。"

"如果你想要一朵红玫瑰,"树儿说,"你必须在月光下用音乐把它造成,还要用你胸中的鲜血把它染红。你必须用你的胸膛顶住我的一根刺唱歌。你必须为我唱上整整一夜,那根刺一定要穿透你的胸膛,你的鲜血一定要流进我的血管,和我的血融为一体。"

"拿死亡来换取一朵红玫瑰,这代价实在太大。"夜莺大声叫道,"生命对大家都是非常宝贵的。坐在绿树上望着太阳驾驶着他的金马车,看着月亮驾着她的珍珠马车,这有多么快乐。山楂气味芬芳,藏在山谷中的风铃草以及盛开在山头的石楠花也芬芳。可是爱情胜过生命,而鸟的心怎么能跟人的心相比呢?"

于是她便展开棕色的翅膀飞向空中。她像影子似的飞过花园,又像影子似的穿过小树林。

年轻的学生仍然躺在草地上,跟她离开的时候一样,他那美丽眼睛里的泪水还没有干。

"快乐起来吧,"夜莺大声说,"快乐起来吧,你就要得到你的红玫瑰了。我要在月光下把它用音乐造成,用我胸膛中的鲜血把它染红。我求你报答我的只有一件事,就是你要做一个真正的情人,因为不管哲学多么聪明,爱情比她更聪明,不管权力多么强大,爱情比他更强大。爱情的翅膀火样红,爱情的身躯像火焰,爱情的嘴唇甜如蜜,爱情的气息芬芳赛乳香①。"

学生在草地上抬头仰望,侧耳倾听,但是他不懂夜莺在对他讲些什

---

① 以色列民族烧的一种香。——译者注

么,因为他只懂得那些写在书本上的东西。

可是橡树心里明白,他感到很难过,因为他十分喜爱这只在自己树枝上做巢的小夜莺。

"给我唱最后一支歌吧,"他轻声说,"你走了我会觉得很寂寞。"

于是夜莺给橡树唱起了歌,她的声音就像银罐子里沸腾的水声。

她唱完歌,学生便从草地上站起来,从口袋里拿出一个笔记本和一支铅笔。

"她的样子真好看,"他对自己说,说着便穿过小树林走开了——"这是不可否认的;可是她有情感吗?我想大概没有。事实上,她和大多数艺术家一样,只讲究形式,没有任何真诚。她不会为别人牺牲自己。她只想着音乐,人人都知道艺术是自私的。不过我得承认她的歌声里也有些美丽的音调。只可惜它们完全没有意义,也没有任何实际的好处。"他走进屋子,躺在他那张简陋的小床上,想起他的爱人,不一会儿就进入了梦乡。

当月亮升到天空的时候,夜莺就向玫瑰树飞去,用自己的胸脯顶住花刺。她把胸膛顶着刺整整唱了一夜,就连水晶般清凉的明月也俯下身来倾听。她唱了整整一夜,刺在她胸口上越刺越深,她身上的鲜血也快要流干了。

她首先唱起少男少女心中萌发的爱情。在玫瑰树最高的枝头上开放出一朵奇异的玫瑰,歌儿唱了一首又一首,花瓣也一片片地开放了。起初,花儿是乳白色的,就像笼罩在河上的云雾——乳白如同清晨之足,银白似黎明之翼。最高枝头开的那朵玫瑰,宛如在银镜中,在水池里,映出的玫瑰花影。

可是树大声叫夜莺把刺顶得更紧一些。"顶紧些,小夜莺,"树大声叫着,"不然不等玫瑰花造成天就亮了。"

于是夜莺把刺顶得更紧,她的歌声也越来越响亮了,因为她歌唱着一对成年男女心中澎湃的激情。

一层娇嫩的红晕爬上了玫瑰花瓣,就跟新郎亲吻新娘时脸上泛起的红晕似的。但是花刺还没有刺到夜莺的心脏,所以玫瑰的心还是白的,因为只有夜莺心里的血才能把玫瑰的花心染红。

这时树又大声叫夜莺抵得更紧些。"再紧些,小夜莺,"树儿高声喊

着,"不然不等玫瑰花造成天就亮了。"

于是夜莺就把玫瑰刺抵得更紧了,刺进了她的心脏。一阵剧烈的刺痛传遍她全身。她痛得越来越厉害,歌声也越来越激昂,因为她歌唱着由死亡完成的爱情,歌唱着在坟墓里也依然不朽的爱情。

最后这朵奇异的玫瑰变成了深红色,就像东方天空的红霞,花瓣的外圈是深红色,花心红得像一块红宝石。

可是夜莺的歌声却越来越弱了,她的一双小翅膀开始扑打起来,一层薄雾罩上了她的眼睛。她的歌声越来越低,她觉得喉咙给什么东西堵住了。

于是她唱出了最后的歌声。明月听着歌声,竟然忘记了下落,却在天空中徘徊。红玫瑰听到歌声,更是欣喜不已,张开了所有的花瓣迎接清凉的晨风。回声把歌声带回她山中紫色的洞穴,把酣睡的牧童从梦中唤醒。歌声飘过河中的芦苇,芦苇又把歌声传给大海。

"看啊,看啊!"树叫了起来,"玫瑰造成了。"可是夜莺没有回答,因为她已经躺在长长的草丛中死去了,心口上还扎着那根刺。

正午,那学生打开窗户向外望去。

"啊,真是好运气呀!"他大声嚷了起来,"这儿竟有一朵红玫瑰!这样的玫瑰我一辈子也没有见过。他太美了,我敢说他有一个好长的拉丁名字。"他俯下身子把它摘了下来。

于是他戴上帽子,拿起玫瑰,向教授家跑去。

教授的女儿坐在门口,正在纺车上纺着蓝色的丝线,她的小狗躺在她的脚旁。

"你说过只要我送你一朵红玫瑰,你就会同我跳舞,"学生大声说道,"这是全世界最红的玫瑰。你今晚就把它戴在你的胸前,我们一起跳舞的时候,它会告诉你,我多么爱你。"

可是少女却皱起了眉头。

"我怕它跟我的衣服配不上,"她回答说,"再说,御前大臣的侄子已经送给我一些珍贵的珠宝,人人都知道珠宝比花更值钱。"

"噢,说句实话,你太无情无义了。"学生愤怒地说,一下把玫瑰扔到了大街上,玫瑰落入阴沟里,一辆马车从它上面碾了过去。

"无情无义!"少女说,"我告诉你吧,你太无礼了;再说,你究竟是干什么的?不过是个学生罢了。啊,我敢说你不会像御前大臣的侄子那样,鞋上钉着银扣子。"说完她就从椅子上站起来走进屋里。

"爱情真是无聊!"学生一边走一边说,"它不如逻辑一半有用,因为它什么都不能证明,而它总是告诉人们一些不会发生的事情,还让人相信一些不真实的事情。说句实话,它一点也不实际,在我们这个时代,一切都要讲究实际。我要回到哲学里,还是去研究形而上学吧。"

于是他便回到屋里,拿起一本落满尘土的大作读了起来。

赵洪玮　译

自私的巨人

每天下午,孩子们放学后,总喜欢到巨人的花园里玩耍。

这是一个可爱的大花园,里边长满了绿茸茸的青草。草丛中处处可见美丽的鲜花,多得像天上的星星,里边还长着十二棵桃树,春天开放出粉红色和珍珠色的鲜花,秋天则结出累累硕果。坐在树上的鸟儿唱着动听的歌曲,它们唱得那么动听,嬉戏的孩子们都会停下来侧耳聆听。"我们在这里真快活啊!"他们互相欢叫着。

一天,巨人回来了。原先他是去看他的朋友,就是那个康沃尔的食人魔,他在那里一住就是七年。七年过后,他把要说的话都说完了,因为他能说的话是有限的,于是他便决定回到自己的城堡。到了家,他一眼就看见孩子们在他的花园里玩耍。

"你们在这里干什么?"他粗暴地吼道。孩子们都吓得跑开了。

"我自己的花园就是我自己的花园,"巨人说,"这谁都明白,除了我自己,不准任何人来这里玩。"因此,他在花园四周筑起了一道高围墙,还挂出一块告示牌。

> 禁止擅入
> 违者严惩

他是一个非常自私的巨人。

从此可怜的孩子们没有了玩的地方。他们想在街道上玩,但是街道上尘土飞扬,而且到处是坚硬的石头,他们很不喜欢街道。他们放学以后,仍然常常在高耸的围墙外转来转去,谈论着墙内美丽的花园。"那时

我们在那里真快活啊。"他们互相诉说着。

　　春天来了,整个乡村到处开满小花,处处有小鸟在欢唱。只有自私巨人的花园却仍旧是一片冬天的景象。看不见孩子们,小鸟无心唱歌,树儿也忘了开花。一次一朵花儿从草中伸出头来,看见那块告示牌后,禁不住对孩子们的不幸深感同情,于是赶紧把头缩回去,继续睡觉。唯有雪和霜对此感到高兴。"春天已经忘记了这座花园,"他们嚷着,"这样我们可以一年四季住在这里。"雪用她那巨大的白斗篷把草地盖得严严实实,霜也让所有的树木披上银装,随后他们还请北风来和他们同住。北风果然来到,他身穿皮衣,对着花园整天呼啸,把烟囱管帽也给吹掉了。"这是个令人开心的地方,"他说,"我们还得把冰雹请来。"于是,冰雹也来了。他每天在城堡的房顶不停地敲打三个钟头，直到把房上的瓦片砸得七零八落，然后又围着花园一圈接一圈地狂跑起来。他一身灰色，呼出阵阵冰冷的寒气。

"我真搞不懂春天为什么来得这样迟。"巨人坐在窗前，望着外面冰冷雪白的花园说，"我盼望天气会转好。"

可是春天就是不来，夏天同样也不见踪影。秋天把金色的硕果送给了千千万万个花园，但是什么也没送给巨人的花园。"他太自私了。"秋天说。因此，巨人的花园里是终年的寒冬、北风和冰雹，还有霜和雪，他们在林间树丛载歌载舞。

一天清晨，巨人躺在床上一觉醒来，耳边忽然传来阵阵美妙的音乐。音乐悦耳动听，他想一定是国王的乐师路经此地。原来窗外唱歌的不过是一只小梅花雀，只是因为巨人好长时间没听到鸟儿在花园中歌唱了，此刻感到它美妙无比。这时，冰雹已不再在巨人头顶上狂舞，北风也停止了呼啸，缕缕芳香透过敞开的窗户扑面而来。"我想春天终于来到了。"巨人说着，从床上跳起来，朝窗外望去。

他看见了什么呢？

他看见了一个非常奇妙的景象。孩子们从墙上的小洞爬进了花园，坐在树枝上面，每棵树上都坐着一个孩子。树木看到孩子们回来欣喜若狂，赶紧用鲜花把自己装扮一新，还挥动手臂轻轻抚摸孩子们的脑袋。鸟儿们四处翩翩起舞，兴奋地欢唱着。花儿也纷纷从草地里伸出头，展露笑脸。这景象的确可爱动人，只是还有一个角落仍然笼罩在严冬之中。那是花园中最远的一个角落，一个小男孩正孤零零地站在那里，因为个头太小爬不上树，只能围着树转来转去，哭得非常伤心。那棵可怜的树仍然被霜雪裹得严严实实，北风还在对它肆意咆哮。"快爬上来呀，小宝贝。"树儿说，一面尽可能地垂下枝条，可是孩子太小了。

巨人看到此情此景，心也软了下来。"我真是太自私了！"他说，"现在我明白为什么春天不肯到我这里来了。我要把那可怜的孩子抱到树上，然后再把围墙统统推倒，把我的花园永远变成孩子们的游乐场。"他的确为自己过去的所作所为感到羞愧难当。

巨人轻轻地走下楼，悄悄地打开前门，走进花园里。但是孩子们看到他,都吓得逃跑了,花园又变成了冬天。只有那个小男孩没有跑,因为他的眼里噙满了泪水,看不见走过来的巨人。巨人悄悄来到小孩身后,双手轻轻地把孩子托上了树枝。树儿立刻绽放出朵朵鲜花,鸟儿也飞回枝头放声欢唱,小男孩伸出双臂搂着巨人的脖子,同他亲吻。其他孩子看见巨人不再那么凶恶,也都纷纷跑了回来,春天也跟着孩子们来了。"孩子们,这是你们的花园了。"巨人说。接着他提起一把大斧头,把围墙统统给砍倒了。中午十二点,人们去赶集的时候,高兴地看见巨人和孩子们一起在他们所见过的最美丽的花园中玩耍。

巨人和孩子们玩了整整一天,天黑了,孩子们过来向巨人告别。

"可你们的那个小伙伴在哪里?"巨人问,"就是我抱到树上的那个孩子。"巨人最喜爱那个孩子,因为那个孩子吻过他。

"我们不知道,"孩子们回答说,"他已经走了。"

巨人吩咐说:"你们一定要告诉他,叫他明天来这里。"但是孩子们告诉巨人他们不知道他住在哪里,也从来没有见过他;巨人感到心里很不快活。

每天下午,孩子们一放学就来找巨人一起玩。可是巨人喜爱的那个小男孩再也没有来过。巨人对每一个小孩都很友好,可是他更想念他的第一个朋友,还常常提起他。"我多么想见见他啊!"巨人常常这样说。

许多年过去了,巨人变得老弱起来。他已无力再与孩子们一起嬉戏玩耍,只能坐在一把巨大的扶手椅上,一边观看孩子们做游戏,一边欣赏着花园。"我有好多美丽的花朵,"他说,"可是孩子们才是最美的花朵。"

一个冬天的早晨,巨人起床穿衣服的时候,朝窗外望去。这时他已经不讨厌冬天了,因为他知道这只不过是春天在睡眠,花儿在休息。

突然,他惊讶地揉了揉眼睛,定睛看去。眼前的景色真是很奇妙。在花园尽头的角落里有一棵树,上面开满了可爱的白花。树枝都金光闪闪,枝头垂挂着银色的果实,树下边就站着巨人特别喜爱的那个小孩。

巨人高兴地跑下楼,跑进了花园。他匆匆地跑过草地,跑到孩子跟前。可一到孩子面前,他就愤怒极了,脸涨得通红,还说:"谁竟敢伤害你?"因为孩子的两只手掌心上有两个钉痕,他的两只小脚上也有两个钉痕。

"谁竟敢伤害你?"巨人吼道,"告诉我,我立刻去拿我的大刀把他

砍死。"

"不!"孩子回答说,"这些都是爱的伤痕啊。"

"那你是谁?"巨人说着,心中油然产生一种奇特的敬畏,他一下子跪在小孩的面前。

小孩朝着巨人微微一笑,对他说道:"你曾经让我在你的花园中玩过。今天我要带你去我的花园,那就是天堂。"

那天下午孩子们跑进花园的时候,看见巨人躺在那棵树下,他已经死了,浑身上下全都盖满了白色的花朵。

赵洪玮　译

忠实的朋友

一天早晨,老河鼠把脑袋探出洞外。他长着一双明亮的小眼睛和僵硬的灰胡须,尾巴就像一条长长的黑橡皮。小鸭子在池塘里四处游荡,看上去恰似一大群金丝鸟;他们的母亲长得浑身洁白,却又生就两条通红的腿,正在全力教他们在水中如何倒立起来。

"除非你能够倒立起来,否则你们永远不会进入上流社会。"她不断地对他们说,还不时地教他们如何来做。但是,这些小鸭子全然不理睬她。他们还太小,一点儿也不知道进入上流社会的好处。

"这些孩子真是淘气!真该淹死他们。"老河鼠吼道。

"根本不是这样,"母鸭回答说,"谁都有个开始的时候,做父母的就得耐心点。"

"啊!做父母的感情我可是一无所知,"河鼠说道,"我不是个拖家带口的人。实际上,我从来没结过婚,也从来没想过结婚。爱情原本不错,可是友情比它更好。说实在的,在这个世界上,我不知道什么比忠实的友情更高尚、更珍贵。"

"那么,请问,你认为一个忠实的朋友的责任是什么呢?"一只绿梅花雀插嘴说。他正坐在附近的一棵柳树上,无意中听到了他们的对话。

"对了,这正是我想知道的。"母鸭说。接着她游到池塘的另一头,倒立起来,为的是给她的孩子做个示范。

"多么愚蠢的问题!"河鼠叫道,"我当然期望忠实的朋友对我要忠实了。"

"那么你拿什么来回报呢?"小鸟说道。他跳上了一根银色的枝丫,拍打着小巧的翅膀。

"我不明白你的意思。"河鼠回答说。

"还是让我给你讲一个这方面的故事吧。"梅花雀说道。

"是关于我的故事吗?"河鼠问道,"如果是这样,我就听,因为我特别喜欢听故事。"

"也很适合你。"梅花雀回答说,他飞了下来,落到岸上,讲起了《忠实的朋友》的故事。

"很久很久以前,"梅花雀说道,"有一个诚实的小伙子,名字叫汉斯。"

"他很出众吗?"河鼠问道。

梅花雀回答说:"不,我认为他一点儿也不出众,只是他有一颗善良的心,还长着一张滑稽而友善的圆脸蛋。他一个人住在村里的一个小屋中,每天都在自己的花园里干活。在整个乡下,他的花园最可爱,里边种着美洲石竹、紫罗兰,还有荠菜,以及法国的松雪草,有大马士革玫瑰、金黄色的玫瑰,还有金色的、紫色的番红花和白色的紫罗兰。随着季节的更迭,楼斗菜和碎米荠、马乔莲和野生罗勒、樱草和鸢尾草、黄水仙和丁香都争相开放。一种花刚刚凋谢,另一种花又紧接着开放,花园中一直都有美丽的花朵供人观赏,始终都有怡人的芳香弥漫。

"小汉斯有很多朋友,不过其中最忠实的要数磨坊主大休。的确,富有的磨坊主对小汉斯是再忠实不过了,每次他经过小汉斯的花园都会探过围墙,摘一大把鲜花,或者摘一把香草;如果遇到结果的季节,他就会在口袋里塞满李子和樱桃。

"'真正的朋友应该共享一切。'磨坊主常常说。小汉斯点点头,微微笑着,他为有这样一个思想高尚的朋友而深感骄傲。

"的确,有时候邻居们也感到非常奇怪,有钱的磨坊主从来没有给过小汉斯任何东西作为回报,尽管他在自己的磨坊里存放着一百袋面粉,还有六头奶牛和一大群能产羊毛的绵羊。不过,小汉斯从来不为此烦恼,再说经常听磨坊主对他讲那些真正友情无私的美妙故事,对小汉斯来说,那就是他最大的快乐。

"就这样,小汉斯在花园里干啊,干啊。从春天到夏天,再到秋天,他都非常快乐,但是,一到冬天,没有一点水果或鲜花可卖,他就要遭受饥寒交迫的折磨,而且经常是只吃点干梨或干果什么的,饿着肚子睡觉。

在冬天,他也非常孤独,因为磨坊主这时从来不会去看他。

"磨坊主常常对妻子说:'只要雪没有停,就没有必要去看小汉斯,因为人在困难的时候,就应该让他们独处,外人不要去打搅他们。至少这是我对友谊的看法,我相信我是对的,所以我要等到春天到了,再去看望他,他还会送我一大篮子樱草。这会使他非常高兴的。'

"'你的确为别人想得很周到,'他妻子答道,此刻她正坐在舒适的沙发椅上,旁边大炉子里的柴火烧得旺旺的,'的确很周到。听你谈论友谊真是一种享受。我敢说就连牧师本人也说不出这么漂亮的话,别看他住三层楼房,小手指上还戴了个金戒指。'

"'不过我们就不能请小汉斯到这里来吗?'磨坊主的小儿子说,'如果可怜的汉斯遇到了麻烦,我会把我的粥分一半给他,还会让他看我的白兔子。'

"'你真是个傻孩子!'磨坊主大声叫道,'我真不知道送你上学有什么用。你好像什么都没学到。噢,如果小汉斯来到这里,看见咱们暖洋洋的炉火,看见我们丰盛的晚餐,以及大桶的红酒,他就可能会妒忌,而妒忌是一种非常可怕的东西,它会败坏一个人的本性。我当然不愿意把小汉斯的本性给毁掉,我是他最好的朋友,我要一直关照他,并且保证他不受到任何诱惑和欺骗。再说了,如果小汉斯来到咱家,他也许会要我赊点面粉给他,这个我可办不到。面粉是一件事,友谊又是一件事,两者绝不能混为一谈。对呀,这两个词拼写起来差别很大,意思也大不相同。这一点人人都明白。'

"'你讲得真好!'磨坊主的妻子说,给自己倒了一大杯温热的淡啤酒,'我真的感到很困了。真像是坐在教堂里听人布道。'

"'很多人都做得不错,'磨坊主回答说,'可说得好的人却少而又少,可见在两者之中说得好要更难一些,因此也就更加美妙。'他用严厉的目光望着桌子另一头的小儿子,那孩子感到很不好意思,低下了头,脸涨得通红,泪水滴落在茶杯中。不过,他年纪还这么小,你们一定得原谅他啊。"

"故事就这么完了吗?"河鼠问。

"当然没有,"梅花雀回答说,"这还只是个开头。"

"那你就太落后了,"河鼠说,"现在会讲故事的人都是从结尾讲起,然后再回到开头,最后才讲中间。这是新方法。这些话是我那天从一位评论家那里听到的,当时他正在同一位年轻人在池塘边散步。对于这个问题他发表了长篇大论,我相信他说得不错,因为他戴着一副蓝眼镜,头顶也全秃了,而且只要年轻人一讲话,他就回答说:'呸!'不过,还是请你把故事讲下去吧。我特别喜欢那个磨坊主。我自己也有一大堆美丽的情感,所以我们是同病相怜。"

"啊,"梅花雀说,他时而用这条腿跳跳,时而又用另一条腿跳跳,"等到冬天刚一过去,樱草开始绽放出浅黄色星花来的时候,磨坊主马上对妻子说,他准备下山去看望看望小汉斯。

"'啊,你的心肠真好!'他的妻子大声喊道,'你总是想着别人。可一定别忘了带上装花的大篮子。'

"于是磨坊主用一根结实的铁链把风车的翼板绑在一起,随后将篮子挎在胳膊上就下山去了。

"'早上好,小汉斯。'磨坊主说。

"'早上好。'汉斯回答道,把身体靠在铁铲上,满脸都是笑容。

"'整个冬天你都过得好吗?'磨坊主又开口问道。

"'啊,是啊,'汉斯大声说,'承蒙问候,你真是太好了,太好了。我得说我过得是有些艰难,不过现在春天到了,我好快活呀,我的花都长得很好。'

"'今年冬天我们常常提起你,'磨坊主说,'还惦记着你过得怎么样了。'

"'那太感谢你了,'汉斯说,'我还真有点怕你会把我给忘记了。'

"'汉斯,你说这话真让我吃惊,'磨坊主说,'友谊绝不会忘记,这就是友谊的非凡之处,但是就怕你还不懂得生活的诗意。啊,对了,你的樱草长得多么可爱呀!'

"'它们长得确实可爱。'汉斯说,'我的运气真好,会有这么多樱草。我要把它们拿到市场上去卖,卖给市长的女儿,有了钱就去赎回我的小推车。'

"'赎回你的小推车?你的意思是说你把它给卖掉了?这该有多么

傻呀！'

"'噢,事实上,'汉斯说,'我是迫不得已才这样做的。你知道冬天对我来说是很艰难的,我真的都没钱买面包了。所以我先是卖掉我节日礼服上的银纽扣,然后又卖掉银项链,接着卖掉了我的大烟斗,最后才卖掉了我的小推车。不过,我现在要把它们再都买回来。'

"'汉斯,'磨坊主说,'我愿意把我的小推车送给你。尽管它不太完好,实际上,它有一边已经掉了,轮辐也有毛病,可是不管怎么说,我还是要把它送给你。我知道,我这个人太慷慨了,而且很多人会认为我送掉小推车是很愚蠢的举动,但是我是个与众不同的人。我认为慷慨是友谊的精髓。而且,我还给自己搞来一辆新小推车。好了,你可以放心了吧,我要把我的小推车送给你。'

"'啊,你太慷慨了。'小汉斯说着,他那张滑稽而有趣的圆脸上洋溢着喜气,'我会毫不费力地把它修好,因为我屋里有一块木板。'

"'一块木板!'磨坊主说,'对了,我正好要找块木板来修补我的仓顶。那上面有一个大洞,如果我不堵住它,谷子就会受潮。多亏你提到这事:一件好事总会产生出另一件好事,这真是奇妙。我已经把我的小推车送给了你,现在你得把木板给我了。其实,小车比木板要值钱得多,不过真正的友谊从来不会留意这种事。请马上把木板拿来,我今天就动手修我的仓房。'

"'当然了。'小汉斯大声说,立刻跑进小屋,把木板拖了出来。

"'这木板不太大,'磨坊主望着木板说,'恐怕等我修完仓顶后,就没有剩下来的给你修小推车了,不过这当然不是我的错。而且现在我已经把我的小推车送给了你,我相信你一定乐意给我一些花作为报答。给你篮子,务必把我的篮子装得满满的。'

"'要装满吗?'小汉斯问道,显得有些烦恼,因为这篮子实在是太大了。他知道,要是把这只篮子装满,他就不会有鲜花剩下来拿到集市上去卖了,可是他非常想把银纽扣赎回来。

"'噢,对了,'磨坊主回答说,'既然我已经把自己的小推车送给你了,我觉得向你要一点花也算不了什么。也许是我错了,可是我总认为友谊,真正的友谊,是不附带任何私心的。'

"'我亲爱的朋友,我最好的朋友,'小汉斯喊了起来,'我花园里所有的花都由你享用。我宁愿你早点对我有个好看法,至于银纽扣,哪一天赎回都行。'说完他就跑去把花园里所有美丽的樱草都摘了下来,装满了磨坊主的篮子。

"'再见了,小汉斯。'磨坊主说。他肩上扛着木板,手里提着大篮子朝山上走去。

"'再见。'小汉斯说,然后他又开始很高兴地挖起土来,那辆小推车使他心满意足。

"第二天,小汉斯正在往门廊上钉忍冬,这时听见磨坊主在大路上喊他。他一下子从梯子上跳了下来,跑到花园里,向墙外张望。

"只见磨坊主扛着一大袋面粉站在那里。

"'亲爱的小汉斯,'磨坊主说,'你愿意帮我把这袋面粉扛到集市上去吗?'

"'真对不起,'汉斯说,'我今天实在是太忙了。我要把所有的藤子全都钉起来,还得把所有的花都浇上水、所有的草都修剪平。'

"'啊,是吗?'磨坊主说,'我想,考虑到我要把我的小推车送给你,你拒绝我可就太不够朋友了。'

"'啊,不要这么说,'小汉斯大声叫道,'无论如何,我也绝不会对不起朋友。'他跑进小屋去取帽子,然后扛起那一大袋子面粉,步履艰难地朝集市走去。

"这一天天气炎热,路上尘土飞扬,汉斯还没有走六英里,就累得不行了,只好坐下来歇一歇。不过,他又顽强地继续向前走去,终于到达了集市。在那儿他没有等多久,就把那袋面粉卖掉了,还卖了个好价钱。他立即动身回家,因为他担心在集市上耽搁久了,回去的路上可能会遇到强盗。

"'今天的确太辛苦了,'小汉斯上床睡觉时这样对自己说,'不过我很高兴没有拒绝磨坊主,因为他是我最好的朋友,再说,他还要把他的小推车送给我。'

"第二天一大早,磨坊主就下山来取他那袋面粉的钱,可是小汉斯太疲倦了,这时还在床上睡觉。

"'我得说,'磨坊主说,'你实在是太懒惰。的确,想想我就要把我的小推车送给你了,你本该工作得更勤快点才对。懒惰是一种大罪过,我当然不喜欢我的朋友是个懒汉。你当然不会怪我对你讲了这一番直言,假如我不是你的朋友,我自然也不会这么做。但是如果人们不能坦诚地说出心里话,那么友谊还有什么意思。任何人都可以说漂亮话,可以取悦于人,讨好人,然而真正的朋友才总是说逆耳的话,而且不介意让人不痛快。的确,只要是真正忠实的朋友总是乐意这么做,因为他知道他正在做好事。'

"'请你原谅,'小汉斯一面说,一面揉着眼睛,摘下了睡帽,'我实在是太累了,原打算再躺一会儿,听听鸟儿的歌声。你知道吗,每当我听过鸟儿的歌唱,我就会干得更起劲的。'

"'好,这让我很高兴,'磨坊主拍了拍小汉斯的肩膀说,'因为我想让你穿好衣服立刻到我的磨坊来,给我修补谷仓房顶。'

"可怜的小汉斯当时很想到自己的花园里去干活,因为他的花草已有两天没浇水了,可他又不想拒绝磨坊主,磨坊主是他的好朋友嘛。

"'如果我说我很忙,你会认为我不够朋友吧?'他又害羞又担心地问道。

"'噢,说实在的,'磨坊主回答说,'我觉得我对你的要求并不过分,想想我就要把我的小推车送给你了,不过如果你拒绝我,我就回去自己动手干。'

"'啊!那怎么行。'小汉斯嚷着说。他从床上跳下来,穿上衣服,往仓房走去。

"他在那儿干了整整一天,直到太阳落山。日落时磨坊主来看他干得怎么样了。

"'小汉斯,你把仓顶上的洞补好了吗?'磨坊主乐不可支地高声问道。

"'全补好了。'小汉斯说着,从梯子上走了下来。

"'啊!'磨坊主说,'没有什么比替别人干活更让人快活的了。'

"'听你说话真是莫大的荣幸,'小汉斯一边坐下来擦着前额的汗水,一边回答说,'莫大的荣幸,不过我担心我永远也不会有你这么美好

的想法。'

"'啊!你也会有的,'磨坊主说,'不过你必须得更努力才行。现在你还只拥有友谊的实践,总有一天你也会具备友谊的理论的。'

"'你真的认为我会吗?'小汉斯问。

"'对此我毫不怀疑,'磨坊主回答说,'不过既然你已经修补好了我的仓顶,你最好还是回去休息吧,因为明天我还要你帮我把山羊赶到山上去。'

"可怜的小汉斯对这件事什么也不敢说,第二天一大早磨坊主就赶着他的羊群来到了小屋旁,汉斯便赶着羊群上山去了。他花了整整一天的工夫才走了个来回。回到家时他已经累坏了,就坐在椅子上睡着了,一觉醒来已经天光大亮了。

"'我今天要待在自己的花园里了,我该多么快乐呀。'说着,他就马上出去干活了。

"然而他根本不能照料自己的花,因为他的朋友磨坊主老是不停地跑过来打发他去出长差,或者叫他到磨坊去帮忙。有的时候小汉斯也很苦恼,他担心自己的花会认为他已经把它们给忘了,但是他却用磨坊主是自己最好的朋友这种想法来安慰自己。'再说,'他经常对自己说,'他还要把他自己的小推车送给我呢,那可是真正的慷慨之举。'

"就这样小汉斯不停地为磨坊主干这干那,而磨坊主也讲了各种各样关于友谊的妙语美言,小汉斯把这些话都记在笔记本上,晚上经常拿出来阅读,因为他还是个非常好学的人。

"一天晚上,小汉斯正坐在炉旁烤火,忽然传来了响亮的敲门声。这是个天气恶劣的夜晚,风一个劲地在小屋周围狂吹怒吼。起初他还以为只是风暴声呢,可是又传来了第二次敲门声,随后又是第三次,而且比先前两次更响亮了。

"'一定是个可怜的行路人。'小汉斯对自己说,便朝门口跑去。

"原来门口站着的是磨坊主,他一只手里提着一个马灯,另一只手中拿着一根大拐杖。

"'亲爱的小汉斯,'磨坊主大声叫道,'我碰到大麻烦了。我的小儿子从梯子上掉了下来,受了伤,我准备去请医生。可是医生住的地方太

远了,今晚的天气又如此恶劣,我刚才突然想到如果你替我去请医生,就会好得多。你知道,我是要把我的小推车送给你的,所以你应该为我做些事情作为报答,只有这样才算公平。'

"'当然了,'小汉斯大声说道,'你能来找我,我觉得是我的荣幸。我这就动身。不过你得把马灯借给我,今夜太黑了,我害怕自己会掉到水沟里。'

"'很对不起,'磨坊主回答说,'这可是我的新马灯,如果它出了什么差错,那对我的损失可就大了。'

"'噢,没关系,我不用它也行。'小汉斯高声说,他取下自己的皮大衣和暖和的红礼帽,又在自己的脖子上围上了一条围巾,然后就动身了。

"那可真是个可怕的暴风夜,夜黑得伸手不见五指,小汉斯什么也看不见。风刮得很猛烈,他几乎都站不稳。不过,小汉斯非常勇敢,他走了大约三个钟头,才来到医生家,敲了敲门。

"'谁呀?'医生从卧室伸出头来大声问道。

"'医生,我是小汉斯。'

"'什么事,小汉斯?'

"'磨坊主的儿子从梯子上摔下来跌伤了,磨坊主请你马上过去。'

"'好吧!'医生说,并且叫人去备马,取来大靴子和马灯。他从楼上走下来,骑上马就朝磨坊主家奔去,而小汉斯却步履艰难地走在后面。

"可是风暴却越来越大,雨下得像湍急的河流,小汉斯看不清走的路,更赶不上马。最后他迷了路,在一片沼泽地上兜圈子。这是一个非常危险的地方,到处是深水坑,可怜的小汉斯就在那里淹死了。第二天,几位牧羊人发现他的尸体漂浮在一个大池塘里,他们把他的尸体抬回他的小屋。

"大家都参加了小汉斯的葬礼,因为他一向很讨人喜欢,丧主便是由磨坊主承当的。

"磨坊主说:'既然我是他最好的朋友,那么只有让我站在最佳位置才算公平。'所以他穿了一身黑色的长袍走在送葬队伍的最前面,还时不时地用一块大手帕抹着眼泪。

"'的确,小汉斯的死对每一个人都是个重大损失。'铁匠开口说。这时葬礼已经结束,大家都舒舒服服地坐在小酒店里,喝着香料酒,吃着甜点心。

"'无论如何对我都是个重大损失,'磨坊主回答说,'对了,我差不多已经把我的小推车送给他了,现在我真不知道该怎么处理它了。放在我家里真是碍手碍脚,它已经破烂不堪,就是卖掉它我又能得到什么?我今后真得注意点,不再送给别人任何东西。慷慨大方总是让人吃亏。'"

"后来呢?"过了好一会儿河鼠说。

"什么?我已经讲完了。"梅花雀说。

"可是磨坊主后来怎样了呢?"河鼠问道。

"噢!我真的不清楚,"梅花雀回答说,"我想我不在乎这个。"

"很显然你的本性中缺乏同情成分。"河鼠说。

"恐怕你还没有弄明白这个故事的寓意吧。"梅花雀反驳道。

"什么?"河鼠大声嚷道。

"寓意。"

"你的意思是说这个故事里还有一个寓意?"

"那当然。"梅花雀说。

"噢,说真的,"河鼠气呼呼地说,"我认为你一开始就该告诉我这一点。如果是那样,我肯定不会听你讲了。其实,我该像批评家那样说一声'呸'。不过,我现在还可以这么说。"于是他就大喊了一声"呸",并且挥舞了一下自己的尾巴,便钻回了洞中。

"你觉得河鼠怎么样?"母鸭开口问道,她用了好几分钟才拍打着水走上岸来,"他有不少优点,不过就我而言,我有一个母亲的胸怀,只要看见那些死心塌地不结婚的单身汉,总忍不住要掉下眼泪来。"

"恐怕我把他给得罪了,"梅花雀回答说,"实际上我不过是给他讲了一个有寓意的故事。"

"啊,这倒往往是一件非常危险的事。"母鸭说。

我完全同意她的话。

赵洪玮　译

了不起的火箭

国王的儿子就要结婚了,因此举国上下都在进行盛大庆典。他整整等了新娘一年,最后她终于赶来了。新娘是一位俄国公主,坐着由六只驯鹿拉着的雪橇从芬兰一路赶来。雪橇看上去像一只巨大的金色天鹅,小公主就安卧在天鹅的两只翅膀之间。她的长貂皮大衣一直垂到脚后跟,她头上戴着一顶银线小帽子,她肤色苍白得就如同她一直居住的雪宫。她如此苍白,所以在她驶过街道的时候,沿街的人们都惊讶地感叹道:"她就像一朵白玫瑰!"于是大家纷纷从阳台上朝她抛撒鲜花。

在城堡门口,王子正等待着迎接她的到来。他有一双梦幻般的紫色眼睛和一头纯金一般的头发。看见她来了,他便跪下一条腿,亲吻她的手。

"你的相片真漂亮,"他喃喃地说,"不过你比相片更漂亮。"小公主的脸红了起来。

"她原先像一朵白玫瑰,"一位年轻侍卫对身边的人说,"可现在又像一朵红玫瑰了。"整个王宫里的人都快乐无比。

在以后的三天里人人都说着:"白玫瑰,红玫瑰;红玫瑰,白玫瑰。"于是国王下令给那个侍卫增加一倍的薪金。不过他根本就没有薪金,因此这一加薪的命令对他也就没有什么用处,然而这被视为一种莫大的荣誉,并且按照惯例登载在《宫廷报》上。

三天以后,婚礼便举行了。这是一次盛大的仪式,新郎和新娘在一幅绣着小珍珠的紫天鹅绒华盖下手拉着手行进。随后又举行了国宴,宴会持续了五个小时。王子和公主坐在大殿首席,用一个透明水晶杯饮酒。只有真诚的情人才能用这只杯子喝酒,因为虚情假意者一挨杯子,杯子就会变得灰暗无光和混浊不清。

"显然他们相亲相爱,"那个小侍卫说,"如同水晶一样晶莹透亮!"为这句话国王再次下令给他加薪。"多么大的荣耀啊!"群臣们异口同声地喊道。

宴会之后举行了舞会,新郎和新娘将要一起跳玫瑰舞。国王答应为他们吹笛子。他吹得很糟糕,可没有人敢对他这样说,因为他是国王。实际上,他只会吹两个曲调,而且从来也搞不清他吹的到底是哪一个,不过这也无关紧要,因为不管他吹什么,人们都会高喊:"棒极了!棒极了!"

节目单上最后一项是施放盛大的烟花,燃放时间就定在午夜。小公主一生也没有看过放烟花,因此国王命令皇家烟花手在婚礼当天负责施放烟花。

"烟花是什么样子?"一天早上,小公主在露天阳台上散步时这样问王子。

"烟花就像北极光,"国王说,他一贯喜欢替别人回答问题,"只是更自然罢了。我本人更喜欢烟花而不是星星,因为你一直都明白它们何时出现,它们就如同我吹的笛子一样美妙。你一定得看一看。"

就这样,在皇家花园的尽头搭起了一座大台子。等皇家烟花手把一切都准备完毕,烟花们便相互交谈起来。

"世界真是很美妙,"一个小爆竹大声喊道,"看看那些黄郁金香。啊!如果它们是真正的爆竹,它们会更逗人喜爱的。我很高兴我参加过旅游。旅游大大增长见识,还能除掉一切个人偏见。"

"国王的花园并不是世界,你这个傻爆竹,"一枚罗马烛光弹说,"世界是一个大得很的地方,你得花三天时间才能把世界看个遍。"

"任何地方只要你爱它,它就是你的世界。"一枚深思熟虑的转轮烟花激动地喊道。她早年曾经迷恋一只旧杉木箱子,并且以这段伤心事而自豪,"不过爱情已不再时髦了,诗人们已经把它给扼杀了。他们对爱情吟咏得太多,没人再相信他们,可我一点也不觉得吃惊。真正的爱情是痛苦的,是沉默的。我记得自己曾有过那么一回——可是现在已经结束了。浪漫属于过去。"

"胡说!"罗马烛光弹说,"浪漫永远不死,它像月亮一样,永远存活。例如,这对新郎和新娘彼此爱得多么热烈。关于他们的故事我是今天早晨从一个棕色纸做的爆竹那儿听来的,他碰巧跟我同在一个抽屉里面,并且知道最新的宫中消息。"

可是转轮烟花摇摇头,喃喃地说:"浪漫已经死了,浪漫已经死了,浪漫已经死了。"她同其他一些人一样,相信假如你把同一件事情反复说上许多遍,假的最终也会变成真的。

突然,传来一声尖厉的干咳声,他们都回头四下张望。

这声音来自一个高大的、样子傲慢的火箭,他被绑在一根长棍子头上。他每次说话之前,总要先咳嗽几声,好引起人们的注意。

"啊咳!啊咳!"他咳嗽着。大家都认真地听着,只有可怜的转轮烟花仍旧摇着头,喃喃地说:"浪漫已经死了。"

"肃静！肃静！"一个爆竹大声嚷道。他是个有点像政客的人物，在本地选举中总能大出风头，因此他知道如何使用恰当的政治术语。

"死绝了。"转轮烟花低声说道，说完她就去睡了。

周围刚刚完全安静下来，火箭又发出了第三次咳嗽声，并且开始发言了。他的语调缓慢而清晰，好像在口授自己的回忆录，从来不正眼去看他的听众。说实话，他确实有点仪表堂堂。

"国王的儿子的确幸运，"他说道，"他结婚的日子恰逢我要腾空燃放之时。真是的，即便是事先安排好的，对他来说也是再好不过了；可是王子总是有好运的。"

"我的天哪！"小爆竹说，"我认为恰恰相反，我想我们是为了王子的荣耀才腾空燃放的。"

"对于你来说可能如此，"他回答说，"事实上这毋庸置疑。不过对我而言事情就不一样了。我是一枚非常神奇的火箭，出身名门。我母亲是她那个时代最著名的转轮烟花，并且以她优美的舞姿闻名遐迩。她一登台，就要旋转十九次才会出去，每转一次，就向空中抛撒七颗粉红彩星。她直径达三英尺半，是用最好的火药制成的。我父亲像我一样也是火箭，来自法兰西。他飞得可真高，人们都担心他不会下来了。尽管如此，他还是下来了，因为他性格善良。他化作一阵金色的雨，非常耀眼地洒落了下来。报纸用尽溢美之词记载他的表演。的确，《宫廷报》把他称为烟花艺术的一个伟大成就。"

"烟花，烟花，你是说烟花吧？"一枚信号烟花说，"我知道是烟花，因为我看见我的匣子上写着呢。"

"噢，我说的是烟花。"火箭用严肃的语调回答。信号烟花感到自己受到强压，并立即去欺负那些小爆竹了，目的是为了表明自己依旧是个重要角色。

"我是说，"火箭继续说，"我是说——我说什么来着？"

"你在说你自己。"罗马烛光弹回答说。

"的确，我知道我正在讨论一个有趣的话题，却被人粗鲁地打断了。我讨厌各种粗鲁举止和不良行为，因为我是个非常敏感的人。世上没人比我更敏感了，对此我深信不疑。"

"什么敏感的人?"爆竹对罗马烛光弹问道。

"一个人自己脚上生鸡眼,便总想着踩别人的脚指头。"罗马烛光弹低声道。爆竹差一点笑破肚皮。

"请问你笑什么?"火箭问道,"我一点也没觉得好笑。"

"我笑是因为我高兴。"爆竹回答说。

"这理由太自私了,"火箭怒气冲冲地说,"你有什么权利高兴?你应该为别人着想。实际上,你应该为我想想。我总是想着我自己,我也希望别人都会如此。这就是所谓的同情心。这是个美好的德行,在这方面我的造诣就颇高。譬如,如果今天夜里我有什么不测,那么对每一个人来说都会是多么的不幸!王子和公主再也不会开心了,他们的婚后生活将会毁于一旦;至于国王,他或许经不住这场打击。真的,我一想起自己身居要职,就激动得几乎要声泪俱下。"

"如果你想给别人带来快乐,"罗马烛光弹说,"那么你最好先不要把自己搞得湿乎乎的。"

"当然了,"信号烟花说,他现在精神好多了,"这不过是个常识。"

"常识,一点不假!"火箭愤愤不平地说,"可你忘了我是很不寻常的,而且极其不寻常。啊,任何人如果没有想象力,也会具备常识。然而我有想象力,因为我从没有按照事物的实际情况去思考,我总是把它们想象成另外一回事。至于要我本人不流泪,很显然在场的诸位没人能够欣赏多情善感的品性。所幸的是,我本人并不介意。唯一能够支撑人一生的事就是想到自己要比别人优越得多,这也是我一贯培养的感觉。你们这些人都没有情感。你们只会傻笑寻开心,好像王子和公主并非刚刚结婚似的。"

"啊,正是,"一个小火球叫道,"难道不行吗?这是件大喜事呀,我一飞到天上,就会把这一切都告诉星星。等我给星星讲讲美丽的公主,你就会看见星星眼睛闪亮。"

"啊!多么渺小的人生观!"火箭说,"然而这正在我的预料之中。你们胸无大志;你们浅薄无知。噢,或许王子和公主会到有条大河流淌的乡村定居;或许他们只有一个独生子,那孩子和王子一样有一头金发和一双紫色的眼睛;或许有一天他会跟保姆一起出去散步;或许保姆会在一棵大接骨木树下睡着了;或许小孩会掉进那条大河中淹死。多么可怕的灾祸啊!可怜的人儿,失去了他们的独生子!这真是太可怕了!我永远也忘不了。"

"但是,他们并没有失去他们的独生子呀,"罗马烛光弹说,"他们根本就没有遇到灾祸。"

"我从未说过他们遇到过,"火箭回答说,"我只是说他们可能会。如果他们已经失去了独生子,那么再谈此事还有什么必要?我讨厌那些事后反悔之人。不过一想到他们可能会失去独生子,我就会难过得要死。"

"虚伪①死了?你的确如此!"信号烟花大声叫道,"实际上,你是我见过的最虚伪的人。"

"你是我所遇到的最粗俗的人,"火箭反驳说,"你是无法理解我对王子的友情的。"

"噢,你甚至还不认识他呢。"罗马烛光弹怒吼道。

"我从未说过我认识他。"火箭回答说,"我敢说,如果我认识他,我是不会成为他的朋友的。要认识自己的朋友,是件非常危险的事。"

"说真的,你最好还是不要流眼泪,"火球说,"这可是件要紧的事。"

"我敢肯定,对你是非常要紧,"火箭回答说,"可我想哭就得哭。"说着他还真的哭了起来,泪水像雨点一样从杆子上流下来,差一点淹死两只正在寻找一块干燥的好地方做窝的小甲虫。

"他一定有真正的浪漫品质,"转轮烟花说,"根本就没有什么可哭的,他却能哭得起来。"接着她长叹一口气,又想起了那个杉木箱子。

不过罗马烛光弹和信号烟花却是义愤填膺,他们不停地说着:"胡扯!胡扯!"那声音可真够大的。他们是非常讲实际的,只要是他们反对的东西,他们就会说是胡扯。

这时明月像一面银盾冉冉升起;繁星开始闪烁,音乐声从宫中传来。

王子和公主正在领舞。他们跳得可真美,就连那些亭亭玉立的白莲

---

① 原文 affect 一词有"难过""虚伪"两个意思,信号烟花故意把"难过"理解为"虚伪"。——译者注

花也透过窗户偷看他俩,大红罂粟花频频点头,打着节拍。

十点的钟声敲响了,十一点的钟声敲响了,现在敲十二点。当午夜最后一下钟声敲响时,所有的人都来到了阳台上,国王派人叫来皇家烟花手。

"开始放烟花吧。"国王宣布说。皇家烟花手深鞠一躬,迈步向下走到花园的尽头。他带了六个助手,每个助手都拿着一根竿子,竿子头上捆着一个点燃的火把。

这的确是一个盛大壮观的场面。

嗖嗖!嗖嗖!转轮烟花飞了上去,一边飞一边旋转着。轰隆!轰隆!罗马烛光弹又飞了上去。然后爆竹们便到处狂舞起来,接着信号烟花把一切都映得红彤彤的。"再见了。"火球喊了一声就腾空而起,抛下无数蓝色小火星。啪啪!啦啦!大爆竹们也跟着响了,他们真是痛快无比。他们各个都非常成功,只剩下神奇的火箭了。他哭得浑身湿乎乎的,根本无法腾空上天。他身上最好的东西只有火药,火药被泪水打湿后,就什么用场也派不上了。他的那些穷亲戚们,平时他从未打过招呼,只是偶尔讥讽一下,此刻各个都像金色的花儿,盛开着火红的花朵飞到天空中去了。好哇!好哇!宫廷的人们都欢呼起来。小公主高兴地笑了起来。

"我猜想他们留着我是为了更盛大的庆典,"火箭说,"毫无疑问就是这个意思。"他看上去比以前还要傲慢。

第二天,工人们来清理场地。"这些人一看就是代表团的,"火箭说,"我要带着尊严迎接他们。"于是他摆出一副威严的样子,庄重地皱着眉头,仿佛在思考什么重要的问题。可是他们一点也没有理睬他,直到要离开的时候,他们中的一个人碰巧看见了他。"嘿!"他大喊了一声,"这么一枚破火箭!"说完他便把火箭丢到墙外的阴沟里去了。

"破火箭?破火箭?"他在空中一边翻滚着一边说,"不可能!大火箭,那人就是这样说的。破和大这两个词发音是非常接近的,的确它们的发音常常是一样的。"接着他就掉进了阴沟里。

"这里并不舒服,"他说,"可没准是个时髦的浴场,他们送我来是为了要我恢复健康。我的神经的确受到极大的伤害,我也需要休息了。"

这时一只小青蛙朝他游了过来,他有一双明亮闪光的宝石眼睛和一件绿色斑纹的外衣。

"看来,是个新来的!"青蛙说,"啊,毕竟跟稀泥巴不一样。只要能享受雨天和一条阴沟,我便会十分幸福。你认为下午可能下雨吗?我真希望如此,可你看这蓝蓝的天空,万里无云,多么可惜啊!"

"啊咳!啊咳!"火箭说着便咳了起来。

"你的声音多好听啊!"青蛙大声叫道,"真像是青蛙的呱呱叫声。这种呱呱声当然是世界上最美好的音乐了。今天晚上你可以来听听我们合唱队的演出。我们都在农夫房屋旁的老鸭池中,月亮一升起我们便开始表演。那可太迷人了,人人都睁着眼躺着听我们唱。其实,就在昨天我还听农夫的妻子对她的母亲说,就是因为我们的存在,使她整夜一点儿也睡不着。能受到这么多人的欢迎,真是谢天谢地。"

"啊咳!啊咳!"火箭生气地咳。由于连一句话也插不进去,他感到非常恼火。

"当然了,美妙的音乐。"青蛙继续说,"我希望你能到鸭池来。我要去看我的女儿们了。我有六个漂亮的女儿,我很担心梭鱼会遇到她们。他是个地道的怪物,会毫不犹豫地拿她们当早餐吃掉的。好了,再见,我们的谈话真让我开心,我信得过你。"

"谈话,一点不假!"火箭说,"都是你一个人在说话,那不算谈话。"

"总得要人听啊,"青蛙回答说,"我也喜欢一个人谈话。这节省时间,且避免争吵。"

"可我却喜欢争吵。"火箭说。

"我可不希望这样,"青蛙得意地说,"争吵太粗俗,在好的社会中,人人都会持有完全一致的意见。再一次告别吧,我看见我的女儿在那边。"说完小青蛙就游走了。

"你是个非常讨厌的家伙,"火箭说,"而且教养很差。我讨厌人们只顾谈论自己,就跟你这样,要知道别人也想说说话,就像我这样。这就是我所说的自私,自私是十分可恶的事,特别是对于我这种品性的人来说,因为我是以富有同情心而闻名的。说实在的,你应该以我为榜样,你或许找不到比我更好的榜样了。既然你还有机会,你最好把握住,因为我几乎马上就要返回宫中去了。我在宫中是个大宠儿;其实,王子和公主在昨天就为庆贺我而举办了婚礼。当然,这些事你是一无所知的,因为你是个乡巴佬儿。"

"还跟他讲话有什么用,"一只蜻蜓开口说,他正坐在一株棕色的香蒲顶上,"没有任何用处,因为他已经走了。"

"嗯,那是他的损失,不是我的,"火箭回答说,"我不会仅仅因为他不理会我,就停止对他说话。我喜欢听自己讲话,这是我最大的乐趣之一。我常常一个人讲上一大堆话,我真是太聪明了,有时候我连我自己讲的话也不明白。"

"那么你真应该去讲授哲学。"蜻蜓说,说完他便展开自己一对可爱的纱翼朝空中飞去了。

"他不留在这儿可算是傻极了!"火箭说,"我敢说他并不是经常有这样的机会来提高智力的。然而,我一点也不介意。像我这样的天才肯定有一天会得到别人的赏识的。"他往稀泥中陷得更深了。

过了一会儿一只白色的大鸭子向他游了过来。她有一对黄色的腿和一双蹼足,而且由于她走起路来一摇一摆的,便被视为是个大美人。

"嘎,嘎,嘎,"她叫着说,"你的样子多么古怪啊!我可以问问你是怎么生得如此模样的吗?或者是由于事故造成的?"

"很显然,你一直都住在乡下,"火箭回答说,"不然你会知道我是谁的。不过,我会原谅你的无知。期望别人跟自己一样了不起是不公平的。等你听说我能够飞上天空,洒下一阵金色的雨点后,你一定会感到惊讶的。"

"我倒不看重那个,"鸭子说,"因为我看不出它对别人会有什么好处。眼下,要是你能像牛一样地去犁地,像马一样地去拉车,或像牧羊犬那样地照看羊群,那还算是个人物。"

"我的好人啊,"火箭用十分高傲的腔调大声说道,"看来你是属于下等阶层的。我这样身份的人是永远不会有用的。我们已经有了一定的成就,那就足够了。我本人对各种所谓的勤劳并没有好感,尤其对像你赞赏的那些勤劳更是一点好感也没有。说实话,我一贯认为做艰苦的工作仅仅是那些无事可干的人们的一种逃避方式。"

"好吧,好吧,"鸭子说,她是个非常随和的人,从未跟任何人争吵过,"各人有各人的爱好。我想,无论如何,你要在这儿安家落户吧。"

"啊!当然不会了,"火箭嚷道,"我只是个过路人,一位尊贵的客人。事实是我觉得这地方好无聊。这儿既不宁静,又没有社交生活。说实在的,这儿根本就是郊外。我可能要回到宫里去,因为我注定了要轰动世界的。"

"我也曾想过要投身于公众事务去,"鸭子说,"世上有那么多需要革新的事物。老实说,我前些时候主持过一次会议,我们通过决议谴责一切我们不喜欢的东西。然而,它们好像并没有多大效果。现在我一心从事家务,照料我的家庭。"

"我生来就是为了公众事务的。"火箭说,"我所有的亲戚也都是如此,甚至包括他们中最卑微的。只要我们一出场,随时都会引起广泛的关注。其实还没轮到我出场呢,不过我一出现,准会是壮观的场面。说到家务事,它会使人早早地衰老,使人无心追求更高的目标。"

"啊!更高的生活目标,它们该有多好呀!"鸭子说,"可它们倒使我觉得好饥饿。"说完她就朝下游泅水而去,同时还"嘎、嘎、嘎"地叫着。

"回来,快回来!"火箭尖声叫着,"我有好多话要对你说。"但是鸭子没理会他。"我很高兴她离去了,"他对自己说,"她的思想的确只算得上一般。"他往稀泥中陷得更深了,这时他才开始想起天才的寂寞来。忽然有两个小男孩身穿白色的粗布衫,手拿一只水壶,怀里抱着好些柴火,朝岸边跑了过来。

"这一定是那个代表团。"火箭说着,努力摆出非常庄重的样子。

"嘿!"其中一个孩子叫道,"看这根旧木棍!我真不知道它怎么会在这里。"他从阴沟里拾起火箭。

"旧棍子!"火箭说,"不可能!他说的是金棍子。金棍子,金杖,这倒是很中听。实际上,他把我错当成宫廷显贵了。"

"我们把它放到火里吧!"另一个孩子说,"它可以帮着把水烧开的。"

于是他俩把柴火堆在一起,把火箭放在最上面,点起火来。

"这下可好了,"火箭大声叫道,"他们要在大白天把我燃放,这样人人都会看见我了。"

"我们现在去睡觉,"他俩说,"睡醒了水也就烧开了。"说完他们便在草地上躺了下来,闭上了眼睛。

火箭浑身都湿透了,所以花了好长时间才把他烤干。不过,最后,他终于燃了起来。

"现在我要腾空了!"他大吼道,同时把身体挺得笔直僵硬,"我知道我要飞得比星星高多了,比月亮高多了,比太阳高多了。其实,我会飞得高到——"

嗖嗖!嗖嗖!嗖嗖!他直直地朝空中飞去。

"太棒了!"他叫了起来,"我要永远这样一直飞下去,我是多么成功啊!"

然而,没有人看见他。

这时他开始感觉有一种奇异的刺痛传遍周身。

"现在我就要爆炸了,"他大声喊道,"我要轰动整个世界,我要声震寰宇,让大家一年里都不再谈论别的事情。"他的确爆炸了。轰!轰!轰!火药爆炸了。的的确确爆炸了。

可是没有人听见,就连那两个小孩也没有听见,因为他俩都在酣睡着。

然后所剩下的只有棍子了,棍子掉下来,正好落在一只在阴沟边散步的鹅背上。

"天哪!"鹅叫了起来,"要下棍子雨了。"说完她就跳进水里去了。

"我知道我会轰动的。"火箭喘息着说,随后他就熄灭了。

赵洪玮 译

少年国王

在举行加冕典礼的前一天晚上,少年国王独自坐在他那间漂亮的屋子里。他的大臣们在告辞前都已按照当时的礼仪,低头向他鞠了躬。大臣们来到宫殿的大厅里,听礼仪老师讲授最后的一些课程,因为他们当中有几个人的举止太随便了,不用说,这是很不礼貌的。

这位少年——他还仅仅是个少年,才十六岁——大臣们的离去并不使他觉得孤单。他深深地舒了一口气,把身体向后一仰,靠在了他那绣花沙发的松软靠垫上。他就这样躺着,睁着两眼,张着嘴,就像树林里褐色的农牧神,或像森林中一只被猎人刚刚捕获的小动物。

的确,他是被猎人们找到的。猎人们是在很偶然的情况下遇到他的。当时他光着脚,手里拿着笛子,正走在穷牧羊人的羊群后面。是那个穷苦的牧羊人把他抚养大的,他一直把自己当作穷牧羊人的儿子。他的母亲,也就是老国王的独生女儿,偷偷地爱上了一个地位比她低得多的人——据说,那是个外乡人,他用笛子吹出魔幻般的美妙音乐,使公主迷恋上了他;还有人说他是从里米尼来的艺术家,公主对他很敬重,也许是太欣赏他了。突然有一天,他从这座城市里消失了,他那幅没有完成的作品还留在大教堂里——他从熟睡的公主身边偷偷抱走了他们才一个星期大的孩子,把孩子交给了一对普通的农民夫妇去抚养。这对夫妇自己没有孩子,住在树林的深处,从城里骑马要走一天多才能到达那里。也许是因为悲伤的折磨,就像宫廷的御医所说的那样,或是像人们所猜测的那样是因为喝了放在香料酒中的意大利烈性毒药,那位生下这孩子的脸色苍白的少女在醒来后不到一小时的时间内就死去了。一位忠诚的听差带着孩子跨上马鞍走了,当他从疲惫的马背上俯下身来敲响牧羊人茅屋的柴门时,公主的尸体正被埋葬到一个打开的墓穴中。墓穴就在城门外一片荒凉的墓地里。据说在那个墓穴里还躺着另一具尸体，那是一位非常英俊的、有着异国容貌的男人，他的双手被绳索反绑着，胸膛上有许多被刺伤的血红的伤口。

至少，这是人们私下里悄悄传递的故事。可以确信的是，老国王在临终时，也许是出于对自己罪孽的悔恨，或者仅仅是因为希望自己的王国不至于落入外人之手，竟派人去找回了那个少年，并在宫中众大臣的面前，承认少年为自己的继位人。

似乎就是从少年被承认的那一刻起，他表现出了对美的热爱，而且这种热情注定了将对他的一生产生巨大影响。那些在为他预备的套房里陪伴他的仆人们常常讲起，当他看到那些为他准备的华丽衣衫和珍贵宝石时，他快活得哭出了声，他几乎是兴高采烈地把身上穿的粗劣的皮衣和羊皮外套脱下来扔在一边。有时候他也的确会怀念那段在森林里自由自在的日子，他也一直讨厌宫廷里那些占去他一天大部分时间的繁文缛节。但在这座富丽堂皇的宫殿里——人们把它叫作"逍遥宫"——他发现自己成了它的主人，而这在他看来就像是一个专门用来寻欢作乐的新鲜而时髦的世界；一旦他得以从议会厅或会见室里溜出来，他就会沿着那用亮晶晶的斑岩石做成的、装饰着闪闪发光的铜狮子的大台阶跑下去，从一间屋子转悠到另一间屋子，又从一条走廊转悠到另一条走廊，他似乎在寻找一种美，一种可以止住他的痛苦、医治他的心病的美。

他把这称为发现之旅——的确，这对他来说真像是在神境中漫游了。有时候会有几位苗条的、摇曳着披风、飘动着艳丽丝带的金发宫女陪伴着他四处转悠；但更多的时候，是他独自一人。凭他敏锐的直觉，或差不多是一种预感，他觉得艺术的奥秘最好是在私密的状况下去领会。美，就如同智慧一样，钟爱的是孤独的朝圣者。

在这段时间里，一些关于他的奇闻怪事也在到处流传。据说有一位又矮又胖的市政长官，代表全城居民出来发表了一通辞藻华丽的演说，说他看见那个少年恭恭敬敬地跪在一幅刚从威尼斯带来的巨大的画像前，似乎在表达对一位新神的敬仰。还有一次，那位少年失踪了好几个小时，人们费了很长时间才在宫殿内北面塔楼的一间小屋里找到了他，他正出神地凝视着一块刻有美少年阿多尼斯像的希腊玉石。还有人看见,人们是这样传说的,他用自己温暖的双唇去吻一座大理石古雕像的前额,那座雕像是人们在修建石桥时在河床里发现的,雕像上刻着罗马皇帝哈德良所拥有的俾斯尼亚奴隶的名字。他还曾用整整一夜的时间去观看月光照在恩底弥翁①银像上的效果。

一切稀罕而珍贵的东西都必定对他有极大的吸引力,他迫切地想得到它们,于是就派出了许多商人。有的到北海去向渔民购买琥珀;有的到埃及去寻找那些传说中有非凡魔力的绿宝石,而这种绿宝石只有在法老的墓穴中才能找到;还有的去波斯购买柔软光滑的地毯和彩绘的陶器;其他人去印度购买薄纱和染色的象牙,还有月亮宝石和翡翠手镯、檀香木和蓝色珐琅以及细羊毛披巾。

然而,最让他费心思的还是他加冕时的穿戴。金线织成的长袍,镶着红宝石的王冠,还有那根绕着一圈圈珍珠的王杖。是的,今晚这会儿当他靠在奢华的睡椅上,望着粗壮的松树枝在敞开的壁炉里燃烧,他脑子里想的就是这个。这些穿戴都是由当时最著名的艺术家亲手设计的,早在几个月前就把设计款式呈交给他了。他下令要工匠们不分昼夜地把它们赶制出来。为了找到能够配得上这套穿戴的珠宝,整个世界都被找遍了。幻想中他仿佛看见自己穿戴得美轮美奂站在大教堂高高的祭坛上,微笑洋溢在他那孩子气的唇间,他那双黑幽幽的森林之眼也闪烁着明亮的光芒。

过了一会儿他站起身来,倚在雕花的壁炉庇檐上,目光环视着灯光昏暗的屋子。四周墙上挂着象征"美的喜悦"的挂毯。一个嵌着玛瑙和琉璃的大衣橱,填满了屋子的一个角落。面对着窗户的是一个异常精致的柜子,柜子的隔板是油漆的,上面镀着金粉嵌着金片,隔板上摆放着一些精美的威尼斯玻璃高脚酒杯,还有一只黑纹玛瑙的杯子。绸缎的床罩上绣着淡淡的罂粟花,这些花儿好像是从熟睡的天使手中撒落下来的。刻着凹槽的高大象牙柱撑开天鹅绒的天棚。天棚上一群群鸵鸟展开白得像泡沫一样的羽毛,一直伸向银灰色的回纹装饰的天花板上。美少年纳西瑟斯的青铜雕像欢笑着用双手举着一面亮闪闪的镜子。桌上放着

---

① 希腊神话中的月神。——译者注

一只紫晶的平底盆。

往外,他可以看见教堂的大圆顶,隐隐约约像个气泡浮动在阴影朦胧的房子上。哨兵们无精打采地在河边那条弥漫着雾气的游廊上来回地走着。远处,果园里,一只夜莺在唱歌。一缕淡淡的茉莉花香从开着的窗口飘了进来。他捋了捋自己额前的棕色鬈发,随后拿起一把琵琶,手指随意拨弄着琴弦。他的眼皮沉重地垂了下去,一种奇特的倦意袭上身来。以前他从来没有如此强烈并且如此喜悦地感受到美的东西的魔力和神秘。

当钟楼传来午夜钟声的时候,他按铃召来了仆人们。仆人们进来按照烦琐的礼节为他脱去王袍,在他手上洒上玫瑰香水,在他枕头上撒满鲜花。仆人们离开房间后没多久,他就睡着了。

睡着后他做了一个梦。梦是这样的:

他梦见自己正站在一间狭长低矮的阁楼里,四周有许多转动着的织布机在发出呼啦哗啦和咔嗒咔嗒的声音。微弱的光线透过窗户的栅栏射进来。他看见了那些俯在织机台上工作的织工们憔悴的身影。脸色苍白、面带病容的孩子们蜷缩在巨大的横梁上。每当梭子飞快地穿过经线时,织工们便把沉重的筘座提起来,等梭子一停又立即把筘座放下,把线压密实。他们的脸因饥饿而憔悴,他们瘦骨伶仃的双手不停地抖动着。一些形容枯槁的女人围坐在一张桌子旁做着针线。这里充满了难闻的臭气,空气既污浊又沉闷,四周的墙壁因潮湿而滴着水。

少年国王走到一位织工跟前,站在他身边看他工作。

然而织工却气愤地望着他说:"你干吗老看着我?你是不是主人派来监视我们干活的探子?"

"你们的主人是谁?"少年国王问道。

"我们的主人!"织工痛苦地大声说道,"他是和我一样的人。其实,我和他之间唯一不同的地方就是,他穿漂亮的衣服而我总是衣衫褴褛,我饿得浑身无力,他却吃得肠肥脑满。"

"这里是自由的土地,"少年国王说,"你不是任何人的奴隶。"

"战争年代,"织工回答说,"强者把弱者变为奴隶,而和平年代,富人把穷人变成奴隶。我们必须干活才能生存,可他们给的工钱太少了,我们都活不下去了。我们整天为他们辛辛苦苦地干活,他们的箱子里堆满了黄金,我们的子女却还未成年就夭折了,我们爱的人满脸是忧愁和苦难。我们榨出了葡萄汁,成了别人品尝的美酒。我们种出了谷物,但餐桌上却什么也没有。我们戴着枷锁,虽然人们的眼睛看不到它;我们是奴隶,尽管人们称我们是自由人。"

"所有人都是这样吗?"少年国王问道。

"所有人都是这样,"织工答道,"不论是年轻的还是年长的,不论是男人还是女人,无论是年幼的孩子还是那些终年体弱多病的老人。商人们压榨我们,我们还必须照他们的话去做。牧师骑着马经过我们这里,口里念着祷告词,却没有一个人关心过我们。贫穷睁着她饥饿的双眼在我们这条没有阳光的小巷爬过。罪恶带着他松弛呆滞的面孔紧跟在她的身后。不幸在清晨把我们唤醒,耻辱在夜晚陪伴着我们。但是这些与你有什么相干?你又不是我们中的一员。你的脸看上去多幸福啊!"他满面愁容地转过身去,把梭子穿过织机,少年国王看见织机上织出的是一根金线。

一种强烈的恐惧感向他袭来,他问织工:"你织的是什么袍子?"

"这是少年国王加冕时穿的袍子,"他回答说,"你问这干什么?"

少年国王大叫一声醒了过来,天哪!他原来是在自己的房间里,透过窗户他看见蜜一样颜色的月亮正挂在朦胧的天空。

他又睡着了,又做了一个梦。梦是这样的:

他梦见自己躺在一艘大船的甲板上,一百个奴隶在划着船桨。船长坐在他身边的地毯上。他黑得像一块乌檀木,头上包着深红色的丝巾,厚厚的耳垂上戴着一对硕大的银耳坠,他的手中拿着一架象牙做的天平秤。

奴隶们赤裸着身子,只缠了一条破烂的腰布,锁链将他们一个一个锁在一起。炽热的阳光烤着他们的身子,黑人们在船舷上来回跑着,用皮鞭抽打着那些奴隶。奴隶们伸长干瘦的双臂划动着水中沉重的船桨。咸咸的海水在桨叶上飞溅开来。

终于他们来到了一个小港湾,并开始测量水的深度。一阵轻风从岸上吹来,给甲板和三角形的船帆上蒙上了一层薄薄的红尘。三个骑着野毛驴的阿拉伯人朝他们投掷标枪。船长拿起一张彩色的弓,射中了他们其中一人的喉咙。那人重重地跌进了海浪里,他的同伴于是落荒而逃。一个蒙着黄色面纱的女人骑着骆驼慢慢地跟在他们后面,她不时回头看看那具死尸。

当奴隶们一把锚抛好、帆降下,黑人们就到船底的货舱,拿上来一根长长的绳梯,梯子上挂着沉重的铅锤。船长把绳梯从船侧扔下去,把梯的两端紧紧地系在两根铁柱上面。这时,黑人们抓住一位最年轻的奴隶,打开他的脚镣,在他的鼻孔和耳朵里灌满了蜡,并在他的腰间捆上了一块大石头。他疲惫不堪地爬下绳梯,消失在大海中。几个水泡从他入水的地方冒上来。另外一些奴隶在一旁好奇地观望着。船头上坐着一位击鼓的斗鲨人,敲打着单调的节奏。

过了一会儿,潜水者终于从水里冒了上来,不停地喘着粗气爬上绳梯,右手拿着一颗珍珠。黑人们从他手中夺去珍珠,又把他推回到海里。这时奴隶们已靠在船桨上睡着了。

潜水者一次又一次浮上水面,每次都带上来一颗美丽的珍珠。船长把这些珍珠过完秤后,就把它们放进一只绿色皮革的小口袋中。

少年国王想说话,可是他的舌头好像给粘在硬腭上了,他的嘴唇也动弹不了。黑人们在彼此闲聊,并开始为一串亮闪闪的珍珠争吵起来。两只白鹤绕着帆船盘旋着。

这时潜水者最后一次浮出水面,这次他带上来的珍珠比整个霍尔木兹海峡①所有的珍珠都要美,因为它的形状如同一轮满月,比晨星还要亮白。然而潜水者的脸却异常苍白,他一头栽倒在甲板上,鲜血从他的耳孔和鼻孔中喷涌而出。他战栗了一会儿就再也不动了。黑人们耸耸肩,把他的尸体抛出了船舷。

船长大笑起来,伸出手拿起了那颗珍珠。他端详着它,把它放在自己的前额上并鞠了一个躬。"它应该是,"他说,"用来装饰少年国王的节杖的。"说完他示意黑人们起锚。

听到这里,少年国王突然大叫一声,醒了过来。透过窗户,他看见黎

---

① 在伊朗和阿拉伯半岛之间,是波斯湾通往印度洋的唯一出口。——译者注

明修长的手指正在摘取暗淡的繁星。

他又睡着了,又做了一个梦。梦是这样的:

他梦见自己在一个阴森森的树林中游荡,树上挂满了奇形怪状的果子和美丽而有毒的鲜花。他所经之处,蟒蛇们朝他咝咝地叫着,毛色鲜亮的鹦鹉尖叫着从一根树枝飞到另一根树枝,巨大的乌龟们躺在热乎乎的泥沼中睡觉,树上到处是猴子和孔雀。

他走啊走啊,直到他来到了树林的边缘,在那儿他看见一大群男人在一条干涸的河床上辛苦地干活,像一群蚂蚁蜂拥在峭壁上。他们在地上挖了些很深的洞,然后下到洞里去。他们中的一些人用大斧头在劈岩石,另一些人匍匐在沙滩上搜寻着什么。他们把仙人掌连根拔起,并践踏着鲜红的花朵。他们忙乱着,彼此喊叫着,没有一个人闲着。

死亡和贪婪从洞穴的阴暗处观望着他们,死亡说:"我已经疲倦了,把他们中的三分之一交给我,我就走了。"

可是贪婪却摇着头说:"他们是我的仆人。"

死亡对她说:"你手上拿着的是什么?"

"是三粒谷子。"她回答说,"这和你有什么相干?"

"给我其中的一粒,"死亡大声说,"我把它种在我的花园中。只要给我其中的一粒,我就走了。"

"我什么都不会给你。"贪婪一边说着,一边把她的手藏到自己的衣服里。

死亡笑了。他拿过一只杯子来,把它浸在水池中。于是疟疾就从杯子里浮出水面。她从人群中走过,三分之一的人便倒下死去了。一股寒气在她身后旋起,水蛇们在她身边窜来窜去。

当贪婪看见三分之一的人都死了,便捶胸大哭起来。她捶着自己干瘪的胸膛,大声哭着说:"你杀死了我三分之一的仆人,你快滚吧。鞑靼人的山上正在打仗,交战双方的国王都在呼唤你。阿富汗人已经屠宰了黑牛,正在往前线进军。他们用长矛敲击着盾牌,还戴上了铁制的头盔。我的山谷对你有什么用,你还在这里逗留什么?你快滚吧,再也不要到这儿来了。"

"不,"死亡回答说,"直到你给我一粒谷子,我才会走。"

贪婪攥紧了手心,咬紧了牙齿。"我什么都不会给你。"她咕哝着说。

死亡大笑起来。他捡起一块黑色的石头,把它扔进了树林,从树林深处密密的野毒芹丛中走出了身穿火焰长袍的热病。她在人群中走过,去触摸他们,凡是被她碰过的人都死去了。她脚下踏过的青草也随之枯萎了。

贪婪浑身战栗起来,把灰土撒在自己的头上。"你太残忍了,"她叫道,"你太残忍了。在印度那些被城墙围着的城市里正闹着饥荒,撒马尔罕的蓄水池已经干涸了。埃及的那些围着城墙的城市也在闹饥荒,蝗虫从沙漠飞过来。尼罗河水没有涌上岸来,牧师们在诅咒伊西斯①和奥西里斯②。快到那些需要你的人那里去吧,放过我的仆人吧。"

"不,"死亡回答说,"直到你给我一粒谷子,我才会离开。"

"我不会给你任何东西。"贪婪说。

死亡又大笑起来,他打了一声口哨,就见一个女人从空中飞了过来。她的额上印着"瘟疫"两个字,一群瘦骨伶仃的老鹰在她的身旁盘旋。她巨大的翅膀罩住了整个山谷,没有人能活得下来。

贪婪尖叫着穿过树林落荒而逃。死亡跨上他那匹红马飞驰而去,他的马跑起来比风还快。

从山谷底部的烂泥中爬出许多巨型蜥蜴和有鳞甲的丑陋怪兽,一群豺狗也沿着沙滩跑过来,用鼻孔贪婪地嗅着空气。

少年国王哭了,他说:"刚才那些人是谁?他们在寻找什么东西?"

"寻找国王王冠上的红宝石。"站在他身后的一个人说。

少年国王吃了一惊,转过身去,看见一个香客模样的人,手中拿着一面银镜。

少年国王的脸色变得苍白,他问道:"哪一个国王?"

香客回答说:"看着这面镜子,你就会看见他。"

他朝镜子里看,看到的是他自己的面孔。他大叫一声醒了过来。明

---

① 古埃及司生育和繁殖的女神。——译者注
② 古埃及司阴府之神,地狱判官。——译者注

亮的阳光泻入房屋,鸟儿正在花园和游园的树上唱着歌。

宫廷总管和大臣走进房来向他行礼,侍从们拿来了用金线编织的长袍,并把王冠和节杖放在他面前。

少年国王看着这些东西,它们太美了,比他以前见过的任何东西都要美。但是他想起了刚才自己做的梦,于是便对大臣们说:"把这些东西拿走吧,因为我不会去用它们的。"

大臣们感到很惊讶,有人甚至笑了起来,因为他们以为国王在开玩笑。

可是他神情严肃地再次对他们说道:"把这些东西都拿走,不要让我再见到它们。虽然今天是我加冕的日子,但我不会去穿戴它们的。因为我的这件王袍是在忧伤的织机上用痛苦的苍白的双手织出来的。红宝石的心里是鲜红的血,珍珠的心里裹的是死亡。"接着他对他们讲述了自己的三个梦。

大臣们听完后,相互对视着,并彼此轻声说道:"他一定是疯了,梦就是梦,幻觉不就是幻觉吗?它们不是真的,不必去在意。那些为我们辛苦做工的人们的生活与我们有什么相干?难道一个人看见过播种者就不再吃面包了,与种葡萄的人交谈过就不再喝葡萄酒了吗?"

宫廷总管对少年国王说道:"陛下,我恳求您抛开这些忧郁的念头,穿上这件美丽的王袍,把这顶王冠戴在您的头上吧。如果您不穿戴上这些,人民怎么会知道您就是国王呢?"

少年国王望着他。"真的是这样吗?"他问道,"如果我不穿戴这些服饰,他们就不会知道我是国王了吗?"

"他们不会认识您的,陛下。"宫廷总管大声说道。

"我过去一直以为有一些人是有帝王之相的,"少年国王回答说,"不过也许正如你说的。可我还是不会去穿这件长袍,也不会去戴这顶王冠,我要像我当初进宫时那样走出去。"

说完他吩咐他们都离去,只留下一个侍者来陪他,这个少年侍者比他还小一岁,他把他留在身边听差。他自己在清水中洗了个澡,然后打开一个上了漆的衣箱,从箱子里取出了粗劣的皮衣和羊皮外套。这些都是他当年在山上为牧羊人放那些毛茸茸的山羊时穿过的。他穿上它们,手上拿着那根粗糙的牧羊杖。

这位小侍者吃惊地睁大了他那双蓝色的眼睛,笑着对他说:"陛下,我看见了你的王袍和节杖,可是你的王冠在哪儿呢?"

少年国王从攀附在阳台上的野灌木上折下一根枝条,把它弯成一个圆圈,然后戴在自己的头上。

"这将是我的王冠。"他回答说。

穿戴着这套行头,他走出房间来到了大厅里,达官贵族们都在那儿等候着他。

大家一片哗然,有人对他大声说道:"陛下,臣民们都等着见他们的国王,而您却让他们看到了一个乞丐。"还有一些人气愤地说:"他使我们的国家蒙羞,他不配做我们的君主。"然而,他并不理会他们,只是往前走去,走下亮晶晶的斑岩石阶,走出了青铜大门,跨上他自己的坐骑,朝教堂飞奔而去。小侍者紧随着他。

百姓们哈哈大笑,他们说:"这个骑马经过的人是国王的小丑。"他们于是嘲笑他。

而他却勒住马,对人们说:"不,我就是国王。"然后他把自己的三个梦讲给他们听。

人群中走出一个人来,他神情痛苦地对国王说道:"先生,你不知道穷人的生活是靠富人的奢侈得来的吗?是你的奢华使我们赖以生存,是你们的恶习给我们带来了面包。为一个酷君干活是很痛苦的,但如果没有主子要我们干活就会更痛苦。你以为乌鸦会养活我们吗?你有什么办法来解决这些事?你会去对那些买主说'你要用什么价钱来买',而对卖主说'你要卖这个价格'吗,我不相信你会去说。所以回到你的王宫中去,披上你那精美的紫色亚麻布吧。你和我们有什么相干?和我们遭受的痛苦有什么相干?"

"富人和穷人难道不是兄弟吗?"少年国王问道。

"是啊,"那人回答说,"那个富有的兄长名字叫该隐①。"

少年国王的眼里充满了泪水,他骑着马穿过喃喃低语的人群往前

---

① 《圣经》中亚当之子,因杀害其兄弟亚伯而受上帝惩罚。——译者注

去。小侍者感到有些害怕，就离他而去。

当少年国王来到大教堂的门口时，卫兵们用他们手中的戟挡住他说："你到这儿来干什么？除了国王谁都不许进去。"

他气得满脸通红，对他们说："我就是国王。"说完把他们的戟推开，径直走了进去。

老主教看见他穿着一身牧羊人的衣服走进来，惊讶地从他的宝座上站起身来，迎上前去，对他说："我的孩子，这就是国王的服饰吗？我用什么王冠为你加冕呢？我又将把什么样的节杖交在你的手中呢？这对你理应是个快乐的日子，而不是一个屈辱的日子。"

"快乐要用愁苦来装饰吗？"少年国王说。然后他把自己的三个梦告诉了老主教。

老主教听完了以后，锁紧了眉头，说道："我的孩子，我是个老人，已进入人生的寒冬，我知道在这个大千世界里有很多邪恶的事在发生。凶恶的强盗从山上下来，抢走年幼的孩子，把他们卖给摩尔人。狮子躺在草丛中等待着扑向过往的沙漠旅人的骆驼。野猪将山谷中的庄稼连根拔起。狐狸啃噬着山坡上的葡萄藤。海盗们在沿海作恶多端，把渔民的渔船烧毁，还抢走他们的渔网。在盐碱地的沼泽里住着麻风病人，他们的屋子是用编织的芦苇搭建起来的，没有人会去接近他们。乞丐们在大街上游荡，同狗一起吃食。你能让这些事不发生吗？你愿意同麻风病人睡在一起吗，与乞丐同桌进餐吗？你能让狮子听你的话、野猪服从你的命令吗？难道制造出这些不幸的上帝还不如你聪明吗？所以，我并不赞赏你现在的举动，我恳求你骑马回到王宫里，脸上要露出欢快的神情，穿上符合国王身份的服装，我要用金子做的王冠来为你加冕，再把嵌满珍珠的节杖交在你的手中。至于你的那些梦，不要再去想它们了。这世上的负担太重了，靠一个人是难以承担的；这世上的苦难也太大了，靠一颗心是难以承受的。"

"你就在这座房子里说这样的话吗？"少年国王说。他大步从主教身边走过，登上祭坛的阶梯，站在基督像前。

他站在基督像前，在他的左手边和右手边分别放着精美的容器，装满黄酒的圣餐杯和装满圣油的瓶子。他跪在基督像前，巨大的蜡烛在嵌

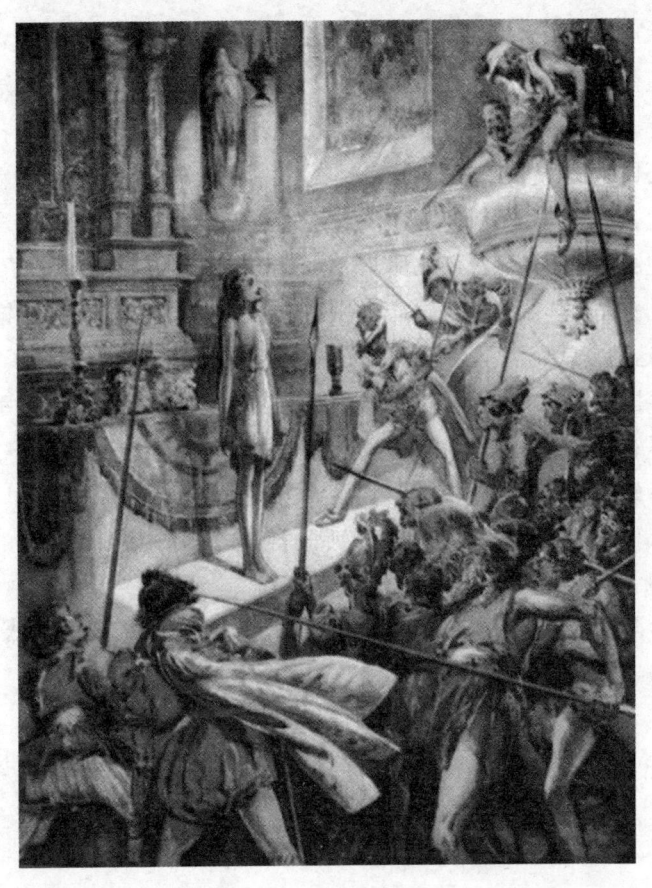

着宝石的神座旁燃烧着,发出明亮的光。熏香的轻烟袅袅地环成一只蓝色的花冠绕在屋顶上。他低下头去祷告。那些身披高贵斗篷的牧师们悄悄离开了祭坛。

突然,外面大街上传来了骚动和喧哗声,一群达官贵族走了进来,他们身佩宝剑,头戴羽缨,手持闪闪发光的钢制盾牌。"做那些梦的那个人在哪里?"他们大声嚷道,"那个打扮得像乞丐,使这个国家蒙受耻辱的国王在哪里?我们一定要杀了他,因为他不配做我们的统治者。"

少年国王再一次低下头去祷告。当他祷告完以后,他站起身来,转过身去忧伤地望着大家。

啊!瞧啊,阳光穿过五彩缤纷的窗户照在他的身上,一束束阳光在他身体周围交织着,织出了一件金色的长袍,比那件为赢得他欢心而编织的王袍还要美丽。枯死的树枝也发芽了,绽放出了比珍珠还要洁白的百合花。干枯的荆棘也发芽了,绽放出比红宝石还要红艳的玫瑰花。比珍珠还白的是百合花,它们的根茎是晶莹闪亮的银子。比红宝石更红的是玫瑰,它们的叶子是铂金的。

他身穿国王的服饰站在那儿,镶嵌着珠宝的神龛打开了盖子,光芒四射的水晶圣体匣放射出奇异而神秘的光芒。他身穿国王的服饰站在那儿,这地方就充满了上帝的荣光,壁龛中的圣徒们也好像活了起来。他身穿国王华贵的衣服,站在了众人的面前,风琴奏响了乐曲,号手吹响了喇叭,唱诗班的孩子们在放声歌唱。

百姓们敬畏地跪下身来。贵族们把宝剑插回剑鞘并向国王致敬。主教大人的脸色变得苍白,他的双手颤抖着。"一个比我更伟大的人为你加冕了。"他大声说道,并跪倒在国王面前。

少年国王从高高的祭坛上走下来,穿过人群朝王宫走去。然而,没有人敢看他的脸,因为这张脸就跟天使一样。

任一鸣　译

小公主的生日

这一天是小公主的生日,她刚满十二岁。明媚的阳光照耀在宫廷的花园里。

虽然她是一个真正的公主——一个西班牙公主,但她仍然像那些穷人的孩子们一样,每年只有一个生日。所以她的生日对于整个国家来说自然是一件非常重要的事,应该是有一个晴朗的好天气的。今天当然是一个非常好的日子。那些有斑纹的郁金香高高地耸立在花茎上,像排着长队的士兵,挑衅地望着草地对面的玫瑰,好像在说:"我们现在就像你们一样光彩夺目。"紫色的蝴蝶到处飞着,挥动着撒着金粉的翅膀,轮流拜访着每一朵鲜花。小蜥蜴们从墙角的裂缝中爬了出来,舒适地躺在炫目的阳光下取暖。石榴石在炎热的阳光下裂开了,发出噼噼啪啪的响声,把它们鲜红的流着血的心露了出来。就连那一串串悬挂在昏暗的拱顶走廊的雕花棚架上的淡黄色柠檬,似乎也被这美妙的阳光染得更浓了。玉兰花树也张开了它们巨大的、像象牙折叠起来的球状花朵,使空气中弥漫着浓郁的芳香。

小公主和她的同伴们在露台上跑来跑去玩着,绕着石花瓶和长满青苔的古雕像玩捉迷藏的游戏。平时她只被允许同那些与她身份相同的孩子们玩,所以她常常一个人玩,但在她生日这天却是个例外。国王已经下了命令,允许她邀请任何她喜欢的小伙伴来宫中和她一起玩。这些瘦小的西班牙孩子的举止庄重而优雅。男孩们头戴插着羽缨的帽子,身披飘荡的斗篷,女孩们手里提着锦缎长裙的下摆,并用黑色和银灰两色的大扇子遮在眼睛上挡住阳光。但是最优雅的、衣着最有品位的还是小公主,她是按照当时那种繁缛的款式打扮的。她的长裙是灰色锦缎的,裙摆和鼓起的蓬松袖口上绣着银丝线的边,紧绷的胸衣上装饰着一排排昂贵的珍珠。她一迈步，两只坠着粉红色玫瑰花饰的小拖鞋就从裙摆下边偷偷地露了出来。她的那把薄纱扇是粉红色和珍珠色相间的，她的发间插着一朵美丽的白玫瑰，头发密密的像一轮浅金黄色的光环围着她那张苍白的小脸蛋。

国王透过宫中的窗户忧伤地望着他们。站在他身后的是他所憎恨的那个兄弟，来自阿拉贡①的唐·彼德罗。坐在他身边的是他的忏悔师，来自格兰那达的宗教法庭裁判官。国王今天比以往更忧伤，因为当他看见小公主带着孩子气的庄重向宫中群臣们行礼，看见她笑话那个板着脸陪在她身边的阿尔布奎尔格公爵夫人时用扇子掩着嘴偷笑的模样，他想起了年轻的王后，也就是小公主的母亲。对于国王来说，一切就好像发生在不久以前。王后从欢乐的国度法兰西来到这里，在西班牙宫廷忧郁奢华的生活中凋谢了生命。她死的时候孩子刚出世六个月，她甚至没有等到看园中的杏花第二次开放，也没赶上采集那棵古老的饱经风霜的无花果树上第二年结的果子，这棵树就在后院的中央，那儿此刻已经是杂草丛生了。他太爱她了，甚至不能忍受她被埋进那使他再也看不见她的墓穴中。一位摩尔人医师为此在她的尸体上抹上了香料。人们传说，这位医师因为信仰邪教和施行巫术的嫌疑，已经被宗教法庭判了极刑。国王因为他为王后的尸体抹香料而赦免了他的死刑。王后的遗体仍然安放在宫中黑色大理石礼拜堂里饰挂着绣帷的棺木中，仍像十二年前那个狂风飞舞的三月天里牧师们把她抬放到那儿时一模一样。国王每月一次，穿着黑色的长袍，手提一盏遮暗的灯笼，来到这里跪倒在她的身旁，呼唤着：“我的王后，我的王后！”西班牙对宫廷生活的各个细节都有规定的礼节，对于哀痛中的国王也有许多限制。但国王有时不顾这些限制，他会在极度的悲伤下疯狂地抓住她的手，那双戴着珠宝的苍白的手，并去亲吻她那冰凉的化了妆的脸颊，想要把她唤醒。

今天他好像又看见了她，就像他在枫丹白露的城堡中第一次见到她时一样，那时他才十五岁，而她当然更年轻。他们俩在罗马教皇使节的主持下，在法兰西国王和全体朝臣面前正式订了婚，随后他带着她的一

---

① 位于西班牙东北部。——译者注

小缕金发,带着对她的吻的甜蜜回忆,回到了西班牙王宫。在他登上马车前,她弯下身子用她那两片幼嫩的嘴唇吻了他的手。紧接着就是婚礼,婚礼是在两国边境的小镇伯哥斯匆匆举行的。盛大的公开庆典在马德里举行,按照习俗在拉·阿托卡大教堂举行了一次高规格的弥撒,还举行了一次比平日更隆重的对异教徒处以火刑的仪式。将近三百名异教徒,其中许多是英国人,被交到刑吏的手中处以火刑。

他真的是疯狂地爱着她,爱到把国家都给毁了。很多人都这么认为,因为当时他们正与英国为拥有新世界的帝国而进行战争。他甚至不能容忍她离开他的视线;为了她,他已经忘记了,或者似乎是忘记了国家的所有重大事情;激情驱使盲目到了可怕的地步,他甚至没有发现,那些他为取悦她而施行的繁文缛节,反而加重了她那奇怪的病。她死后有一段时间,他好像丧失了理智。真的,毫无疑问他会正式宣布退位并隐居到格兰那达的特拉普教①大寺院去,他已经是该院的名誉院长了。可是,他不放心把小公主留给他的兄弟任其摆布。他兄弟的残酷无情在西班牙是出了名的,不少人怀疑是他害死了王后。据说当王后到他在阿拉贡的城堡去拜访他时,他送给王后一双有毒的手套。即便在国王以皇家法令宣布举国哀悼三年之后,他仍然无法忍受他的大臣们跟他提起续弦的事。当神圣的罗马皇帝亲自来提亲,要把他自己的侄女、可爱的波西米亚郡主嫁给他时,他仍旧派他的使臣去告诉罗马皇帝,说西班牙国王已经同悲伤联姻了。虽然她只是一个虚无缥缈的新娘,但他却爱她胜过任何美丽的人儿;为了这个回答,他付出的代价是失去了富饶的尼德兰诸省。因为不久以后这几个省份就在罗马皇帝的煽动下,在一些革新教会的狂热信徒领导下,向他发动了叛乱。

今天,当他望着小公主在露台上玩耍的时候,他的整个婚姻生活,那炽烈而又绚烂的快乐,以及那痛苦的突然而来的可怕结局,都一齐回到他的记忆中。小公主具备了王后的美丽和傲慢,就连摆动脑袋时那任性的模样都一样,并有着同样线条美丽而傲慢的嘴唇,以及同样灿烂的微笑——当她不时地抬头望望窗户,或者伸出小手让尊贵的西班牙绅士亲

---

① 天主教西多会中的特拉普派。——译者注

吻的时候——那种笑容的确是法兰西式的微笑。然而孩子们的欢笑声使他的耳朵感到刺伤,明亮而无情的阳光嘲弄着他的哀伤,一股奇怪的幽香——也许是幻觉?——好像破坏了早晨清新的空气,那是防腐香料的味道。他把脸埋在手掌中。等小公主再次抬头向窗户张望的时候,窗帘已经拉下,国王已走开了。

她失望地噘了噘小嘴,并耸了耸肩膀。他当然应该在她过生日的日子里和她待在一起。那些乏味的国事有什么要紧的?或许他又到那个阴森森的礼拜堂去了,那个总是燃着蜡烛,而她从未被允许进去过的礼拜堂?如此明媚的阳光,每个人都这么开心,他真是太傻了。再说,他会错过一场假扮的斗牛比赛,比赛的号角已经吹响了,更何况还有那些木偶戏和其他精彩的活动。她的叔父和宗教法庭的大法官表现还不错,他们已经到露台上来了,并向她道了精美的贺词。于是她点了一下她那可爱的头,搭着唐·彼德罗的手,缓缓地步下台阶,向花园尽头那个装饰着紫色绸缎的亭帐走去,其他孩子按照严格的先后次序紧跟在她的身后,名字最长的走在最前头。

一队穿着奇妙的斗牛士服装的贵族男孩走过来欢迎她。年轻的新地伯爵,一位十四岁的美少年,用西班牙贵族世家和西班牙绅士的全部优雅向她脱帽致敬,并庄重地把她引领到竞技场看台上那把镀金的象牙小椅子上就座。孩子们在她的四周围成一圈,他们一边挥动着手中的大扇子,一边交头接耳说着话。唐·彼德罗和大法官面带笑容站在入口处。就连那位女公爵——人们称她侍从市长——一个瘦小而相貌冷酷的女人,戴着黄色的领颌,也不像往日那样脾气坏,她那皱巴巴的脸上好像掠过一丝冷冷的笑容,那没有血色的薄嘴唇也抽动了一下。

这真是一场精彩的斗牛比赛,小公主觉得比那次帕尔玛公爵来看望她父亲时人们带她去塞维利亚看的那一场斗牛赛还要精彩。一群少年骑着装饰华丽的小木马在场子里昂首阔步地走着,他们挥舞着系着象征喜庆的艳丽彩带的长矛;另一些男孩徒步走着,并在假牛面前甩动着猩红色的披风,当牛向他们冲过来时,他们就灵巧地跳过栅栏;那只牛就像真牛一样,尽管它只是用柳枝和牛皮做成的。它有时坚持着用后腿绕着场子跑,这可是真牛连做梦都不敢想的事。这牛在战斗中表现极其出色,孩子们兴奋地站到了长凳子上,挥动着手中的花边手帕,大声嚷着:太棒了,太棒了!那轰动场面就跟成年人看斗牛一样。战斗持续了很长时间,最后,那些小木马不断地被牛角刺倒,它们的骑手也都纷纷四处逃窜。年轻的新地伯爵用膝盖把牛压在了地上,在小公主的许可下,他给了牛以致命的一击,用木头做的剑猛力刺向那动物的脖颈,牛头一下子脱落下来,露出了假扮斗牛的小罗兰先生的笑脸。他是法国驻马德里大使的儿子。

在大家的掌声中,竞技场被清理干净了,两个身穿黄黑制服的摩尔人神情严肃地把倒在地上的木马拖走了。短暂的幕间休息时,一位法国杂技大师在一根紧绷的绳索上做了表演。接下来,在那个为庆祝生日特意搭建起来的演戏用的舞台上,几个意大利木偶戏演员表演了半古典的悲剧《索福尼西巴》。他们表演得太出色了,把那些木偶都演活了,以至于到演出结束时小公主的眼中都盈满了泪水。事实上许多孩子真的哭了起来,不得不用糖块去安慰他们。就连大法官也深受感动,他忍不住对唐·彼德罗说,这些仅仅用木头和彩蜡做成的东西,被绳线机械地牵动着,竟然如此悲伤,遭遇到如此的不幸,真是令人难以置信。

接着上场的是非洲的戏法大师。他提来一只扁扁的大篮子,上面蒙着一块红布。他把篮子放在竞技场的中央,从他的包头帕下面取出一根奇异的芦笛,吹了起来。不一会儿,红布开始动了起来,随着笛声越来越尖,两条金绿色的蛇伸出了它们那古怪的楔形头,慢慢地越伸越长,并随着音乐声摇摆着,就像水草在水中摇曳。然而,孩子们看见它们那有斑点的头和飞速伸吐的舌头,却感觉惊恐万分。当他们看到戏法大师在沙地上变出一棵小橘子树,树上开出美丽白色的花朵,还结出一串串真的果实时,才开心起来;当戏法大师从拉·托里斯侯爵的小女儿手中拿过一把扇子,把它变成了一只蓝色的小鸟在亭帐里唱着歌飞来飞去时,孩子们表现出了极度的兴奋和惊讶。来自教堂跳舞班的男孩们表演的庄重的米奴哀小步舞也十分引人入胜。小公主以前从来没见过如此盛大的庆典。这种庆典每年五月中旬为敬仰圣母而举行一次,在圣母大祭坛前。事实上,自从一位疯教士,许多人怀疑是英国的伊丽莎白女王收买了那个疯教士,企图用一块有毒的圣饼谋害阿斯图里亚斯①王子以后,就没有一位西班牙皇室成员走进过萨拉格萨大教堂。因此,小公主只是听人说过这种被称为"我们的圣母之舞"的舞蹈。这种舞的确是优美动人。男孩们穿着白色天鹅绒做的老式宫廷服,他们那怪异的三角帽上镶着银边,顶上插着巨大的鸵鸟羽毛。当他们在阳光下翩翩起舞的时候,那身耀眼的白色服饰在他们黑色的脸膛和长长的黑发衬托下显得尤其夺目。所有人都被他们的尊贵典雅的舞姿——繁杂的舞步、优雅的手势和庄重的鞠躬——迷住了。舞蹈结束以后,他们脱下插着大羽毛的帽子向小公主致敬。小公主也非常礼貌地接受了,并许诺要送一支大蜡烛给圣母的神坛,以感谢圣母给予她的快乐。

接着,一队英俊潇洒的埃及人——当时也被称为吉卜赛人——走进了竞技场,他们盘腿坐下来,围成一个圈,开始轻轻地弹奏起他们的古筝。他们的身子随着音乐摇动,并轻声地哼着曲调,声音压得很低就如同梦中的轻烟。他们一看见唐·彼德罗就变得愁眉不展,有人还露出了恐惧的神情。因为就在几个星期以前,他们的两个族人因为在塞维利亚的市场上施行巫术而被他绞死了。不过美丽的小公主的模样吸引了他们。只见她身子朝后靠着,一对蓝色的大眼睛从扇子的边缘露出来望着他们。他们相信像她这样可爱的人是绝不会残忍地对待别人的。于是,他们用长长的指尖轻柔地拨弄着琴弦,头开始一下一下地点起来,仿佛就要睡着了。突然传来一声尖厉的大叫,孩子们全都吓了一跳,唐·彼德罗的手赶紧抓住了他那缀着玛瑙的剑柄。只见那些埃及人跳起身来,敲打着手鼓,围着竞技场疯狂地转起圈来,同时用他们那奇特的带喉音的语言唱起了狂野的情歌。又是一声尖厉的信号传来,他们一下子又扑倒在地上,静静地躺着一动不动,直到迟缓凌乱的琴声打破了全场的寂静。他们这样重复了几次以后,又都不见了。过了一会儿才用链条牵着一头毛茸茸的棕色大熊又回到场上,他们的肩头上还驮着几只巴巴利②的小猿猴。大棕熊煞有介事地倒立起身子,瘦巴巴的小猿猴跟着两个像

---

① 西班牙西北部一地区,曾是一王国。——译者注
② 北非的中西部沿海地区。——译者注

是它们主人的吉卜赛小男孩表演着各种逗笑的把戏,它们挥动着小剑相互格斗,开枪,而且还像正规军队那样操练,就像国王自己的卫队一样。事实是,吉卜赛人的表演大获成功。

然而整个早上的娱乐活动中,最有趣的毫无疑问要数小矮人的舞蹈。他迈着那双弯曲的腿,左右摇晃着那颗畸形的大脑袋,蹒跚着走进了场子。孩子们高兴地大叫起来,小公主更是笑得不得了,以至那位女侍从市长不得不提醒她说,虽然以前在西班牙有过几次国王的女儿在她同等人面前哭泣的先例,但却从没有皇室家族的公主在比她出身低贱的人面前如此放肆地大笑过呢。不过,小矮人的举动真是让人忍俊不禁,即便是在西班牙宫廷,这样一个以热衷于豢养怪物而著称的地方,这么稀奇的小怪物还从未见过。对于小矮人来说,这当然也是他第一次露面。人们是昨天才发现他的。当时两个贵族恰好在环城的偏僻栓皮储树林中打猎,而他正在树林里狂野地奔跑着,于是他们就把他带进了宫中,作为献给小公主的一个惊喜。小矮人的父亲是个贫穷的烧炭人,能够摆脱这个又丑陋又没用的孩子对他来说真是件开心的事。也许小矮人最有趣的地方是他对自己奇异的长相浑然不知。他真的看上去很开心而且兴致很高。当孩子们哈哈大笑时,他也跟他们每一个人一样笑得既开心又无拘无束。每个舞蹈结束时,他都要以最滑稽的动作向每个孩子鞠一个躬,他对他们微笑和点头的样子就好像他真的是他们中的一员,而不是上帝以滑稽的方式创造出来的供别人取乐的小怪物。至于小公主,小矮人完全被她给迷住了。他不能把眼睛从她的身上移开,就好像他是专门为小公主一个人跳舞似的。表演结束时,小公主记起了自己曾看见过的宫廷贵妇们向意大利著名男高音加法瑞里抛掷花束的情形,当时罗马教皇把加法瑞里从自己的礼拜堂派往马德里,指望他用最甜美的歌声去医治国王的忧伤。于是小公主便从自己的头发上取下那朵美丽的白玫瑰,一半是开玩笑,一半是为了戏弄那位女侍从市长,脸上带着最甜美的微笑,把花向场中的小矮人抛了过去。小矮人十分认真地接受了,他把花朵贴在他粗糙的嘴唇上,一只手按在胸膛上,跪在她的面前,咧着大嘴笑着,那双明亮的小眼睛因喜悦而闪烁着光芒。

这使小公主忘记了应有的矜持。她不停地大笑着,直到小矮人退场

了好长时间她还在笑,并向她的叔父表示应该让这个节目马上再表演一次。然而那位女侍从市长却恳求说太阳晒得太热了,她的小公主殿下最好马上回宫里去,那里已经为她备好了丰盛的宴席,还有一个名副其实的生日蛋糕,蛋糕四周用彩糖裱着她名字的大写字母,上面还插着一面飘动着的银色小旗。小公主于是神态庄重地站起身来,宣布让小矮人在她午睡时间之后再为她表演一次,并要求把她的谢意转达给年轻的新地伯爵,感谢他筹备了有趣的庆祝节目。接着她就回自己的房间去了。其他孩子们又按照先前进场时的次序随她一同退场。

当小矮人听说小公主要他再在她面前表演一次,而且还是她亲自下的指令时,他得意地跑到花园中,欣喜若狂地亲吻那朵白玫瑰,用最笨拙最粗野的方式表达着他的喜悦。

花儿们对他如此胆大地闯进他们美丽的家园而感到愤怒。当他们看见他在花间小径上欢呼雀跃,还十分可笑地高举双手在头上挥舞着,他们再也无法忍受下去了。

"他真是太丑陋了,他不该被允许在我们待的任何地方玩耍。"郁金香花大声说。

"他应该去喝罂粟汁,然后睡上一千年。"深红色的大百合花说。这时他们已经变得怒火万丈了。

"他可怕到了极点!"仙人掌尖叫着说,"哎呀,他长得畸形又矮小,他的头跟腿根本不成比例。他真的使我浑身起鸡皮疙瘩。如果他走近我,我就用我的刺去刺他。"

"而他竟然得到了我最美的一朵花,"白玫瑰树惊叹道,"那朵花是我今天早上亲自送给小公主的,是给她的生日礼物,他却从她那儿把花偷走了。"接着她用最响的声音大叫起来,"小偷,小偷,小偷!"

就连平常不爱摆架子、以穷亲戚多而闻名的红色天竺葵,在看见小矮人时也都厌恶地卷起了身子。当紫罗兰温和地说小矮人的确是丑陋不堪,但小矮人自己也对此无能为力时,天竺葵尽可能公正地反驳说,丑陋的确是小矮人的主要缺陷,但人们也没有理由因为这是天生的缺陷而赞赏他。其实,也有一些紫罗兰觉得小矮人是故意在卖弄他的丑陋。假如他脸上带着忧伤,或至少表现出忧心忡忡的样子,而不是欢呼雀跃,使自己显得古怪而又笨拙,那么他会让人感觉好一点。

至于老日晷仪,那位非常了不起的人物,他曾经只向查理五世陛下本人通报每天的时间,也对小矮人的模样惊讶不已,差不多有足足两分钟的时间他几乎忘记用他那长长的带着阴影的手指来报时。他忍不住对在栏杆上晒太阳的乳白色大孔雀说,人人都知道,国王的孩子就是国王,烧炭人的孩子还是烧炭人,要是对此佯装不知就太荒唐了。孔雀完全赞同他的说法,并且真的高声叫了起来:"对啊,对啊。"声音又大又粗,连住在凉爽的喷水池中的金鱼们也从水中露出头来,向巨大的石雕海神特里同[①]询问究竟发生了什么事。

[①] 希腊神话中人身鱼尾的海神。——译者注

然而不知为什么小鸟们却喜欢小矮人。他们常在树林中看见他像个小精灵似的追赶着飞旋的落叶，或者蜷缩在老橡树的树洞里，与松鼠们一起分享他的坚果。他们可不在乎他的丑陋，一点也不。是啊，即便是夜莺也没什么好看的，尽管她夜晚在橘树林里唱着甜美的歌，月亮有时也会俯下身去聆听；再说，小矮人过去对他们很友好。在那可怕的严冬里，当树上已没有果子，地面被冻得像铁一样硬，狼群纷纷下山到城门口觅食时，小矮人也不曾忘记他们。他总是把自己的小圆黑面包的碎屑给他们吃，而且不管他可怜的早餐是什么，他总会同他们一起分享。

所以，他们围着他盘旋了一圈又一圈，他们飞过他身边时用翅膀轻轻抚摸他的脸，并相互交谈着。小矮人太高兴了，忍不住把那朵美丽的白玫瑰拿出来给他们看，还告诉他们这是小公主亲自给他的，因为她爱他。

他们对他讲的话一个字也听不懂，不过这也没关系，因为他们歪着小脑袋，一副聪明伶俐的样子，就跟听懂了一样，而且很容易就懂了。

蜥蜴也非常喜爱他，每当他跑累了以后躺在草地上休息的时候，蜥蜴们就会在他身上爬来爬去地嬉戏，尽可能逗他开心。"没有东西会像蜥蜴一样漂亮的，"他们大声说道，"那是痴心妄想。而且，其实他一点也不丑陋，虽说这话听上去有些不可思议。当然，倘若人们闭上眼睛，不去看他。"蜥蜴们天生就是十足的哲学家，当闲着没事可做的时候，或碰上大雨天不能外出时，他们常会连着好几个小时坐在那儿思考。

然而，花儿们却格外讨厌蜥蜴们的习性，也讨厌鸟儿们的行为。"这只能表明，"花儿们说，"这种不停地飞来飞去所产生的影响有多么坏。有良好教养的人总是待在同一个地方不动，就像我们一样。从来没有人看见过我们在花间小径上跳来跳去，或者在草丛中疯狂地追赶蜻蜓。当我们确实想要换换空气，我们就会叫园丁把我们搬到另一个花坛上去。这是尊严，而且本应如此的。然而那些鸟儿和蜥蜴们不懂得文静，而且鸟儿们连一个固定的住址都不曾有。他们纯粹是一群像吉卜赛人那样的流浪汉，而且也理应受到与流浪汉同样的待遇。"于是花儿们鼻孔朝天，一副傲慢的样子。过了一会儿，当他们看到小矮人从草地上匆忙爬起来，穿过阳台朝宫廷走去时，他们又高兴起来。

"他应该在以后的日子里一直都被关在房子里,"他们说,"瞧他那驼背,还有他那罗圈腿。"说着他们哧哧地笑了起来。

不过小矮人对这些都一无所知。他非常喜爱这些小鸟和蜥蜴,并且认为花儿是整个世界上最美妙的东西,当然除了小公主之外。而小公主已经把美丽的白玫瑰给了他,她是爱他的,这就大不一样了。他多么希望自己能带着她一起回到树林里去!她会让他待在她的右手边,并对他微笑。他永远也不会离开她,他要和她一起玩,把所有逗人的把戏都教给她。因为尽管他以前从未进过王宫,但他却知道很多很多奇妙的事情。他会用灯芯草编出小笼子,蚱蜢可以在笼子里唱歌。他还会用竹节做成笛子,吹出牧神潘①爱听的曲子。他听得懂每只鸟儿的叫声,还能把欧椋鸟从树梢上唤下来,或把苍鹭从池塘中唤出。他认识每一种动物的足迹,可以从精巧的足印寻觅到野兔,从被践踏过的树叶找到狗熊。他了解风的所有舞蹈,秋季里裹着红衣的狂舞,穿着蓝色草鞋在稻谷上的轻舞,冬季里戴着白雪花环的曼舞,还有春季里掠过果园的丰收舞。他知道斑鸠在哪里筑巢。有一次,一对老斑鸠给捕鸟者抓走了,他就自己来哺育那些幼鸟们,并在一棵截去了树梢的榆树裂缝中为他们筑起了一个小小的巢。他们都很听话,并常常在清晨从他的手上找食吃。小公主会喜欢他们的,那些在长长的凤尾草中轻快地跑着的小兔们,那些长着坚硬的羽毛和黑嘴的䴗鸟,还有那些能够把自己团成带刺圆球的刺猬,以及那些大智龟,他们晃着脑袋,啃着嫩叶,慢慢地爬着。是的,她一定会到树林里来和他一起玩。他会把自己的小床让给她睡,自己在窗外守到天明,不让那些长角的牲畜伤害她,也不能让饥饿的狼群靠近小茅屋。清晨他会轻轻地敲窗户把她唤醒,随后他们一起出去,一起跳舞,玩上一整天。在树林里真是一点都不寂寞。有时主教会骑着他的白色骡子从这里经过,边走边念一本画着彩色图画的书。有时候那些猎鹰人戴着他们的绿丝绒帽子,穿着褐色鹿皮短上衣从这里路过,被蒙住脑袋的鹰蹲在他们的手腕上。每到酿酒的季节,踩葡萄的人就来了,他们的手和脚都成了紫色的,头上戴着用光滑的常青藤编的花冠,手里提着滴着

---

① 希腊神话中半人半羊的山林和畜牧之神。——译者注

葡萄酒的皮囊。烧炭人夜晚围坐在大火盆的四周,看着干柴在火中慢慢地燃烧,把栗子埋在烧尽的炭灰中烘烤。强盗们从山洞里钻了出来,与他们一同打闹逗乐。还有一次,他看见一群人排成好看的队形朝托莱多①走去,扬起了长长一路的尘土。牧师们走在队伍的前头,手拿鲜艳的旗子和金子做的十字架,轻快地唱着歌,后面跟着身穿银色盔甲、手执火绳枪和长矛的士兵。走在士兵当中的是三个赤脚的人,他们身穿怪异的黄色袍子,上面绘满了好看的图画,手中拿着点燃的蜡烛。树林中真的有很多好看的东西。如果小公主累了,他就会找一片长满青苔的松软土堆让她休息,或者扶着她走,因为他很强壮,尽管他知道自己的个子不高。他会用红色的蔓草果为她做一串项链,它会像她裙子上缀的那些白色小果子一样漂亮。如果她戴够了红浆果项链,她可以把它给扔掉,他还会为她做别的。他会给她找来一些橡树果壳和浸透了露水的银莲花,而且小小的萤火虫会成为她浅黄色头发上的小星星。

可是她在哪儿呢?他问白玫瑰,白玫瑰没有回答他。整个王宫像是睡着了,即便是那些没有关窗户的地方,也垂下了厚重的窗帘,把耀眼的亮光挡在了外面。他四处转悠着想找到一个可以进去的入口,最后他发现了一扇秘密的小门,门是开着的。他悄悄溜了进去,发现自己来到了一个富丽堂皇的大厅,这儿比树林气派多了,他心存敬畏。这里到处金碧辉煌,就连地板都是用五彩缤纷的大石头拼成几何图形铺成的。可是小公主不在这儿,只有几个美丽的白色雕像从他们的绿宝石基座上俯视着他,眼神中充满了忧伤和茫然,唇间掠过一丝怪异的微笑。

在大厅的尽头悬挂着刺绣华贵的黑天鹅绒帷幔,上面星星点点地绣着太阳和繁星,那是国王最喜爱的图案,而且又是用他最喜爱的颜色绣成的。也许小公主就躲在那帷幔后面?他无论如何也要过去瞧一瞧。

于是他悄悄地穿过大厅,把帷幔撩向一边。没有人,那儿只不过是另一间屋子,一间他认为比刚才走过的那间更漂亮的屋子,墙上挂着绣工密实的绿色挂毯,上面有许多人物,表现了狩猎的场面,是几位佛兰芒艺术家花了七年多的时间才完成的。这里曾经是傻约翰国王的房间,人

---

① 西班牙中部的一个省。——译者注

们都这么叫他,那个疯子国王对打猎着了迷,在他精神一度失常的时候,他曾骑着宫里养的那匹大马,拖上一只被大猎狗围攻的公鹿,吹响他那狩猎的号角,用他的短剑刺向那只虚弱的要逃跑的鹿。现在这里被用作会议厅了。在屋子中央的桌子上放着大臣们的红色文件夹,上面盖着西班牙金色郁金香的印章,还有哈普斯堡家族的纹章和徽标。

小矮人好奇地东张西望着,他有点不敢往前走了。画上那些陌生而沉默的骑手正敏捷地飞奔过一片开阔的林间草地,没有发出一点声音。这些人在他看来就像他听烧炭夫们讲过的那些可怕的魅影——康普拉柯斯,他们只在夜间外出狩猎,要是遇上人,他们就把人变成一只鹿,然后去追逐猎取他。但小矮人想见到美丽的小公主,于是又鼓起了勇气。他希望她是一个人待着,这样他就可以告诉她,他也爱着她。也许她在另一间屋子里。

他踏着柔软的摩尔人地毯穿过房间,打开了门。没有!她也不在这儿。这间屋子几乎是空的。

这是一间设有御座的觐见室,是用来接待外国使节的,在国王同意亲自接见他们时用。这种事近来不常有了。多年以前,就是在这间屋子里,英国的特使曾到这儿来安排他们的女王与皇帝长子的婚事。女王当时是欧洲天主教君主之一。屋里挂着的帷幔是用镀金的科尔多瓦①皮革做成的,黑白相间的天花板下悬挂着沉重的镀金吊灯,上面可以插三百支蜡烛。还有一个金制的天棚,上面用小粒珍珠绣着狮子和卡斯提尔②城堡的图样。天棚下面就是国王的御座,御座上蒙着华贵的黑色天鹅绒,上面星星点点地缀着银色的郁金香,周边精致地镶着银饰和珍珠。在御座的下方紧挨着的是小公主用的跪凳,凳子上的垫子是用银线织成的布做的。在跪凳下方,天棚的外面,放着罗马教皇使节的椅子,只有他才有权在国王出席的任何公开庆典上坐着。他那顶垂着深红色穗子的主教帽子,就放在那把椅子前面的一个紫色矮凳上。正对着御座的墙上,挂着查理五世穿猎装的画像,跟真人一样大小,身旁还站着一只大猎

---

① 西班牙城市。——译者注
② 古代西班牙北部的一个王国。——译者注

犬。另一面墙的正当中挂着一幅菲利普二世接受尼德兰诸省朝拜时的画像。在两扇窗户的中间放着一个黑檀木的柜子,里面放着象牙做的盘子。盘子上刻着霍尔宾的"死亡之舞"中的人物。据说,这是那位大师亲手刻的。

可是小矮人对眼前的一派富丽堂皇并不在意。他不愿用自己那朵玫瑰花来换得天棚上的珍珠,甚至不愿用哪怕一片玫瑰花瓣来换取宝座。他想要做的是在小公主去竞技场的亭帐之前见到她,要求她在他跳舞表演结束以后跟他一块儿离开这里。这里,在宫中,空气是郁闷而沉重的,而在树林里风儿自由自在地吹着,阳光晃动着它那金光灿烂的手撩开了轻颤的树叶。树林中还有鲜花,也许虽然不如花园里的花儿那么绚丽多彩,但却更加馥郁芬芳;早春的风信子花布满了清凉的山谷和青青的小丘,泛起了层层紫色的波澜;黄色的报春花缠绕着栖息在橡树疙疙瘩瘩的树根周围;鲜亮的白屈菜,蓝幽幽的威灵仙,还有淡紫和金黄的鸢尾草。榛树上开着灰色的荑荑花,毛地黄被那些斑斑点点的蜂巢压得垂下了头。栗子树的顶部就像白色的星星,而山楂则是那幽暗的美丽月亮。是的,只要他能找到她,她一定会来的!她会跟他一起到美妙的树林中去。他会为她跳整整一天的舞,让她开心。想到这儿,他的眼睛因为微笑而变得明亮起来,于是他走进了另一间屋子。

这间屋子是所有房间里最明亮、最漂亮的。屋子四周的墙壁上装饰着印着粉红色花朵的意大利绸缎,缎子上印着鸟的图案,点缀着盛开的银花;家具是用大块的银子制成的,上面饰着艳丽的花环和转动的小爱神;在两个大壁炉的前面立着绣有鹦鹉和孔雀的大屏风;海绿色玛瑙的地板,仿佛延伸到很远的地方。这儿并不是只有他一个人,他看见在房间的另一头,在门廊的阴影下站着一个小小的身影,正朝他望着。他心中一颤,一声欢呼从他的唇间迸发出来。他往前走去,走到了阳光下。而当他这么做的时候,那个小身影也跟着走到了阳光下,现在他可以看清楚那个人形是谁了。

是小公主!不,那是个怪物,是他所见过的最丑陋的怪物。那副畸形的样子与其他人都不一样,驼背,罗圈腿,还有一颗硕大的晃来晃去的大脑袋和一头鬃毛般的黑发。小矮人皱起了眉头,那怪物也皱起了眉头。小矮人笑了,而它也跟着一起笑,而且还把两只手放在腰间,跟小矮人的动作一样。他嘲弄地向它鞠了一躬,它也还他一个鞠躬。他朝它走过去,它也迎了上来,和他迈着同样的步伐,当他站住不走,对方也停住了脚步。小矮人被逗乐了,他大叫着朝它跑过去,并伸出一只手,那怪物的手也伸过来碰到了他,那是一只冷得像冰一样的手。他有点害怕,又把手伸向对方,怪物的手也很快地伸了过来。他试着去握住那只手,但有什么光滑而坚硬的东西挡住了他。此刻,那怪物的脸与他的脸靠得很近,那脸看上去充满了恐惧。他把头发从眼睛上撩开,它模仿他。他去打它,可它也一拳一拳地回击。他对它做出厌恶的神情,它也朝他做鬼脸。他向后退,它也向后退去。

这是什么东西?他想了一会儿,并往四周看了看房间的其他地方。真奇怪,这房间里所有的东西都会在这堵看不见的明净如水的墙上重现它们的模样,是的,一样的画像,一样的睡榻。门廊壁橱里躺着的那个睡着的法恩①,也有一个一模一样的孪生兄弟在那面墙上酣睡。伫立在阳光下的银色维纳斯像也把她的双臂伸向了那位同她一样可爱的维纳斯。

这是女神厄科②吗?他有一次在山谷中呼唤过她,而她一个字一个字地回应了他。难道她能模仿视觉就像她模仿声音一样?难道她能够制造出一个与真实世界一样的虚拟世界?难道影子也会有颜色、生命和动作吗?难道这是——?

他大吃一惊,从怀里掏出那朵美丽的白玫瑰,转过身来,吻着花。而那个怪物也有一朵同自己一样的玫瑰花,连花瓣都一模一样!它也用同样的动作吻着花,还用它那可怕的姿势把花紧贴在胸口。

当他明白了真相的时候,他发出了一声绝望的狂号,趴在地上痛哭起来。原来那个畸形驼背的怪物就是他自己,奇形怪状,丑陋不堪。他自己就是那个怪物,所有孩子嘲笑的正是他,那位他原以为爱着他的小公主——也只不过是在嘲笑他的丑态,拿他的罗圈腿寻开心罢了。他们

---

① 古罗马传说中半人半羊的农牧神。——译者注
② 在希腊神话里,厄科是山水林泉的仙女,因为爱恋美少年纳西塞斯遭到拒绝后,憔悴而死,只留下声声叹息,遂成为回声女神。——译者注

为什么不让他留在树林里？那儿没有镜子告诉他，他长得多么令人厌恶。为什么他的父亲不杀死他，反而要把他卖掉去出丑呢？滚烫的热泪从他的脸颊上倾泻而下，他把白玫瑰撕成了碎片，那个趴在地上的怪物也这样做了，还把那些零落的花瓣抛撒在空中。它在地上爬着，当他朝它看着，它那张写满痛苦的脸也在望着他。为了不再看见它，他往一边爬去，并用双手蒙住自己的眼睛。他像一只受了伤的动物，爬向阴暗的地方，在那儿暗自呻吟。

就在这时小公主带着她的小伙伴们从开着的落地长窗中走了进来。当他们看见丑陋的小矮人躺在地上，用紧握的拳头捶打地板的时候，爆发出一阵开心的大笑，因为他的动作极为滑稽和夸张，他们围着他观赏起来。

"他的舞蹈很有趣,"小公主说,"而他的表演更加有趣。他真的差不多就跟木偶人一样好玩,当然还不够自然。"说完她挥舞着大扇子,喝起彩来。

可是小矮人再也没有抬起头来,他的哭泣声也越来越弱了,突然他发出一声奇怪的叹息,试图抓住旁边的东西。然而他又倒了下去,躺在那儿一动也不动了。

"精彩极了。"小公主说。停顿了一下,她又说:"不过现在你必须为我跳舞了。"

然而小矮人却一动也不动。

小公主跺了跺脚,大声唤她的叔父过来。她叔父此时正和宫廷大臣一起在露台上散步,读着刚从墨西哥送来的急件。那儿最近刚刚建立了宗教裁判所。"我的有趣的小矮人生气了,"她大声嚷道,"你一定要把他唤醒,让他为我跳舞。"

他们两人相视而笑,慢慢踱进了房间。唐·彼德罗弯下腰去,用他那绣花的手套打了小矮人一个耳光,说:"你必须跳舞,小怪物,你一定要跳。要让西班牙小公主以及印度群岛的小公主开心快乐。"

可小矮人还是一动也不动。

"应该去叫执鞭人来揍他一顿。"唐·彼德罗不耐烦地说,接着就又回露台上去了。然而,宫廷大臣却神情黯然,他跪在小矮人的身旁,把手按在小矮人的胸口上。过了一会儿,他耸了耸肩膀,站起身来,向小公主深深鞠了个躬,说道:

"我美丽的小公主,您那有趣的小矮人再也不能跳舞了。真遗憾,他的相貌这么丑陋,一定会逗国王开心的。"

"可是他为什么不再跳舞了呢?"小公主笑着问道。

"因为他的心碎了。"宫廷大臣说。

小公主皱起了眉头,她那秀丽的玫瑰花瓣一样的嘴唇傲慢地噘了起来。"那以后就让那些来陪我玩的人都没有心。"她大声说着,就往外面的花园跑去。

任一鸣 潘天一 译

渔夫和他的灵魂

每天晚上年轻的渔夫都要出海,把他的渔网撒到海里。

当风是从陆地上吹来时,他便什么也捕不到,或者最多只能有一点点收获,因为那是一种刺骨的插着黑翅膀的风,大海要掀起巨浪来迎接它。不过当风是从海上往岸边吹的时候,鱼儿们便从深水里浮上来,游到他的渔网里,他就把抓来的鱼带到市场上去卖掉。

每天晚上他都出海打鱼。有一天晚上收网时,渔网重得他几乎没法把网拖到船上来。他笑了,自言自语地说:"我一定是把所有的鱼都给捕上来了,不然就是抓住了什么愚蠢的怪物,人们会引以为奇的;再不然就是什么令人恐惧刺激的东西,伟大的女王会喜欢的。"他使出浑身的劲用力拖着那根粗绳子,直到手臂上的青筋都暴了出来,就像环绕在青铜花瓶上的蓝色彩釉条纹一样。他又用力拽细绳子,渔网上那块扁平的软木慢慢地越来越近了,终于,渔网浮出了水面。

可是,渔网里一条鱼都没有,也没有什么怪物,或任何可怕的东西,只有一个熟睡的小美人鱼躺在里面。

她的头发就像湿漉漉的金羊毛,每一根发丝就如同玻璃杯中精美的金丝线。她的身体白得同象牙一样,她的尾巴闪着银子和珍珠的光泽。银色和珍珠色就是她尾巴的颜色,上面缠着青青的海草;她的耳朵像贝壳,她的双唇像珊瑚。寒冷的波浪拍打着她冰凉的胸膛,她的眼睑上闪烁着晶莹的海盐。

她真是太美了,年轻的渔夫一看到她,心中就充满了惊叹。他伸出手去把渔网拉近自己的身边,然后俯下身去,把她搂在了自己的怀里。当他碰到她的时候,她像受惊的海鸥一样惊呼了一声,醒了过来,用紫红水晶般的眼睛惊恐地望着他,并挣扎着试图逃走。而他却紧紧地抱着她,不忍心让她离开。

当她明白自己已无法逃脱时,便痛哭了起来,说道:"我求求你放我走,我是国王唯一的女儿,我父亲年岁已高,孤单寂寞。"

可是年轻的渔夫却回答说:"我不会放你走的,除非你答应我不论什么时候我叫你,你都要来为我唱歌,因为鱼儿们都喜欢听那些海上的歌谣,那样我的渔网就会装满了鱼。"

"如果我答应了你,你真的会放我走吗?"美人鱼哭着说。

"我一定会放你走的。"年轻的渔夫回答说。

于是她答应了他的要求,并按照渔人的规矩发了誓。他松开了抱着她的臂膀。她带着莫名的恐惧,战栗着潜入水中。

年轻的渔夫每次晚上出海打鱼时,都要呼唤美人鱼,而她就浮出水面,为他唱歌。海豚们围着她游来游去,奔放的海鸥们在她的头顶上盘旋。

她唱的是美妙动听的歌谣。她唱一伙人鱼赶着羊群从一个山洞走到另一个山洞,肩头上扛着小牛犊;她还唱那些人身鱼尾的海神们,他们有着长长的绿胡须,胸脯上毛茸茸的,每当国王经过时,他们就吹响螺旋形的海螺;她还唱到国王那全部用琥珀造的宫殿,明净的翡翠色宝石搭的屋顶,以及铺满亮闪闪珍珠的走道;她唱海里的花园,在那里巨大的珊瑚扇整天都在摇动,鱼儿们像银鸟似的穿梭而过,海葵攀附在岩石上,石竹花在条纹状的黄沙中萌出幼芽。她唱那些来自北方海域的大白鲸,它们的鱼鳍上挂着尖尖的冰柱;她唱海上那些女妖,她们讲的故事太动人了,商人们不得不用蜡来封住自己的耳朵,以免听了她们的故事而跳到大海里淹死;她还唱那些有着高高桅杆的沉船,冻僵的水手们都趴在缆绳上,鲭鱼在开着的舷窗中游进游出;她唱那些伟大的旅行家北极鹅,它们黏附在船的龙骨上一遍一遍地周游整个世界;她唱游动在悬崖边的乌贼鱼,伸长了它们长长的黑色触角,只要它们愿意,可以让黑夜随时降临;她还唱鹦鹉螺,她自己拥有一艘用猫眼石刻出来的小舟,撑着丝绸一般的风帆去航行;她唱那些快乐的雄性人鱼,他们用竖琴弹出迷人的曲调可以催大海怪克拉肯①进入梦乡;她唱一伙孩子捉住了滑溜溜的海

---

① 挪威传说中的北海巨妖。——译者注

豚,大笑着骑在海豚的背上;她又唱美人鱼,她们浮在白色的泡沫上,向水手们伸出了手臂;她唱长着弯弯长牙的海狮,还有漂浮着鬃毛的海马。

她唱歌的时候,所有的金枪鱼都从大海深处浮上来听她的歌声,年轻的渔夫就在它们周围撒下网,然后把它们一网打尽,其他的鱼他就用鱼叉去捉。等他的船装得满满的,美人鱼就会微笑着沉入水底。

然而,她却从来不愿靠近他,她不让他碰到她。他经常呼唤她,恳求她,但她就是不愿意;每当他试着去捉住她时,她便一下子钻进水里,就像海豹潜入水中。而那一天他就再也看不见她了。他觉得她的歌声一天比一天更甜美。她那美妙动人的歌声使他听得忘了收网忘了捕鱼,他根本连这行手艺都没有了。长着朱红色鱼鳍和鼓起金眼的金枪鱼成群地游过来,可是他对它们却视而不见。他的鱼叉闲置在一边,他的柳条筐里也空空如也。他张着嘴巴,愣愣睁着的眼睛里满是惊奇,就这样呆呆地坐在船上聆听着,一直听到蒙蒙的海雾弥漫在他的四周,漫步的月亮在他褐色的身躯上洒满了银色的光芒。

有一天晚上,他把她唤来,对她说:"小美人鱼啊,小美人鱼,我爱你,让我做你的新郎吧,因为我太爱你了。"

然而小美人鱼却摇摇头。"你有一个人类的灵魂,"她回答说,"如果你肯不要你的灵魂,我才会爱上你。"

年轻的渔夫自言自语道:"我要我的灵魂有什么用呢?我看也看不见它,摸也摸不着它,我不知道它是什么东西。我一定要把它从我身上拿走,那样快乐就属于我了。"于是他幸福地叫出了声,并在他那五彩的渔船上站起身来,向小美人鱼伸出了双臂。"我会把我的灵魂扔掉的,"他大声说,"这样你就会是我的新娘吧,我就会是你的新郎,我们将一起住在大海的深处,你会把你歌里唱过的那些都领我去看一遍,我会尽力把任何你想要的东西给你,我们生活在一起永不分开。"

小美人鱼高兴地笑了,并用双手掩住自己的脸。

"不过我怎样才能把灵魂拿掉呢?"年轻的渔夫大声说,"告诉我该怎样做,噢,我一定会去做的。"

"哎呀!我也不知道,"小美人鱼说,"反正我们人鱼是没有灵魂的。"说完她就钻入水中,眼睛充满企盼地望着他。

第二天一大早,当太阳刚刚升到山顶上不到一掌高的时候,年轻的渔夫就来到了神甫家,他叩了三下门。

一个见习修道士从门洞中往外张望了一下,等他看清了来人后,便拉开门闩,说道:"请进。"

年轻的渔夫走了进去,他跪在地板上那散发着芳香的灯芯草垫上,哭着对正在读《圣经》的神甫说:"神甫,我爱上了一个美人鱼,而我的灵魂却使我得不到她。请告诉我,我怎样才能把灵魂从我身上拿掉,因为我真的不需要它了。我的灵魂对我有什么用呢?我看不见它,也摸不着它,我也不知道它是什么。"

神甫捶着自己的胸膛说:"哎呀,哎呀,你疯了吗?还是吃了什么毒草?灵魂是人类最高贵的东西,是上帝赐给我们的,我们应当珍视才对。世上没有比人类的灵魂更珍贵的东西了,尘世间任何东西都不能与它相比。它的价值比得上世上所有的金子,比帝王们的红宝石还要昂贵。所以,我的孩子,不要再去想这件事了,因为这是不可饶恕的罪过。至于那些人鱼,他们已经迷失了,那些与他们交往的人也迷失了。他们就同旷野里那些分不清善恶的野兽一样,基督不是为他们而死的。"

听完神甫这番严厉的话以后,年轻的渔夫双眼盈满了泪水。他站起身来,对神甫说道:"神甫,牧神们住在树林里,他们很快活,人鱼们坐在岩石上弹着他们金红色的竖琴。我恳求您,就让我同他们一样吧,因为他们过的日子就跟花儿们的日子一样。至于我的灵魂,如果它阻挡在我和我所爱的东西之间,那它对我又有什么益处呢?"

"肉体的爱是可耻的,"神甫大声说,并锁紧了双眉,"卑鄙和邪恶,这些异教徒的东西使上帝痛苦地行走在他创造的世界上。林中的牧神们是被诅咒的,海上唱歌的也是被诅咒的!我在夜晚听到过她们的歌声,她们试图在我祷告的时候引诱我。她们敲我的窗户,大声笑着。她们对着我的耳朵悄声讲述那些冒险的乐事。她们用各种诱惑来引诱我,当我准备祷告时,她们就对我做鬼脸。我告诉你,她们已经迷失了方向,因为在她们看来既没有天堂,也没有地狱,她们更不会赞美上帝的名。"

"神甫,"年轻的渔夫大叫着说,"你说这些是因为你不了解情况。有一次,我用渔网捕到了国王的女儿。她比晨星还要美丽,比明月还要洁白。为了她的身体,我宁愿交出我的灵魂;为了她的爱,我宁愿放弃天堂。请你回答我刚才的问题,让我平静地离开吧。"

"去吧!去吧!"神甫大声说道,"你的爱人迷失了,你也将同她一起迷失。"说着就把他赶出了门,没有给他祝福。年轻的渔夫来到了市场上,他垂着头慢慢地走着,脸上布满忧愁。

商人们见他走来,便彼此交头接耳起来,其中一个人走上前来,叫着他的名字,对他说:"你要卖什么东西吗?"

"我要把我的灵魂卖给你们,"他回答说,"我求求你把它从我身上买去吧,因为我已经对它感到厌烦了。我的灵魂对我有什么用呢?我看不见它,也摸不着它,我不知道它是什么。"

然而商人们却开始嘲笑起他来,他们说:"人的灵魂对我们有什么用?它连银币的一小块都不值。把你的身体卖给我们当奴隶吧,我们会为你穿上蓝紫色的袍子,在你的手指上套上一个戒指,使你成为伟大女王的奴仆。不要再提什么灵魂了,因为它对我们毫无用处,对我们的生意也毫无价值。"

年轻的渔夫对自己说:"多么奇怪的事呀!神甫对我说灵魂的价值比得上全世界的黄金,可商人们却说它连银币的一小块都不值。"

他离开了市场,来到海边,开始深思他该怎么办才好。

正午的时候,他想起了自己的一位伙伴,一个采集圣彼得草的人,他曾经对他讲过,在海岬处的一个洞穴里住着一位年轻的女巫,她非常精于巫术。于是他便出发往那边跑去,他是如此迫不及待地要摆脱自己的灵魂。他在岸边的沙滩上飞快地跑着,身后扬起了一阵尘雾。年轻女巫的手掌开始发痒了,她于是知道他就要来了,她笑了起来,把自己的一头红发披散下来。她披头散发地站在敞开的洞口处,手中拿着一枝盛开的野毒芹。

"你想要什么?你想要什么?"当他气喘吁吁地攀上悬崖,跪在她面前的时候,她大声问道,"让鱼儿在风向不顺的时候,也能进到你的网中吗?我有一根小芦笛,只要我吹响它,胭脂鱼就会游进海湾里来。不过这是有代价的,漂亮的孩子,这是有代价的。你想要什么?你想要什么?要一场风暴把船都刮翻,让整箱整箱的珍宝都被冲到岸上来吗?我带来的暴风雨比狂风带来的更厉害,因为我所侍奉的是比风更强大的主子,我用一个筛子和一桶水就能让那些大船葬身海底。不过我是要你付出代价的,漂亮的孩子,是要付出代价的。你想要什么?你想要什么?我知道有一种花生长在山谷里,除了我没人知道这种花。它有紫色的叶子,花心里藏着一颗星星,它的浆汁像牛奶一样白。只要你用花去碰一下王后那冷酷无情的双唇,她就会跟随你走遍全世界。她会从国王的床榻上起来,跟随你走遍世界。不过这是要你付出代价的,漂亮的孩子,是要付出代价的。你想要什么?你想要什么?我能够在研钵中把蟾蜍捣烂,捣出汁来,再用死人的手去搅拌它。然后在你的仇人熟睡时,把蟾蜍汁洒在他的身上,他就会变成一条黑色的毒蛇,他的母亲会把它杀死。我能用一只轮子把月亮从天上拽下来,我还能让你在水晶球里看见死亡。你想要什么?你想要什么?告诉我你的要求,我会满足你,不过你要为此付出代价,漂亮的孩子,你是要付出代价的。"

"我要求的只是件小事,"年轻的渔夫说,"然而神甫却为此对我动了怒,把我给赶了出来。这只是件小事,而商人们却取笑我,并回绝了我。所以尽管人们都说你是邪恶的,我还是到这儿来找你,而且无论需要怎样的代价,我都会偿付的。"

"你到底要什么呢?"女巫走近他身旁,问道。

"我要把我的灵魂从我身上拿走。"年轻的渔夫回答说。

女巫的脸色变得苍白,她浑身战栗,用蓝色的斗篷遮住了脸。"漂亮的孩子,漂亮的孩子,"她喃喃地说,"那可是一件可怕的事情。"

他摇了摇自己那长着棕色鬈发的脑袋,笑了起来。"我的灵魂对我毫无用处,"他回答说,"我看不见它,也摸不到它,我不知道它是什么。"

"如果我告诉你如何拿走灵魂,你会用什么来回报我呢?"女巫用她那美丽的眼睛俯视着他,问道。

"五个金币吧,"他说,"还有我的渔网,我住的篱笆屋,还有我那艘五颜六色的渔船。你只要告诉我如何摆脱我的灵魂,我就会把我拥有的一切都给你。"

她嘲讽地对他哈哈大笑起来,并用那枝毒芹去抽打他。"只要我愿意,我可以把秋天的树叶变成黄金,"她回答说,"我还可以把凄清的月色编织成银丝。我所侍奉的主子比世界上所有的国王都更富有,并拥有与他们一样的权力。"

"那么我能给你什么呢?"他大声叫喊着,"如果你要我偿还的既不是黄金又不是银子。"

女巫用她那纤细苍白的手去抚摸他的头发。"你得陪我跳舞,漂亮的孩子。"她轻声地说,边说边冲他微笑着。

"只要这样吗?"年轻的渔夫吃惊地问着,站了起来。

"只需这样。"她说着,又朝他笑了笑。

"那么就等太阳下山以后,我们去一个秘密的地方跳舞,"他说,"跳完舞后你就得把我想知道的告诉我。"

女巫摇了摇头。"到月圆的时候,到月圆的时候。"她喃喃地说。接着她便向四处张望起来,并凝神听着。一只蓝鸟尖声叫着从巢穴中飞了起来,在沙丘上盘旋着,三只有斑点的小鸟彼此打着口哨从灰色的野草丛中穿梭而过,发出飒飒声。除了波浪冲刷悬崖下光滑的卵石的声音,没有其他声响了。于是她伸出双臂,把他拉到她自己的身边,把干枯的嘴唇贴近他的耳朵。

"今晚你必须到山顶上来,"她轻声地说,"今天是安息日,'他'会来这儿的。"

年轻的渔夫吃惊地望着她,而她正露出白色的牙齿呵呵笑着。"你说的那个'他'是谁?"他问。

"这无关紧要,"她回答说,"你今晚一定要来,站在角树丛下面,等着我来。如果有一条黑狗朝你跑来,你就用一根柳条去抽打它,它会跑开。如果有只猫头鹰对你说话,你不要理睬它。等月亮圆了的时候,我就会来到你的身边,我们就在草地上一起跳舞。"

"不过你愿对我发誓说你会告诉我如何把灵魂从我身上拿走吗?"他又问道。

她走到了阳光底下,她那一头红发在风的吹拂下飘动着。"我以山羊的蹄子发誓。"她回答说。

"你是最好的女巫。"年轻的渔夫大声说,"今天晚上我一定到山顶上跟你一起跳舞。我是真的准备用黄金或白银来报答你的,不过现在你要的回报也是应该的,这毕竟是件小事。"说完他脱帽向她行礼,并深深地鞠了一个躬,然后兴高采烈地跑回到城里去了。

女巫望着他渐渐跑远,直到他的身影消失后,她才回到自己的洞中,从雕花的雪松木匣子里取出一面镜子,把它支在一个架子上,在镜子前面用烧得发亮的木炭点燃马鞭草,然后透过袅袅的青烟去看那面镜子。看了一会儿,她生气地攥紧了拳头。"他本应该是我的,"她喃喃地说,"我跟她一样漂亮。"

那天傍晚,当月亮升上天空时,年轻的渔夫便爬上了山顶,站在了角树丛下。大海躺在他的脚下,像一面磨得亮闪闪的圆圆的盾牌。海湾里晃动着渔船的影子。一只长着黄色硫黄般眼睛的大猫头鹰,叫起了他的名字,但他没有应声。一条黑狗朝他跑来,对他汪汪地狂吠。他便用一根柳条去打它,那狗哼哼着跑开了。

午夜时分,一群女巫像蝙蝠一样从空中翩翩飞来。"呸!"她们一落地就嚷嚷道,"这儿有一个我们不认识的人!"她们用鼻子到处嗅着,彼此交谈着,打着手势。最后飞来的是那位年轻的女巫,她满头的红发随风飘动着。她穿着一件金线织成的衣裳,上面绣满孔雀的眼睛,头戴一顶绿色的天鹅绒小帽。

"他在哪里?他在哪里?"女巫们一看见她就高声问道,然而她却只是笑了笑,跑到角树丛下,牵着年轻渔夫的手,把他领到了月光底下,大家开始跳起舞来。

他们旋转了一圈又一圈,年轻的女巫高高地向上跃起,他可以清楚地看见她那深红色的鞋跟。一阵马蹄疾驰的声音在跳舞的人群中掠过,可是大家却看不见马,他感到好害怕。

"跳快一点。"女巫大声说,她伸出胳膊搂住他的脖子,她呼出的热乎乎的气息扑在他的脸上。"快点,再快点!"她大声喊道。他觉得脚下的地面仿佛旋转了起来,心烦意乱,巨大的恐惧感向他袭来,好像有什么邪恶的东西在注视着他。终于,他看到在岩石的阴影处有一个身影,而原先那里是没有的。

那是一个穿着黑色天鹅绒套装的男人,套装是按西班牙的流行款式剪裁的。他的脸有一种奇异的苍白色,而他的双唇却像一朵骄傲的红花。他看上去一副疲倦的样子,身子向后靠着,漫不经心地抚弄着短剑的剑柄。他身边的草地上放着一顶插着羽毛的帽子,还有一副骑马用的镶着金边的手套,上面用小颗珍珠绣着新奇的图案。他的肩上披着一件黑貂皮衬里的短斗篷,他那双精致而白皙的手上戴满了戒指。他的眼皮沉沉地垂在眼睛上。

年轻的渔夫望着他,好像是被人下了魔咒一样。最后两人的目光相遇了,无论他跳舞跳到哪里,他都感觉到那人的眼睛在注视着自己。他听见年轻的女巫在放声大笑,他搂紧了她的腰肢,带着她疯狂地旋转起来。

突然,一条狗在树林里狂吠起来,跳舞的人停住了舞步,一对一对双双走上前去,朝那个男人跪下身去,并亲吻他的手。一丝微笑浮上了他骄傲的嘴唇,就像小鸟用翅膀轻点水面,让水面泛起笑的涟漪一样。不过他的笑容中带着轻蔑,他仍然盯着那个年轻的渔夫。

"来吧!让我们去拜见他。"女巫对年轻的渔夫耳语道,并抓紧他恳求道。这时他感到一种强烈的欲望要去做她要求的事,于是就随着她向前走去。可就在他靠近那人时,不知什么缘故,他在自己的胸前画了个十字,口中呼唤着圣名。

紧接着,女巫们一下子都像老鹰似的尖叫着飞走了,而那张一直望着他的苍白的脸也因痛苦的痉挛而抽搐起来,那人打着口哨朝树林走去。一匹披挂着银饰的小马跑过来接他。他跨上马鞍时,转过头来,悲哀地望着年轻的渔夫。

那个有着一头红发的女巫也想飞走,可是渔夫却抓住她的手腕,紧紧地拉住她不放。

"松开手,"她大叫着说,"让我走吧。因为你呼唤了不应该呼唤的名,并做出了我们不应该看到的手势。"

"不,"他回答说,"我是不会放你走的,除非你告诉我那个秘密。"

"什么秘密?"女巫一边问,一边像只野猫一样挣扎着,并紧紧咬着她那满是泡沫的嘴唇。

"你知道的。"他回答说。

她那双草绿色的眼睛变得暗淡起来,并盈满了泪水。她对渔夫说:"你可以向我要求任何事,唯独这个除外。"

他笑了,并把她的手抓得更紧了。

她知道自己是跑不掉的,就悄声对他说:"其实,我跟大海的女儿一样美好,与那些住在蔚蓝海水中的少女们一样秀丽。"她向他讨好地把脸凑过去。

而他却皱着眉头把她推开了,并对她说:"如果你不能信守你的诺言,那我就要把你当作假女巫来杀死。"

她的脸变得灰白,就像刚开放的紫荆花一样,身体颤抖起来。"那好吧,"她喃喃地说,"反正是你的灵魂,又不是我的。就用这个去完成你的心愿吧。"说着从她的腰带上取出一把小刀递给他,刀柄上裹着绿色的蛇皮。

"这个东西对我有什么用处呢?"他不解地问道。

她沉默了一会儿,脸上现出一种恐惧的表情。接着她把披在前额的头发向后撩去,古怪地笑着对他说:"人们所说的身体的影子其实并不是身体的影子,而是灵魂的身体。你背对着月亮站在大海边,然后把你双脚周围的影子用刀切掉,那就是你灵魂的身体,然后命令你的灵魂离开你,它就会照你说的去做。"

年轻的渔夫发起抖来。"这是真的吗?"他轻声问。

"是真的,我真希望我没有告诉过你这事。"她大声说着,并倚在他的膝头痛哭起来。

他把她推开,把她丢在茂密的草丛中,然后走到山顶边,把小刀插在腰带里,往山下走去。

他的灵魂在他的身体里呼唤着他,对他说:"嘿!我在你身体里住了这么多年,做你的仆人。请不要让我离开你,难道我做了什么坏事吗?"

年轻的渔夫笑了。"你没有做什么坏事,只是我不再需要你了。"他回答说,"世界大得很,有天堂,有地狱,还有在天堂和地狱之间的那亮着暗淡微光的处所。你想去哪里就去哪里吧!不要再来打搅我,因为我的爱人正在召唤我。"

他的灵魂苦苦地哀求着他,但他却置之不理,只是从一块岩石跳到另一块岩石,像野山羊那样脚步又稳又快,终于他来到了平地上,来到了黄色的海滩上。

他背对着月亮站在海滩上,那青铜色的四肢和结实的身体,看上去像一座希腊人的雕像。海水的泡沫伸出白色的臂膀向他招手,波浪涌起了朦胧的身影向他致意。他的身前,横躺着他的影子,那是他灵魂的身体。他的身后,一轮明月悬挂在蜜色的天空中。

他的灵魂对他说:"如果你一定要把我赶走的话,请不要把我和你的心分开。世界是残酷的,把你的心给我,让我住在你的心里吧。"

他笑着摇了摇头。"如果我把心给了你,那我拿什么去爱我的爱人呢?"他大声说道。

"不要这样,你就发发慈悲吧,"他的灵魂说,"把你的心给我,因为这个世界太残酷了,我害怕。"

"我的心是属于我的爱人的,"他回答说,"所以不要再耽搁了,你快点离开吧。"

"那我就不应该去爱吗?"他的灵魂问道。

"你走吧,因为我不需要你了。"年轻的渔夫大声喊着,抽出那把带有绿色蛇皮刀柄的小刀,把他的影子从他双脚的周围切去了。影子于是立起来站在了他的面前,望着他,那形象跟他本人一模一样。

他慢慢向后退缩着,把小刀插在自己的腰带上,一种敬畏的感觉向他袭来。"你快走吧,"他轻声地说,"不要让我再看见你的脸。"

"不,我们一定会再见面的。"灵魂说,它的声音很轻,就像笛声,它说话的时候嘴唇都几乎没有动一下。

"我们怎么会再见面呢?"年轻的渔夫大声问道,"难道你也跟随我到海洋深处去吗?"

"每年我都会到这里来一次,来呼唤你,"灵魂说,"也许你会有需要我的时候。"

"我对你还会有什么需要呢?"年轻的渔夫大声说道,"不过随你便吧。"说完他跳进了海水里,那些半人半鱼的海神们吹响了他们的号角,那条小美人鱼也浮上水面来迎接他,并伸出她的手臂搂住他的脖子,亲吻他的嘴。

灵魂孤零零地站在海滩上,望着他们。等他们都沉入水中后,它哭泣着穿过滩涂离去了。

一年以后,灵魂又来到了海滩上,大声呼唤着年轻的渔夫。他于是从海底浮了上来,问道:"你为什么前来唤我?"

灵魂答道:"你再靠近一点,我好与你说话,因为我看见了奇妙的东西。"

于是他靠近了一点,斜倚在浅水中,用手托着头,聆听着。

灵魂对他说:"我离开你以后,就往东方去旅行了。东方的一切东西都充满了智慧。我旅行了六天以后,在第七天的早晨,我来到了鞑靼国境内的一座小山上。我坐在一棵柽柳的树荫下躲避太阳。干燥的土地被烤得滚烫。人们在平原上来来往往地忙碌着,就像苍蝇在磨光的铜盘子上面爬来爬去。

"正午时分,从地平线上腾起了一团红色的尘雾。鞑靼人一看见这个,就张开了他们那五彩的弯弓,跳上他们的小马,朝那个方向疾驰而去。女人们尖叫着四处逃散,跑进马车里,躲在毛毡帘子的后面。

"黄昏的时候鞑靼人回来了,但他们当中少掉五个人,回来的人中也有不少人受了伤。他们把马套在马车上,便匆匆离去了。三只豺狗从洞里跑出来,跟在他们的身后探头探脑地张望着。然后它们用鼻子嗅了嗅空气,就朝相反的方向快步跑去了。

"等到月亮升起来以后,我看见平原上燃起了篝火,就朝篝火的方向走去。一群商人围着火堆坐在地毯上。他们的骆驼拴在他们身后的桩上,那些黑人是他们的奴仆,正用鞣革在沙地上搭建帐篷,用仙人掌果筑起了高高的围墙。"

"我走近他们的时候,商人中领头的那人站起身,抽出了他的剑,问我是干什么的。

"我回答说我是我那个国家的王子,我是从鞑靼人那儿跑出来的,因为他们要我做他们的奴隶。那头人笑了,并把挂在长竹竿上的五个人头拿给我看。

"然后他问我谁是上帝的先知,我回答说是穆罕默德。

"他听到这个假先知的名字后,就鞠了一个躬,然后拉着我的手,让我坐在他的身边。一个黑奴为我递上盛在木碗里的马奶,还有一块烤好的小羊肉。

"黎明时分我们起程上路了。我骑着一头红毛骆驼,走在头人的旁边,一个跑腿人扛着长矛跑在我们的前边。打仗的士兵走在我们的两边,骡子驮着货物跟在后面。这个商队有四十头骆驼,有两个四十那么多的骡子。

"我们走出鞑靼国来到了那个诅咒月亮的国境中。我们看见半狮半鹫的怪兽蹲在白色的岩石上守卫着它们的黄金,长着鳞甲的龙正在山洞中呼呼大睡。当我们翻越群山的时候,大家都屏住了呼吸,唯恐积雪落下来压在我们身上,每个人的眼睛前面都蒙上了一块薄薄的面纱。当我们穿越山谷的时候,躲在树洞里的俾格米人①向我们射箭。夜晚的时候我们听见野人击鼓的声音。我们来到猿猴的城堡时,就把一些水果放在那些猿猴的面前,它们就没有伤害我们。我们经过毒蛇城堡的时候,就用铜碗盛些热牛奶给它们喝,它们就放我们过去了。旅途中我们三次来到奥克苏斯河的岸边。我们就坐木筏渡过河去,木筏上绑着充足了气的棕色皮囊。河马对我们很生气,想伺机杀害我们。骆驼们一看见河马就浑身发抖。

"每个城邦的君王都向我们征收税金,但却不愿让我们进入他们的城门。他们把面包从城墙上扔给我们,还有涂上蜂蜜后烤制的小玉米饼,以及用精致面粉做出的椰枣馅馅饼,他们每给我们一百篮食物,我们就换给他们一颗琥珀珠子。

---

① 属一种矮小人种,身长不足五英尺。——译者注

"乡下的村民们一看到我们来了,就在井水里撒上毒药,然后逃到山顶上去。我们同马伽迪人打了一仗。他们是那种一出生就已经很老的人,然后他们会一年比一年更年轻,等他们变成小孩的时候,就要死去了;我们还同拉克特罗伊人打过一仗,他们自称是老虎的后代,把自己涂成黄黑两种颜色;我们还同奥兰特斯人打过仗,他们把死人都葬在树顶上,而自己却住在黑暗的洞中,躲避着太阳,因为那是他们的神,而且要杀死他们;我们同克里姆尼安人也打过一仗,他们崇拜鳄鱼,向鳄鱼奉献上绿色玻璃的耳环,并用牛油和活禽去喂养它;我们同长着狗脸的阿伽森拜人也打过一仗;还同希班人打过一仗,他们长着马脚,跑起来比马还快。战斗中我们商队的三分之一人都阵亡了,还有三分之一人因为饥饿而死去了。剩下的人都在低声埋怨我,说我给他们带来了厄运。我从一块石头底下捉起一条长着角的小毒蛇,让它来咬我。他们看见我被咬后依旧安然无恙,不禁敬畏起来。

"到第四个月的时候,我们来到了埃勒尔城。我们到达城墙外的小树林时已经是深夜了,天气十分闷热,因为月亮到天蝎宫去游玩了。我们从树上摘下成熟的石榴,切开来喝里面甜甜的汁水,然后在地毯上躺下来,等待天明。

"天一亮我们就起来了,敲响了城门。城门是红铜的,上面刻着海龙和长了翅膀的飞龙。守城的士兵从城垛上望下来,问我们是干什么的。商队的翻译告诉他们,我们从叙利亚岛来,带着很多商品。他们带走我们中的几个人当人质,然后告诉我们中午时他们才会把城门打开,要我们等着。

"中午的时候,他们打开了城门。当我们往城里走的时候,人们纷纷从房子里跑出来,蜂拥着看我们,一个报信人用贝壳当话筒在城里到处嚷嚷。我们站在集市里,黑奴们卸下大捆的印花布匹,打开雕花的枫木箱子。等他们做完这些以后,商人们又拿出一些奇特的货物,有埃及的蜡染麻布,埃塞俄比亚的彩绘麻布,有来自泰尔[①]的紫色海绵,有来自西顿[②]的蓝色

---

① 古代腓尼基的有名港口,现属黎巴嫩。——译者注
② 黎巴嫩西南部港市,即赛达。——译者注

帷帐,有凉凉的琥珀杯子,有精美的玻璃器皿,还有奇妙的陶制器皿。一座房子的屋顶上有一群女人在看我们。其中有个女人戴着用镀金皮革做的面罩。

"第一天来与我们做买卖的是牧师们,第二天是贵族,第三天是手艺人和奴隶们。这是他们的习俗,只要有商人在城里逗留,他们就是这样做买卖的。

"我们在这里停留下来,等待月亮出现。看不见月亮的时候,我觉得很厌倦,就在城里的大街上到处闲逛,来到了神殿的花园中。身穿黄袍的牧师们在绿树丛中静悄悄地走过,铺着黑色大理石的走道上,矗立着一座玫瑰色的房子,里面供奉的就是这座城的神。神殿的门是喷过金粉的,上面刻着金光闪闪的公牛和孔雀的浮雕。房顶上的瓦片是海绿色的陶瓷,伸出的屋檐上挂着小铃铛。每当白鸽飞过的时候,它们的翅膀会去拍打铃铛,铃铛便叮叮当当地响起来。

"神殿的前面有一个洁净的水池,里面铺着有条纹的玛瑙石。我躺在池子边,用我苍白的手指去抚摸那些宽大的树叶。有一位牧师向我走过来,站在了我的身后。他的脚上穿着便鞋,一只是用软蛇皮做的,另一只是用鸟的羽毛做的。他的头上戴着一顶黑色的主教法冠,法冠上装饰着银色的新月。他穿的袍子上编织着七条黄色的道道,他卷曲的头发上抹着锑粉。

"过了一小会儿,他开口对我说话,问我想要什么。

"我说我要见神。

"'神去打猎了。'牧师用他那对小小的斜眼睛异样地看着我,说道。

"'告诉我他在哪一个树林,我要与他一块打猎。'我回答说。

"他用他那长长的指甲梳理着袍子边上柔软的穗子。'神在睡觉。'他喃喃地说。

"'告诉我他在哪一张寝榻,我要去守护他。'我回答说。

"'神在享受宴会。'他大声说道。

"'如果酒是甜的,我要与他共饮;如果酒是苦的,我也要与他共饮。'我这样回答他。

"他充满惊奇地俯身拉我的手,把我拽了起来,把我领进了神殿。

"在第一个房间里,我看见一座雕像坐在碧玉宝座上,宝座是用东方珍珠镶的边。雕像是用黑檀木刻成的,身材跟真人一样。它的额头上有一块红宝石,稠稠的油从它的头发上滴下来,滴到它的大腿上。它的双脚被新宰的小羊羔的鲜血染得通红,一根铜制的带子系在腰间,带子上装饰着七块绿宝石。

"我对牧师说:'这就是神吗?'他回答我:'这就是神。'

"'快带我去见神,'我大声喊道,'不然我一定会杀了你的。'我一碰到他的手,那只手就萎缩掉了。

"牧师恳求我不要这样,并说道:'让我侍奉的主人来医治他的仆人吧,我会让他见到神。'

"于是我便在他的手上吹了一口气,那只手就复原了。他战栗着把我领进了第二个房间。在这里我看见一尊雕像立在翡翠莲花座上,莲花座上悬挂着巨大的绿宝石。雕像是用象牙雕成的,身材有真人的两倍大。它的额头上是一块橄榄石,它的胸口抹着没药和肉桂末,它的一只手上拿着一根弯曲的翡翠节杖,另一只手上托着一个水晶球。它脚上穿着黄铜的半高筒靴子,粗壮的脖子上套着一个石膏项圈。

"我对牧师说:'这就是神吗?'他回答说:'这就是神。'

"'快带我去见神,'我大声喊道,'不然我一定会杀了你的。'我一碰他的眼睛,那双眼睛就瞎了。

"牧师恳求我不要这样,并说:'让我侍奉的主人来医治他的仆人吧,我会让他见到神。'

"于是我对着他的眼睛吹了一口气,他马上恢复了视觉,他又一次浑身颤抖着把我领进了第三个房间!哎呀!这里根本没有雕像,也没有任何画像,只有一面圆圆的金属镜子,放在一个石头祭坛上。

"我对牧师说:'神在哪里?'

"他回答我说:'这儿没有神,只有你看见的这面镜子。这是智慧之镜,它能照出天上人间的一切东西,但却照不出对着镜子看的那个人的脸。凡是这镜子照不出脸的人可能是聪明的。还有其他许多镜子,但那些都是判断之镜。只有这一面是智慧之镜。拥有这面镜子的人便无所不知,没有什么事可以瞒得过他们的,那些没有这面镜子的人就没有智慧。因此,它就是神,我们都崇拜敬仰它。我朝镜子里看去,果然如他所说的那样。

"我于是干出了一件不可思议的事,不过我对此并不在乎。我把智慧之镜藏了起来,藏在了离这儿一天行程的一个山谷里。我只求你允许我再进入你的身体,做你的仆人吧,这样你就会比所有聪明的人还要聪明,智慧也就属于你了。请允许我进入你的身体吧,那样世上就没有像你一样聪明的人了。"

然而年轻的渔夫却笑了起来。"爱情比智慧更重要。"他大声说道,"小美人鱼是爱我的。"

"不,没有什么东西比智慧更重要了。"灵魂说道。

"爱情更重要。"年轻的渔夫反驳说,然后他便钻入海底深处去了。灵魂哭泣着穿过滩涂离去了。

第二年又过去了,灵魂又一次来到海滩上,大声呼唤着年轻的渔夫。他于是从水里浮上来问道:"你为什么前来唤我?"

灵魂回答说:"靠近一点,我好与你说话,因为我看见了奇妙的东西。"

于是他靠近了一些,斜倚在浅水里,用手托着头,聆听着。

灵魂对他说:"我离开你以后,就往南方去旅行了。南方的一切东西都是珍贵的。我沿着通往阿什特尔城的大路走了整整六天,那条路上红土飞扬,连朝圣者都不愿像我这样走。第七天的早上,当我抬眼望去时,瞧啊!那座城就躺在我的脚下,它就在山谷里。

"这座城有九个城门,每个城门前都立着一匹青铜马,每当贝多因[①]人从山上下来时,铜马就会嘶鸣。城墙上裹着铜皮,瞭望塔的塔顶也是黄铜的。每个瞭望塔上都站着一位手执弓箭的射手。太阳升起的时候,他射一支箭去敲响铜锣;太阳落山的时候,他就会吹响号角。

"我正想要进城时,卫兵拦住了我,问我是什么人。我回答说我是伊斯兰教徒,正在赶往麦加城[②],在那儿有一幅绿色的帷帐,上面有天使们

---

① 一个居无定所的阿拉伯游牧民族。——译者注
② 在沙特阿拉伯西部,穆罕默德诞生地,伊斯兰教第一圣地。——译者注

亲手用银线绣出的《可兰经》。他们对我所说的充满了好奇，就放我进城了。

"城里就像一个大集市。你真该和我一起去的。狭窄的街道上喜庆的纸灯笼像大蝴蝶似的飞舞着。风掠过屋顶的时候，这些灯笼就像彩色的气泡一样浮上浮下。商人们坐在自己货摊前的丝毯上。他们的胡须又直又黑，头帕上饰满了金币，成串的琥珀和雕花的桃核在他们冰凉的手指间滑动着。他们中有人卖枫脂香和甘松油，卖来自印度洋岛上的奇妙香水，浓稠的红玫瑰油，还有没药和小钉子状的丁香。每当有人停下脚步与他们交谈，他们就把一块块乳香投到炭火盆中，让空气中弥漫起芳香。我看见一个叙利亚人手上拿着一根像芦笛一样的细棍子，有一缕灰色的轻烟从棍子里冒出来，散发出的气味就如同春天里粉红色的杏仁花。另一些人在出售银手环，上面缀着乳脂状的蓝色松石，脚环是用铜丝穿着小珍珠做成的，还有爪子上镀着金的老虎和小猫，站在金子做的底座上的豹子，耳环是在绿宝石上穿个眼做成的，戒指是在翡翠上掏个洞做成的。茶室里传出吉他的声音，抽鸦片烟的人脸色苍白，带着微笑望着过往行人。

"你真应该跟我一起去的。卖酒人肩上扛着大张的黑色皮革，用胳膊肘顶开拥挤的人群往前走。他们中大部分人卖的都是西拉兹酒，它甜得就像蜜一样。他们把酒装在金属杯子里一小杯一小杯地卖，还在酒里撒上玫瑰花瓣。集市上还站着卖水果人，他们出售各种水果，有熟透的无花果，绽出了紫色的果肉，甜瓜散发着麝香的芬芳，黄澄澄得像黄晶玉石，还有佛手柑、番石榴和一串一串的白葡萄，圆圆的金红色橘子和椭圆形的金绿色柠檬。有一回我看见一头大象经过。它的身上涂着朱砂和姜黄粉，耳朵上套着一个用深红色的丝线织成的网。它在一个货摊前站住了，吃起橘子来，那个卖水果的人只是呵呵地笑着。你想象不出他们是多么奇异的一个民族。他们高兴的时候就会到卖鸟人那儿去买一只关在笼子里的小鸟，然后把笼子打开让小鸟飞走，这样他们就会更开心。他们忧伤的时候，就用荆棘抽打他们自己，使他们的痛苦愈加强烈。

"一天晚上，我遇见了一群黑奴，他们正抬着沉甸甸的轿子从集市走过。轿子是用镀金的竹片做成的，漆成深红色的轿杆上面镶嵌着黄铜做的孔雀。轿子的窗户上垂着薄薄的穆斯林纱帘,上面绣着甲虫的翅膀和小粒珍珠。轿子经过我身边时,一个脸色苍白的切尔克斯妇人①从轿里向外望着,对我笑吟吟的。我跟在轿子后面,黑奴们个个步履匆匆,愁眉苦脸。不过我并没有在意,我只是对此产生了强烈的好奇心。

"最后他们停在了一栋四四方方的白房子前。房子没有窗户,只有一扇像坟墓入口一样窄小的门。他们放下轿子,用一个铜锤在门上敲了三下。一个身穿束着腰带的绿色皮袍的亚美尼亚人从边上的门洞向外张望,他看清是那些人后,就打开了门,并在地上铺上了一张地毯。那女人从轿子里走了出来。在她往房子里走的时候,她又回过头来冲我笑了笑。我从来没见过像她这么苍白的人。

"月亮升起的时候,我又回到那地方去找那栋房子,可是房子已经不在那儿了。于是我便明白了那女人是谁,而且也知道她为什么要冲我笑了。

"你真该跟我一起去的。在新月盛宴那天,年轻的皇帝从他的皇宫出来,到清真寺去朝拜。他的头发和胡须都用玫瑰花瓣染红了,他的脸颊上扑上了精细的金粉,他的手掌和脚心都被染成了金黄色。

"日出时他穿着银袍从宫里出来了,日落时他穿着金袍回到宫里。人们都趴在地上把脸藏起来,我可没有那样做。我站在一个卖椰枣的货摊前,等待着。皇帝一看见我,就抬起了他那染过的眉毛,停住了脚步。我站在那儿一动不动,没有向他行礼。我的胆大妄为使人们惊愕不已,大家都劝我赶快逃离这座城。我没有理睬他们,我去同那些出售异端神祇的小贩们坐在一起,他们也因为自己的手艺而成了遭人憎恨的人。而当我把我所做的告诉他们时,他们每人给了我一尊神像,然后请我离开他们。

"那天晚上,我正在石榴街茶室里的一个垫子上躺着,皇帝的卫兵走了进来,把我带进了宫里。我每进一扇门,他们就把那扇门在我身后关上,并用链条锁上。里面有一个很大的殿堂,四周环绕着一个拱廊。墙是用白色的雪花石膏做成的,上面零散地嵌着蓝色和绿色的瓷瓦。柱子

---

① 俄罗斯高加索部落人。——译者注

是绿色大理石的。走道上铺的大理石是桃花盛开的颜色。我以前从来没有见过这样的地方。

"我穿过殿堂的时候,两个戴面纱的女人从楼厅上往下望着,并诅咒我。卫兵们匆匆往前走着,他们手中的长矛尖在磨光的地板上拖曳出叮当的声响。他们打开一扇象牙做的门,我发现自己来到了一个有喷水池的花园中。花园里有七个花坛,种着郁金香、法兰西菊,还有泛着银色的芦荟,一股喷泉像一根细长的水晶柱悬挂在灰蒙蒙的空中。柏树就像点燃的火炬,其中一棵柏树上有一只夜莺在歌唱。

"在花园的尽头有一个小亭子。我们走近它的时候,两个宦官迎上前来,他们肥胖的身躯走起路来左右摇摆着。他们用他们那长着黄色眼睑的眼睛好奇地打量着我。其中一人把卫队长拉到一边,对他耳语着什么。另一个不停地大口嚼着香锭。这些香锭是他以做作的姿势从一个椭圆形的紫色珐琅盒子中取出的。

"不多一会儿,卫队长就把卫兵们解散了。他们往宫殿里走去,那两个宦官慢吞吞地跟在后面,边走边从树上摘下甜甜的桑葚吃。那位年长的宦官又一次回过头来冲我笑了笑,那是带着恶意的笑容。

"然后卫队长示意我到亭子里去。我毫不畏惧地向前走去,撩开那幅沉重的帷帘,走了进去。

"年轻的皇帝在睡榻上躺着,睡榻上铺着染了色的狮皮。有一只猎鹰栖息在他的手腕上。他的身后站着一个戴着黄头饰的努比亚人,他的上半身赤裸着,两只穿孔的耳朵上垂着沉甸甸的耳环。睡榻旁边的桌子上放着一把弯弯的半月形钢刀。

"皇帝一看见我,就皱起了眉头,对我说:'你叫什么名字?你不知道我是这座城的皇帝吗?'可我并没有回答他。

"他用手指了指那把钢刀,那个努比亚人一把抓过刀来,用劲朝我砍过来。刀刃嗖嗖作响地在我身上又剐又劈,可我却毫发未伤。那努比亚人跌倒在了地上,等他站起身来时,他的牙齿因为害怕而咯咯地打战,就躲到睡榻的后面去了。

"皇帝跳了起来,从放兵器的架子上取下一根长矛,朝我掷了过来。我在空中抓住了飞来的长矛,把它折成了两段。他又用箭来射我,我举起双手一挡,箭就停在了空中。于是他从白色的皮腰带中抽出一把短剑,刺入了那努比亚人的咽喉,以免这个奴隶把他不体面的事说出去。那努比亚人像一条给人踩了一脚的蛇痛苦地扭动着,嘴里冒出了鲜红的气泡。

"等那人一死,皇帝就转向我,用一块镶了花边的紫色绸巾揩去了额上亮闪闪的汗珠,对我说道:'你是先知吗?所以我伤害不了你。还是先知的儿子?我同样伤害不了。我恳求你今晚就离开我的城吧,因为只要你在这座城里,我就不再是它的君主了。'

"我回答他说:'如果我得到你一半的财富,我就走。把你财富的一半给我,我就离开。'

"他拉着我的手,把我领到了花园里。卫队长看见了我,他惊愕万分。宦官们看见了我,个个双膝发抖,吓得跌倒在了地上。

"宫中有一间八面墙的屋子,墙是红斑岩砌成的,铜片装饰的天花板上悬垂着吊灯。皇帝碰了一下一面墙,墙就自动打开了。我们走进了里面的一条长长的走廊,长廊里燃着好多火把。在长廊两旁的壁龛中,放着很多巨大的酒缸,里面满满地装着银币。我们走到长廊一半的时候,皇帝说了一句什么话,一扇装有秘密弹簧的花岗岩大门就弹开了,他把手遮在他的脸上,好挡住那耀眼的光。

"你简直不会相信这是个多么奇妙的地方。巨大的乌龟壳里装满了珍珠,硕大的月亮石窟窿里堆满了红宝石。黄金都藏在大象皮做的保险箱里,金粉放在皮制的瓶里。还有猫眼石和蓝宝石,猫眼石放在水晶杯中,蓝宝石放在翡翠杯中。圆圆的祖母绿翡翠整整齐齐地排列在薄薄的象牙盘子上面。在一个角落里堆满了丝绸做的袋子,有的袋子里装的是绿松石,其他一些袋子里装的是翠玉。象牙角杯中盛满了紫水晶,黄铜角杯中盛满了玉髓和红玉髓。柱子是用雪松木做的,上面挂着一串串的黄色山猫石。在扁扁的椭圆形盾牌里装着两色相间的红榴石,一种颜色像葡萄酒,另一种颜色像青草。然而我告诉你的这些只不过是那儿的十分之一罢了。

"皇帝把他的手从自己脸上移开,对我说:'这就是我的财宝屋,这里面的一半东西都归你了,就像我对你承诺的那样。我还会送给你骆驼和赶骆驼的人,他们会听从你的盼咐,帮你把你那份财宝带到世界上任何你想去的地方。这事今天晚上就得完成,因为我不愿意让太阳,他是我的父亲,看见在我的城市里有一个我杀不死的人。'

"然而我回答他说:'这儿的黄金是你的,银子也是你的,珍贵的珠宝和值钱的东西都是你的。至于我,不需要这些东西。我不会要你任何东西,除了那个戴在你手指上的小戒指。'

"皇帝皱起了眉头。'这只是一个铅戒,'他大声地说,'不值什么钱。你还是带上你那份财宝,离开我的城市吧。'

"'不,'我回答说,'我什么都不要,只要那枚铅戒,因为我知道那里面写着什么,也知道它有什么用处。'

"皇帝浑身战栗起来,苦苦哀求我说:'你把全部财宝都拿去吧,快离开我的城市。我那一半财宝也是你的了。'

"我于是干出了一件不可思议的事,不过我对此并不在乎。我把那枚财宝之戒藏了起来,藏在了离这儿一天行程的一个山洞里。就在离这儿一天路程的地方,那枚戒指在等着你。谁拥有了这枚戒指,谁就会比世界上所有的国王都富有。去吧,把它戴上,全世界的财富就都归你了。"

然而年轻的渔夫却笑了起来。"爱情比财富更重要。"他大声说道,"小美人鱼是爱我的。"

"不,没有什么东西比财富更重要了。"灵魂说。

"爱情更重要。"年轻的渔夫反驳说,然后他便钻入海底深处去了。灵魂哭泣着穿过滩涂离去了。

第三年又过去了,灵魂又一次来到海滩上,大声呼唤着年轻的渔夫,他于是从水里浮上来问道:"你为什么前来唤我?"

灵魂回答说:"靠近一点,我好与你说话,因为我看见了奇妙的东西。"

于是他靠近了一些,斜倚在浅水里,用手托着头,聆听着。

灵魂于是说道:"有一座城,我知道那里有个位于河边的小客栈。我跟水手们坐在那儿,他们喝两种不同颜色的葡萄酒,吃大麦做的面包,就着用浸过醋的月桂树叶包着的小咸鱼。就在我们坐在那儿逗乐的时候,进来了一位老人,他带着一块皮制的毯子和一把嵌有两个琥珀角的琵琶。当他把毯子铺在地板上,用羽毛管拨响琴弦的时候,一个戴面纱的少女跑了进来,在我们面前跳起舞来。她的脸被薄纱遮了起来,可她的双脚却是光着的。她那两只在地毯上跳来跳去的赤裸的脚,就像两只跳跃的小白鸽。她跳舞的那座城离这儿只有一天的路程。"

灵魂这番话使年轻的渔夫想起,小美人鱼因为没有脚不能跳舞。于是他心中产生了强烈的渴望,他对自己说:"只不过一天的路程,我就可以回到我的爱人身边。"他笑了起来,并从浅水里站起身来,大步朝岸上走来。

到了干干的岸上后,他又一次笑了,并把他的双臂伸向灵魂。他的灵魂高兴地叫出了声,并向他跑了过去,跑进了他的身体里。这时年轻的渔夫便看见在他面前的沙滩上伸展着他自己的影子,那就是他灵魂的身体。

他的灵魂对他说:"我们不要在此逗留,赶快到那儿去吧,因为海神们会妒忌的,他们有很多听他们指挥的妖魔。"

于是他们匆匆上路了,整个夜晚他们都行走在月光下,第二天白天他们又行走在阳光下,傍晚时分他们来到了一座城的跟前。

年轻的渔夫对他的灵魂说:"这座城就是你对我说过的那个少女跳舞的那座城吗?"

他的灵魂回答说:"不是这座城市,是另外一座。不过我们还是进城看看去。"

于是他们进了城,穿过大街小巷。当他们经过珠宝街的时候,年轻的渔夫看见在一个货摊上放着一只美丽的银杯。他的灵魂对他说:"拿走那只银杯,把它藏起来。"

于是他便拿起那只银杯,把它藏在了他那束腰外衣的褶缝中,然后他们就匆匆出城了。

当他们离开城走了一里格[①]时,年轻的渔夫皱着眉头把那银杯扔掉了,并对他的灵魂说:"你为什么要叫我拿起杯子藏起来呢?这难道不是

---

① 长度单位,约相当四点八二八公里。——译者注

一件坏事吗?"

而他的灵魂却回答他说:"不要生气,不要生气。"

第二天傍晚他们又来到一座城跟前,年轻的渔夫对他的灵魂说:"这座城就是你对我说过的那个少女跳舞的那座城吗?"

他的灵魂回答他说:"不是这座城市,是另外一座。不过我们还是进城看看去。"

于是他们便进了城,穿过大街小巷。当他们经过鞋街的时候,年轻的渔夫看见一个小孩站在一个水罐的旁边。他的灵魂对他说:"去揍那个孩子。"于是他就打了那孩子,把小孩打得哇哇大哭,然后他们就匆匆出城了。

当他们离开城走了一里格时,年轻的渔夫气愤地对他的灵魂说:"你为什么要叫我打那个孩子,这难道不是一件坏事吗?"

然而他的灵魂却回答说:"不要生气,不要生气。"

第三天傍晚他们又来到一座城跟前,年轻的渔夫对他的灵魂说:"这座城就是你对我说过的那个少女跳舞的那座城吗?"

他的灵魂回答他说:"可能就是这座城,所以让我们进城去吧。"

他们于是进了城,穿过大街小巷,可是年轻的渔夫却怎么也找不到那条小河,还有河边的小客栈。城里的人们都好奇地望着他。他有点害怕起来,就对他的灵魂说:"我们这就离开吧,因为那个用一双白脚跳舞的人不在这儿。"

但是他的灵魂却回答说:"不,我们得留在城里,因为夜里太黑,路上会碰到强盗的。"

他于是在集市里坐了下来,歇歇脚。过了一会儿有一个戴头巾的商人走了过来,身披一件鞑靼布料的斗篷,提着一个尖尖的牛角灯笼,灯笼就绑在有节的芦苇秆的一端。商人对他说:"你为什么还坐在集市里呢?你没有看见货摊都关门了,东西都捆扎起来了吗?"

年轻的渔夫回答说:"我在这座城里一家小客栈都找不到,又没有亲戚留宿我。"

"我们不是亲戚吗?"商人说,"我们不都是由一个上帝创造出来的吗?跟我走吧,我家里有一间客房。"

于是年轻的渔夫站起身来,随那商人到他家里去了。他穿过一个石榴树花园,走进了屋里。商人端来一个装着玫瑰花水的铜盘,让他把手洗干净,又送来熟透的甜瓜让他解渴,还有一碗米饭和一小块烤羊肉。

等他吃完以后,商人就领他来到了客房,并嘱咐他好好睡一觉,休息一下。年轻的渔夫谢过了他,并在那商人手上戴的戒指上吻了一下,然后就一下子躺在了染成彩色的山羊毛毯子上。他把一床黑色的羊羔毛被子盖在身上,就睡着了。

离天亮还有三个小时的时候,天还很黑,他的灵魂就唤醒了他,对他说:"快起来,到商人的房间里去,到他睡觉的房间里去,把他杀死,拿走他的金子,因为我们需要它。"

年轻的渔夫于是就起了床,蹑手蹑脚地朝商人的房间里走去。在商人双脚的上方挂着一把弯弯的长剑,身边的一个盘子里放着九个装满黄金的小包。渔夫伸出手去拿那把剑,当他的手刚刚碰到剑时,商人一下子惊醒了,他跳起来一把抓过剑来,对着年轻的渔夫大声吼道:"难道你要恩将仇报吗?你要用流淌的鲜血来回报我对你的好心吗?"

这时灵魂对年轻的渔夫说:"去揍他。"于是他就上前去打那商人。商人晕了过去。他抓起那九包金子,慌慌张张地穿过石榴树花园逃走了,朝着启明星的方向赶路。

当他们离开城走了一里格时,年轻的渔夫捶打起自己的胸膛来,对他的灵魂说:"你为什么要叫我打那商人,还抢走他的黄金呢?你真是太邪恶了。"

可他的灵魂却回答说:"不要生气,不要生气。"

"不,"年轻的渔夫大声喊道,"我心里不能平息,因为你叫我做的所有事情都是我憎恨的。我也憎恨你,我要你告诉我,你为什么要这样耍弄我。"

他的灵魂回答说:"因为你把我抛到这世上的时候,并没有给我一颗心,所以我学会了去做这些事情,而且我也喜欢做这些事。"

"你说什么?"年轻的渔夫喃喃地说。

"你明白我说的是什么,"他的灵魂回答说,"你知道得清清楚楚。难道你忘了你没有把心给我吗?我相信你没有忘。所以你和我都不要自寻烦恼,就坦然接受吧,因为世上没有摆脱不了的痛苦,也没有享受不了的欢乐。"

年轻的渔夫听到这些话后,浑身战栗着对他的灵魂说:"不,你太坏了,你让我忘记了爱,还用各种诱惑来引诱我,使我的双脚踏上了罪恶之路。"

他的灵魂回答他说:"你忘了,在把我抛到这世上的时候,你并没有把心给我啊。来吧,我们到另一座城去寻欢作乐吧,因为我们有九包金子呢。"

然而年轻的渔夫取出那九包金子,把它们扔在了地上,并用脚狠劲地踩着。

"不,"渔夫大声说道,"我和你之间没有关系了,我也不会再跟你到任何地方去了,我现在就要把你赶走,就像我从前赶走你那样,因为你对我没有任何好处。"说完他转过身去背朝着月亮,用那把有着绿色蛇皮刀柄的小刀,奋力去切开脚边他自己身体的影子,也就是他的灵魂的身体。可是他的灵魂并没有离开他,而且也不听他的话,还对他说:"那个女巫教给你的符咒已经不再管用了,因为我不可能再离开你,你也不可能再把我赶走了。一个人一生中只能把他的灵魂赶走一次,而他一旦把自己的灵魂收了回来,他就得永远收留它了。这既是对他的惩罚,也是给他的回报。"

年轻的渔夫脸色变得苍白,他攥紧了拳头,大声吼道:"她是个没有信义的女巫,她没有告诉我这一点。"

"不,"他的灵魂回答说,"不过她忠于的是她自己崇拜的那个'他',她会做他永远的仆人。"

当年轻的渔夫明白他再也赶不走他的灵魂,而又是这么一个邪恶的灵魂,要永远伴随着他时,他一下子扑倒在地上失声痛哭起来。

天亮的时候,年轻的渔夫站起身来,对他的灵魂说:"我要绑住我的双手,免得我会去做你吩咐的事,我还要紧闭我的双唇,免得我说出你让我说的话,我要回到我所爱的人居住的地方去。我还要回到海里去,回到她常常唱歌的那个小海湾去。我要唤她上来,把我做过的坏事告诉她,还有你对我所作的恶。"

他的灵魂引诱他说:"谁是那个你要回去看望的爱人?世上比她漂亮的美人多的是。撒玛利亚①的舞女们可以学各种鸟兽的姿势跳舞。她们的脚被散沫花染得鲜红,手上拿着小铜铃。她们一边跳一边笑,那笑声就如同流水叮咚。跟我走吧,我带你去见她们。那些罪恶的事有什么好烦心的呢?那些美味可口的东西不是做来给人吃的吗?难道甘甜的酒水里有毒吗?不要自寻烦恼了,跟我去另一座城吧。这儿附近就有一座小城,城里有一个长满郁金香树的花园。在这个秀丽的花园里住着白色的孔雀和有着蓝胸脯的孔雀。当它们的尾巴向着太阳展开的时候,就像圆圆的象牙盘和镀金盘一样。给它们喂食的女人为它们跳舞,引它们开心,有时候她倒立着用手跳,其他时候都是用脚跳。她的双眼用锑染得发亮,她的鼻孔长得像燕子的翅膀。其中一个鼻孔穿着的小钩子上挂着一朵用珍珠雕成的花儿。她一边跳一边笑,脚踝上套着的银环像银铃似的叮当作响。所以不要再自寻烦恼了,跟我去这座城吧。"

可是年轻的渔夫却没有理睬他的灵魂,他用缄默紧紧封住了自己的双唇,用绳子紧紧捆住了自己的双手,他朝来的方向往回走,他要回到那个他的爱人常常唱歌的小海湾。不论他的灵魂一路上怎样诱惑他,他都不予理睬,他也不去做他的灵魂要他做的任何坏事,在他的心里,爱情的力量太强大了。

当他回到大海边时,他解开了绑着双手的绳子,撕去了嘴上缄默的封条,大声呼唤着小美人鱼。可是她并没有应声而来,尽管他呼唤了整整一天,并苦苦地哀求她。

他的灵魂嘲笑他说:"你真的没有从你的爱人那儿得到什么欢乐。你就像是在干旱季节把水往破漏的器皿里倒。你付出了一切,却没有得到丝毫回报。你最好还是跟我走吧,因为我知道欢乐谷在什么地方,也知道那儿有什么东西。"

可是年轻的渔夫并没有理睬他的灵魂,他在岩石的裂缝中用柳条为自己搭建了一个篱笆屋,在那儿住了一年。每天早晨他都呼唤着美人

---

① 古代巴勒斯坦与约旦河间一个地区,古代巴勒斯坦的城市,以色列王国首都。——译者注

鱼,每天中午他又去呼唤她,到了晚上他仍旧呼唤着她的名字。然而她却从来没有从海里浮上来与他见面。他在大海的任何地方都找不到她,虽然他去洞穴中找过,去碧水中找过,去海潮的旋涡里找过,还去海底深处的井里找过她。

他的灵魂一直用邪恶来引诱他,还对他悄悄说些可怕的事情,但这些都无法战胜他,他的爱情的力量太强大了。

一年时间过去了,灵魂暗自思忖道:"我已经用邪恶引诱过我的主人,可他的爱比我强大。现在让我用善来引诱他,那样他也许会跟着我走的。"

于是他对年轻的渔夫说:"我把世间的欢乐讲给你听,而你却充耳不闻。现在让我把世间的痛苦讲给你听吧,这也许是你要听的。说真的,痛苦是这个世界的主宰,没有人能够逃脱它的罗网。有些人没有衣服穿,有些人没有面包吃。有的寡妇身穿紫袍,也有的寡妇破衣烂衫。麻风病人在沼泽地里穿行,他们彼此都残酷地相待。乞丐们在大路上来来往往,他们的口袋里空空如也。饥荒行走在每座城的街道上,瘟疫就坐在每座城的门口。来吧,我们一起去帮助他们,让这些事不再发生。你为什么还要停留在这儿呼唤你的爱人呢?你明明看见你的爱人并没有出来回应你。爱到底是什么,值得你如此珍视吗?"

然而年轻的渔夫还是没有理睬它,他的爱情的力量太强大了。每天早晨他都呼唤着美人鱼,每天中午他又去呼唤她,到了晚上他仍旧呼唤着她的名字。然而她却从来没有从海里浮上来与他见面。他在大海的任何地方都找不到她,虽然他在大海的巨流中找过她,在浪谷里找过她,在被黑夜染成紫色的海面上找过她,也在被黎明抹成灰色的海面上找过她。

第二年又过去了,一天晚上,当年轻的渔夫孤单单地坐在篱笆屋里时,灵魂对他说:"唉!现在我已经用恶引诱过你了,也用善引诱过你了,但是你的爱比我更强大。所以,我不会再引诱你了,我只是恳求你让我进入到你的心中,这样我就会像从前那样和你成为一体了。"

"你当然可以进来,"年轻的渔夫说,"因为在那些没有心的日子里,你在世界上流浪一定遭受了很多痛苦。"

"太好了!"他的灵魂大叫起来,"可我找不到可以进去的入口,你的这颗心被爱紧紧包围住了。"

"我倒希望我能够帮助你。"年轻的渔夫说。

就在他说这话的时候,从大海传来了惊天动地的恸哭声,在人们听来就像是人鱼中有谁死去了一样。年轻的渔夫一下子跳了起来,跑出他的篱笆屋,来到了海边。黑色的波涛匆匆地朝岸边扑过来,海浪托着一个比银子还白的东西。它像浪尖一样白,在波涛上摇曳的样子又像一朵鲜花。浪尖把它从波涛中抢过来,泡沫又把它从浪头上夺过去,是海滩最终得到了它,于是年轻渔夫看见在他的脚边躺着小美人鱼的身体。她躺在他的脚边死去了。他一下子扑倒在她的身旁,被痛苦击倒了的他伤心地哭了。他吻她那冰冷的红嘴唇,抚弄她头发上湿漉漉的琥珀。他扑倒在她身边的沙滩上,哭得浑身颤抖,就像一个兴奋过头的人。他用自己褐色的双臂把她搂在怀里。他亲吻她的嘴唇,尽管它是冰冷的。她头发上滴下的蜜汁是咸咸的,可他仍然带着痛苦的快乐去品尝它。他吻她紧闭的双目,她眼角的浪花还没有他的眼泪咸。

他对着那死去的身体忏悔起来。他把苦酒一般的故事全灌进了她的耳朵。他用她的两只小手环住自己的脖子,并用他的手指去抚摸她那细细的喉咙。痛苦,痛苦成了一种快感,而这奇特的快感中充溢着的却还是痛苦。

黑色的海水涌了过来,白色的泡沫像麻风病人一样地呻吟着。泡沫是大海白色的爪子,它在海岸上一把一把地抓着。从海王的宫殿又传来了悲恸的哭声,遥远的大海上半人半鱼的海神们用号角吹出了嘶哑的声音。

"赶快逃走吧,"他的灵魂说,"因为海水一旦越涌越近,而你还留在这儿的话,它就会杀死你的。赶快逃走吧,你的心因为有强大的爱情而对我关闭着,想到这个我就害怕。逃到一个安全的地方去吧,你不会再把我抛到另一个世界去而不给我一颗心吧?"

可是年轻的渔夫并没有去听他的灵魂说话,而是呼唤着小美人鱼,对她说:"爱情比智慧更重要,比财富更珍贵,比人类的女儿们的脚更漂亮。烈火烧不毁它,海水扑不灭它。我在黎明呼唤过你,可你没有答应我。月亮都听见了你的名字,可你还是不理睬我。离开你是我的过错,我的迷失也伤害了我自己。但是你的爱一直伴着我,它一直是那么强大,没有什么可以战胜它,不论当我面对恶还是善。现在你已经死去了,那我一定要跟你一起死。"

他的灵魂又求他离开,但他的爱太强大了,他不会离开。海水涌过来了,它要用波涛把他淹没。他知道自己马上就要死了,便疯狂地亲吻美人鱼那冰冷的嘴唇,于是他的那颗心碎掉了。他的心因为充满了太多的爱而破碎了,于是灵魂就找到了一个入口钻了进去,像以前那样与他合为一体了。这时,大海用它的波涛吞没了年轻的渔夫。

一大早,神甫前来为大海祝福,因为大海太喧闹了。与神甫一起来的有修道士们和乐手们,还有手执蜡烛的人和摇香炉的人,以及大队人马。

当神甫来到海滩上时,他看见了浮在海面上的已经死去的年轻的渔夫,他的双臂紧紧地抱着小美人鱼的尸体。神甫皱紧眉头一边向后退去,一边在胸前画着十字,然后大声说道:"我将不为大海和海里的任何东西祝福了。人鱼们该受到诅咒,那些与他们交往的人也该受到诅咒。至于那个为了爱情而抛弃上帝的人,理所当然会受到上帝的审判而与他的情妇一同被处死,把他的尸体和他情妇的尸体抬走,把他们埋在漂洗场的角落里,不要在坟上放任何标志,也不要做任何记号,这样就没有人会知道他们葬在什么地方。因为他们生前是该诅咒的,死后也是该诅咒的。"

人们按照他的话去做了,在荒芜的漂洗场角落里,他们就地挖了个深坑,把尸体放了进去。

三年过去了,在一个神圣的日子里,神甫来到了礼拜堂,他要指给人们看上帝的伤痕,还要把上帝的愤怒告诉大家。

当他穿上法衣,走进礼拜堂,面对祭坛行礼的时候,他看见祭坛上摆满了他以前从未见过的奇异的鲜花。这些花看上去那么特别,又出奇地美丽,那种美使他感到乱神,花的气味在他的鼻孔中闻着甜美芬芳。他觉得很开心,但却不知道为什么这么开心。

他打开了神龛,为里面的圣体点上熏香,然后把美丽的圣饼拿给人们看,随后又把它藏在了帷幔后面。他开始向大家讲话,想对人们讲述上帝的愤怒。但是那些白色花朵的美丽使他心烦意乱,花的芳香弥漫在他的鼻孔里,于是从他嘴里说出了其他的话。他说的不是上帝的愤怒,而名为"爱"的上帝。他为什么要这么说,他自己也不知道。

神甫说完的时候,人们都哭了,神甫回到了教堂里的圣器屋,他的眼里盈满了泪水。执事们走了进来,为他宽衣解带,脱下白麻布圣衣,解下腰带和饰带,取下披肩。他站在那儿恍如梦中。

等他们为他脱完法衣,他看着他们,问道:"祭坛上放的是什么花?那些花儿是从哪儿来的?"

他们回答说:"我们不知道那是些什么花,它们是来自漂洗场的角落。"神甫浑身战栗起来,他回到自己的住处,开始祷告。

一大早,天刚刚破晓,他又带着修道士们、乐手们,还有手持蜡烛的人和摇香炉的人,以及大队人马来到了海滩,为大海祝福,还为大海里的一切生物祝福。他祝福牧神,祝福树林里跳舞的小家伙们,还祝福那些躲在树叶后面朝外窥望的亮眼睛的小家伙们。他祝福上帝创造的世界上的万事万物,人们都充满了快乐和惊奇。然而从此以后漂洗场的角落里再也没有长出过任何花朵,又恢复了从前的荒芜。人鱼们也不像从前那样常常到这个海湾来了,因为他们到大海的其他地方去了。

任一鸣 译

星　孩

　　从前有两个贫穷的樵夫,他们正穿越一大片松林赶路回家。那是一个寒冷的冬夜。厚厚的积雪覆盖着地面,覆盖着树枝,在他们经过之处,两旁的小树枝接连不断地被雪折断。当他们来到瀑布前时,那原本湍急的水流此刻一动不动地悬挂在空中,因为冰雪之王已经吻过她了。

　　如此寒冷的冬夜,就连鸟兽也不知该如何挨过。

　　"嗷!"狼嗥叫着,夹着尾巴在灌木丛中一瘸一拐地走着,"这么恶劣的气候,政府为什么不来管管呢?"

　　"喔!喔!喔!"绿色梅花雀喳喳地叫道,"年迈的地球死去了,他们必须让她穿着白色的寿衣出殡。"

　　"地球要出嫁了,这是她的结婚礼服。"斑鸠们悄声地对彼此说。他们粉红色的小脚都冻僵了,但他们还是觉得应该用浪漫的眼光看待这一切。

　　"胡说!"狼咆哮着说,"我告诉你们这都是政府的过错。如果你们不相信我的话,我就吃掉你们。"狼有着非常务实的头脑,而且他永远都不会找不到争辩的理由。

　　"嗯,就我个人而言,"啄木鸟说,他生来就是个哲学家,"我可不在意用什么原子论来做解释。如果一件事是怎样,那它就应该怎样,就眼下来说,事情就是天实在是太冷了。"天气的确是冷极了。住在高高的杉树洞里的小松鼠们相互摩擦着鼻子来取暖。野兔们在自己的窝里蜷缩着身子,看都不敢朝外看上一眼。唯一喜欢这种天气的好像只有大角鸮了。他们的羽毛被霜冻得硬邦邦的,不过他们并不在意,他们转动着他们大大的黄眼珠,隔着树林彼此呼唤着:"嘟喂!嘟喔!嘟喂!嘟喔!今天的天气多么好呀!"

两个樵夫继续不停地往前赶路,他们使劲往自己的手指上哈热气,用脚上笨重的带铁钉的靴子踩着积雪前进。有一次他们陷进了一个深深的雪坑里,等他们爬出来时,浑身上下白得就跟磨坊的磨面师一样,那些石头就像磨坊的碾子;有一次他们在一片坚硬光滑的冰上跌倒了,这冰是沼泽地的水冻结成的,他们身上背着的柴捆都跌散了,他们只好把柴拾起来,重新捆扎好;还有一次他们以为自己迷了路,心里怕极了,因为他们深知大雪对待那些睡在她怀里的人是非常残忍的。不过他们笃信那位好心的圣马丁(司旅行之神),相信他会照顾所有出门的人,于是他们又顺来路返回,小心翼翼地迈着脚步,最后他们终于走出了森林,并看见了远处山谷中那些村落里星星点点闪烁的灯光。

他俩为脱离险境而欢呼雀跃,高声大笑。在他们眼中,大地就像是一朵银花,而月亮就如同一朵金花。

然而笑过之后,他们又陷入了忧愁,因为他们想起了各自穷困的家境。一位樵夫对另一位说:"我们有什么理由高兴呢?要知道生活是为有钱人准备的,不是为我们这样的穷人。我们还不如冻死在森林中呢,或者让什么野兽把我们逮住然后咬死。"

"真是这样。"他的同伴回答说,"有些人得到的太多,而另一些人却得到的太少了。世界上充斥着不公正,没有一样东西是公平分配的,除了忧愁。"

可是就在他们相互悲叹各自的悲惨境遇时,发生了一件奇怪的事。一颗亮闪闪的、晶莹美丽的星星从天上掉了下来。它从天边滑落下来,从其他星星的身旁掠过。他们惊讶地望着它,在他们看来它好像就落在了一丛柳树的后面,旁边不远处有一个小羊圈。

"哎呀!谁找到它谁就可以得到一坛金子!"他们惊叫着跑了过去,他们太想得到黄金了。

他们中的一个跑得较快,他超过他的同伴,奋力穿过柳树丛,来到了树丛的另一边。看哪!洁白的雪地上真的躺着一个黄金样的东西。他赶忙跑过去,弯下身去用手去摸它,那是一件用金线织成的斗篷,被精心地折叠了好几层,上面缀着好多星星。他大声地告诉自己的同伴说他找到了从天上掉下来的财宝。他的同伴过来后,他俩就在雪地上坐下来,把斗篷一层层打开，准备分里面包裹着的金子。但是，啊呀！里面既没有黄金，也没有白银，什么财宝都没有，只有一个熟睡着的孩子。

于是其中一人对另一人说："我们的希望竟落得这样一个痛苦的结局，我们不会走好运的，一个孩子对我们有什么用呢？我们还是离开这儿赶我们的路吧，要知道我们都是穷人，我们有自己的孩子，我们不能把自己孩子的面包分给别人。"

不过他的同伴却回答他说："不，把孩子丢在雪地上冻死是罪过。尽管我跟你一样穷，锅里没吃的，却有好几口人要我养活，但我还是要把他带回家，我的妻子会照顾他的。"

他轻柔地抱起孩子，用斗篷裹住孩子以抵御严寒，然后就下山往村子里走去。他的同伴对他的愚蠢和善良感到大为惊讶。

他们回到村里，他的同伴对他说："你有了这个孩子，那么就把斗篷给我吧，我们应该平分的。"

然而他回答说："不，这个斗篷既不是你的，也不是我的，它是孩子的。"说完他与同伴道了别，来到自家的门前，敲响了门。

他的妻子打开门，看见丈夫平安地回到身边，就伸出双臂搂住他的脖子，吻了他，并取下他身后背着的柴捆，扫净了他靴子上的雪，吩咐他快进屋去。

然而，他对她说："我在森林里找到一样东西，我把他带回来好让你照顾他。"他站在门口并不进来。

"这是什么？"她惊呼起来，"快给我看看，家里一贫如洗，我们需要好多东西呢。"于是他把斗篷向后拉开，把熟睡的孩子抱给她看。

"哎呀，我的天！"她低声埋怨说，"难道我们自己的孩子还不够多吗？干吗非要再带一个幼弱的孩子回家？谁知道他会不会给我们带来厄运？我们怎么抚养他呢？"她对他生气了。

"别这样说，他可是一个星孩呀。"他回答说，并把发现孩子的奇异经历讲给她听。

但她的气一点都没消，反而挖苦他，并气愤地哭着说道："我们自己的孩子都没面包吃，难道还要养活别人的孩子吗？谁又会来照顾我们？谁又给我们食物吃呢？"

"不要这样,上帝连麻雀都要眷顾的,上帝还喂养它们呢。"他回答说。

"麻雀在冬天不是常常会饿死吗?"她问道,"现在不正是冬天吗?"她的丈夫无言以对,只是站在门口不肯进屋来。

一阵寒风从森林刮来,穿过敞开的房门吹进屋里,她打了一个寒战,冷得瑟瑟发抖,于是就对他说:"你还不把门关上吗?寒风都吹进屋里了,我觉得好冷。"

"对于铁石心肠的人来说,吹进家里的风不会总是寒冷的吧?"他反问道。女人没有回答他,只是朝炉火靠得更近了。

过了一会儿,她转过身来望着他,眼里充盈着泪水。他马上走进屋里,把孩子放在她怀中。她吻了吻孩子,把孩子放在了一张小床上,那是他们最小的孩子睡觉的地方。

第二天,樵夫取下那件珍奇的金斗篷,把它放进一个大柜子里。那孩子脖子上戴着的一串琥珀项链,也被他妻子取下来放进了柜子里。

就这样,星孩跟樵夫的孩子一块儿长大了,他和他们坐在一起吃饭,又一同玩耍。他长得一年比一年英俊,村里的人都为此感到惊叹,因为别人的皮肤都是黑黝黝的,头发也是黑的,唯独他长得白皙而又娇嫩,就像精致的象牙。他的鬈发犹如水仙花的花环,他的嘴唇如同红色的花瓣,他的双眼就像清澈的小河旁的紫罗兰,他的身体就像田野中的水仙草,从来没有人来割过。

然而他的美貌却使他变得邪恶。因为他变得骄傲、残酷和自私了。对于樵夫的儿女以及村里的其他孩子们,他一概瞧不起,说他们出身低贱,而他自己却是高贵的,是从星星上跳下来的,他自认是他们的主人,而把他们都唤作自己的奴仆。他一点都不同情穷人,对那些盲人、残疾人以及任何有病苦的人,他非但不怜悯,反而向他们扔石块,或者把他们赶到大路上去,喝令他们到别处去乞讨。这样,除了那些无赖,没有人敢再到那个村子去乞讨。他真的陶醉于自己英俊的容貌,取笑那些孱弱和遭人冷落的人,捉弄他们。他只爱他自己,在夏日无风的日子里,他会躺在神甫果园中的水井旁,望着井水映出的自己动人的脸蛋,不由得为自己美好的容貌而欢快地大笑。

樵夫和他的妻子常常责备他说:"我们从来没有像你对待那些穷苦的人那样对待过你,你为什么会如此残酷地对待那些需要同情的可怜人呢?"

老神甫也经常去找他,想教他学会热爱所有的生灵。老神甫对他说:"飞蝇是你的弟兄,不要去伤害它。那些盘旋在林中的鸟儿是自由的,不要把它们捉来取乐。上帝创造了蜥蜴和鼹鼠,它们有它们生存的权利。你是什么人,竟可以给上帝的世界带来痛苦?要知道即便田野里的牲畜都要赞美上帝。"

可是星孩并不留意神甫的话,他皱着眉头,一副满不在乎的样子,跑回去找他的伙伴玩了。他是孩子们的头儿,他的伙伴们都跟随着他,因为他长得英俊,且步履轻快,能歌善舞,还会吹笛子和弹奏乐器。不论星孩领他们去什么地方,他们都会跟着去;不论星孩吩咐他们做什么,他们都会照着去做。他把一根尖锐的芦苇刺进鼹鼠悲伤的眼睛里时,他们都开心地大笑。他扔石头砸麻风病人时,他们也跟着大笑。无论他指派他们去干什么,他们都会变得和他一样铁石心肠。

一天,一个穷要饭的女人经过村子。她衣衫褴褛,粗粝的道路把她的双脚磨得鲜血淋漓,她显得疲惫不堪。因为太累了,她就坐在一棵栗子树下歇息。

星孩看见了她,他对同伴们说:"看哪!那个肮脏的讨饭女人竟然坐在那棵美丽的长着绿叶子的树下面。来呀,我们把她赶走,她真是又丑又令人讨厌。"

于是他走过去朝她扔石头,嘲弄她。她用惊恐的眼光望着他,她一个劲地盯着他看。樵夫正在附近的草料场里砍木头,他看见了星孩在干什么,于是便跑上前来责备他,并对他说:"你的心真是太狠了,没有一点怜悯之心,这个可怜的女人对你做了什么,你竟要如此对待她?"

星孩气得满脸通红,用脚狠劲跺着地面说:"你是什么人,竟敢来管我做什么?我不是你的儿子,不会听你的话的。"

"你说的一点不错,"樵夫回答说,"但是当我在林中发现你的时候,我对你不也是动了怜悯之心的吗?"

女人听了这话大叫了一声后就晕倒在了地上。于是樵夫就把她抱进了自己的家中。他的妻子照顾着她,直到她从昏迷中醒过来。他们为她拿来了吃的和喝的,并安慰她。

然而她既不肯吃,也不肯喝,只是对樵夫说:"你不是说那个孩子是你从林中找到的吗?那是不是发生在十年前的今天?"

樵夫回答说:"是的,我是在林中发现他的,就是十年前的今天。"

"你当时发现他有什么标记吗?"她大声问道,"他的脖子上是不是挂了一串琥珀项链?他的身上是不是裹着一件绣着星星的金线斗篷?"

"真是这样,"樵夫回答说,"就跟你说的一模一样。"他从柜子里把斗篷和琥珀项链拿出来给她看。

她一看见这些东西,就高兴得哭了起来,她说:"他就是我丢失在林中的小儿子。我求求你快把他叫回来,为了寻找他,我已经走遍了整个世界。"

樵夫和他的妻子赶紧出门去叫星孩,他们对他说:"快进屋里来,你会在那儿看见你的母亲,她正等着你。"

星孩满怀惊喜地跑进屋里。然而当他看见等他的人是谁时,便轻蔑地笑起来,说:"怎么回事,哪儿有我的母亲?我怎么只看见一个下贱的要饭女人。"

女人回答说:"我就是你的母亲。"

"你是疯了才这么说吧。"星孩生气地大声嚷道,"我不是你的儿子,因为你是一个要饭的,而且又丑又穿得破烂。所以你还是快滚吧,不要让我再看见你这张讨厌的脸。"

"不,你真的是我的小儿子呀,我是在森林中把你生下来的。"她大声说道,并一下子跪在了地上,向他伸出双臂,"强盗们把你从我身边抢走,又把你扔在了林子里,想弄死你。"她喃喃地说着,"可是我一看见你,就认出了你,我还认得那些信物:金线斗篷和琥珀项链。所以,求求你跟我走吧,我已经走遍了整个世界,到处找你。跟我走吧,我的孩子,我多么需要你的爱。"

可是星孩仍站着不动,她的话一点儿也没有打动他的心。这时只听到女人痛苦的哭声,别的什么声音也没有。

最后他用非常生硬而冷酷的声调对她说:"即便你真是我的母亲,那么你还是得离开,走得远远的,不要再到这儿来给我丢脸了。因为你知道,我觉得我是星星的孩子,而不是像你刚才说的那样是一个乞丐的孩子。所以你还是离开这儿吧,不要再让我看见你。"

"哎呀!我的儿子,"她大声叫道,"在我离开之前你都不愿意吻我一下吗?要知道,我是经历了多少磨难才找到了你呀。"

"不,"星孩说,"你太丑陋了,我宁愿去吻毒蛇,去吻蟾蜍,也不要吻你。"

于是,那女人便站起身来,伤心地哭泣着走回到森林中去了。星孩看见她离开了,很高兴,便跑回到他的同伴那儿,准备继续跟他们一块儿玩。

可是当那些孩子看见他跑过来时,却都取笑他说:"你怎么长得像蟾蜍一样丑陋,像毒蛇一样邪恶呢?你快滚开吧,因为我们无法忍受和你这样的人在一起玩耍。"于是他们把他赶出了花园。

星孩皱紧了眉头,自言自语道:"他们在说些什么呀?我要到水井边去照照自己,水井会告诉我我有多么英俊。"

于是他来到了水井边,朝井中望去,哎呀!他的脸真的像蟾蜍,他的身子长长的就像毒蛇。他一下子扑倒在草地上,痛哭起来。他对自己说:"这一定是对我的罪恶惩罚。因为我不认我自己的母亲,还赶走了她,对她又傲慢又残忍。所以我要去找她,要走遍全世界去寻找她,不找到她我就不能停息。"

这时樵夫的小女儿走了过来,她把手放在他的肩膀上,对他说:"你失去了美貌又有什么关系呢?你还是跟我们待在一起吧,我不会嘲笑你的。"

他对她说:"不,我对待我的母亲太残忍了,这种惩罚是我应得的报应。我必须马上就走,走遍全世界去寻找我的母亲,直到找到她,得到她对我的宽恕。"

于是他便朝森林跑去,大声呼唤着他的母亲,要母亲回到自己的身边,却听不到一点回应。整整一天他都这样呼唤着母亲。太阳下山后,他就躺在树叶铺成的床上睡觉。鸟儿和野兽们看到他都纷纷逃开了,因为它们还记得他的残忍。他孤单单一个人,只有蟾蜍守望着他,还有毒蛇缓慢地从他身旁爬过。

清晨他站起身来,从树上摘几个苦味的浆果吃,然后就穿过树林一路伤心地哭着赶路去了。不论他遇到什么,他都要上前询问,是否碰巧看见过他的母亲。

他对鼹鼠说:"你能够到地底下去,告诉我,我的母亲在那儿吗?"

鼹鼠却回答说:"你已经把我的眼睛弄瞎了。我怎么会看得见呢?"

他又对梅花雀说:"你能够飞越好高好高的树顶,可以看见整个世界。告诉我,你看见我的母亲了吗?"

梅花雀却回答说:"你为了取乐已经剪掉了我的翅膀,我又怎么能飞起来呢?"

对那只孤零零地住在杉树上的小松鼠,他问道:"我的母亲在哪里?"

小松鼠回答说:"你已经杀死了我的母亲。难道你还想杀死你自己的母亲吗?"

星孩哭着低下了头,祈求得到上帝创造的这些生灵们对他的宽恕。他继续穿过森林往前赶路,寻找那个要饭的女人。到了第三天,他走出了森林,来到了平原上。

他路过一个村子,孩子们都嘲笑他,并向他扔石块。村里人甚至不愿意让他睡在谷仓里,生怕他使谷仓里的粮食发霉,因为他看上去是那么肮脏。于是他们叫人把他给赶走了,这里没有一个人同情他。他也没有听到一点关于那个是他母亲的要饭女人的消息。虽然三年里为了寻找母亲他走遍了世界各地,可他却总是感到她仿佛就走在他前方的路上。他常常呼唤着她,追赶着她,直到他的双脚被尖硬的石块磨出了血。然而他始终没有追上她。而那些住在沿路的人都说他们没有看见过她,或像她那样的女人,他们都拿他的悲痛来取笑。

三年里他走遍了全世界,但这个世界上既没有爱,也没有善良,更没有仁慈,而这种世界正是从前那个傲慢的自己造就的。

一天傍晚,他来到了一座有着坚固围墙的城堡的门口,城堡坐落在一条河边。虽然他已疲惫不堪,脚上还受了伤,但他还是往城里走去。然而守卫在门口的士兵们却横下手中的武器把他拦住了,语气粗暴地对他说:"你到城市里来干什么?"

"我在寻找我的母亲。"他回答说,"我恳求你让我进城去,她也许就在这个城里。"

可是他们却嘲笑他,他们中的一个人摆弄着自己的黑胡须,放下手中的盾牌,大声说道:"老实对你说,你母亲看见你这副模样一定不会高兴的,因为你比沼泽地里的蟾蜍和毒蛇还要令人讨厌。快滚开,快滚开,你的母亲不在这座城里。"

另一个手中拿着一面黄旗的士兵对他说:"谁是你的母亲,你为什么要找她呢?"

他回答说:"我母亲跟我一样也是个乞丐,我曾经待她很不好。我恳求你让我进去吧,这样我可以得到她的宽恕,如果她真的住在这个城里。"然而他们还是不让他进城,还用他们的长矛去刺他。

于是,星孩只好哭着转身走了。这时有一个人走了过来,他穿着嵌有金花饰的铠甲,头盔上蹲着一只长有翅膀的雄狮,他问士兵是谁要求进城。士兵回答说:"是个要饭的,他的母亲也是个要饭的,我们已经把他赶走了。"

"何必呢,"那人笑着大声地说,"我们可以把这个丑家伙当奴隶卖掉,他的身价也就值一碗甜酒。"

这时,一个年迈的相貌奇丑的人正从旁边经过,他大声说道:"我按这个价钱买下他。"他付完钱,就拉着星孩的手,带他进城去了。

他们穿过了好几条街才来到了一扇小门口。这扇门开在石榴树荫掩映着的一堵墙上。老人用一只色泽暗淡的碧玉戒指在小门上碰了一下,门就打开了。他们走下五级铜台阶,来到了一个花园。花园里长满了黑色罂粟花,摆满了绿色的瓷瓦罐。老人从他的缠头巾上取下了一条印有花纹的绸帕,用它蒙住星孩的眼睛,并在前面领着星孩走。等他把绸帕从星孩的眼睛上拿开时,星孩发现自己在一座地牢里,那儿摇曳着一盏牛角灯。

老人把一个木盘放在星孩面前,木盘里是发了霉的面包。老人对他说:"吃吧。"老人又给他一个盛着盐水的杯子,对他说:"喝吧。"等星孩吃完喝完,老人就走出地牢,锁上了门,并用一根铁链把门拴牢。

第二天老人又来到地牢,他真像是利比亚最精明的魔术师,魔法都是从尼罗河畔墓穴中的大师那里学来的。老人皱着眉头对他说:"在这座异教徒的城堡门外不远处的一片树林里,藏有三块金币:一块是白色的,另一块是黄色的,还有一块是红色的。今天你要把那块白色的金币取回来交给我。如果你取不回来的话,我就要抽打你一百下。你赶快去吧,在太阳落山的时候,我会在花园的门口等你。记住要把那块白色的金币拿回来,不然你会倒霉的,因为你是我的奴隶,是我用一碗甜酒的价钱把你买下来的。"他又用那块印有花纹的绸帕蒙住星孩的双眼,领着他穿过房子,走过那座开满罂粟花的花园,走上五级黄铜台阶。老人用戒指打开了那扇小门,就把星孩放出街上来。

于是星孩走出了城门,来到了魔术师告诉他的那片小树林。

从外面望过去,这片树林真是美丽极了,好像到处都是鸟语花香,星孩高兴地往里走去。然而美丽的树林并没有给他带来好运,因为他不论走到哪儿,都会有粗壮而又尖利的荆棘从地上冒出来,挡住他的去路,凶狠的荨麻会刺他,蓟也用它尖锐的针芒来扎他,他被折磨得痛苦不堪。可是,哪里也找不到魔术师说的那块白色的金币。尽管他从早上找到中午,又从中午找到日暮。伴着落日,他伤心地哭着往回走,因为他知道等待着他的是什么样的结果。

然而就在他快要走出树林的时候,他听见树林里传来了一阵哭泣声。他一下子忘记了自己的烦恼,向那个地方跑去。他看见一只小兔子掉进了猎人设下的陷阱里。

星孩对小兔同情极了,他把它给放了,并对它说:"虽然我自己是个奴隶,不过,我还是要给你自由。"

小兔回答他说:"你的确给了我自由,那我用什么来回报你呢?"

星孩对它说:"我正在寻找一块白金钱币,可我怎么也找不到它,如果我不能找到它,把它带回去给我的主人,他会揍我的。"

"那你跟我来吧,"小兔说,"我领你去,因为我知道它藏在哪儿,为什么要藏在那儿。"

于是星孩跟着小兔去了。啊呀!他看见了自己要找的那块白金钱币就在一棵老橡树的裂缝中。他高兴极了,把它抓在手里,对小兔说:"我只为你做了那么一点点事,你已经加倍回报我了。我对你的小小的恩惠,你已经一百倍地报答了我。"

"别这样说,"小兔回答说,"我只不过是用你对待我的方式回报了你。"说完小兔就跑开了。星孩也回城堡去了。

城门口坐着一个麻风病人,他的脸上蒙着一块灰色的麻布,眼睛透过麻布上的小孔望出来,像烧红的炭似的闪着光芒。他看见星孩走过来,就敲起了木碗,并摇响了他的铃铛,朝星孩喊道:"给我一个钱币吧,否则我会饿死的。人们把我赶出了城市,没有人怜悯我。"

"唉!"星孩悲叹道,"我的口袋里也只有一枚钱币呀,如果我不把它交给我的主人,他就会打我,因为我是他的奴隶。"

可是那麻风病人仍然缠着他,向他乞求,直到星孩终于动了怜悯之心,把那枚白金钱币给了他。

星孩回到魔术师的家,魔术师开开门,带他进了屋,对他说道:"你取到那块白金钱币了吗?"星孩只好回答说:"我没有拿到。"于是魔术师朝他扑上来,揍了他一顿,并在他面前摆上一个空木盘,对他说:"吃吧。"又递给他一个空杯子,说:"喝吧。"最后又把他关进地牢里去了。

第二天魔术师又出现在他面前,对他说:"如果今天你不能把那块黄金钱币给我取回来,我会要你继续做我的奴隶,并挨三百下鞭子。"

于是星孩又走进了树林,整整一天他都在树林中四处寻找那枚黄金钱币,可是哪儿也找不到。日落时他坐下来,开始痛哭起来。就在这时,那只他从陷阱里救出来的小兔子又跑了过来。

小兔对他说:"你怎么哭了?你又在森林中寻找什么呢?"

星孩回答说:"我在寻找一块黄金钱币,它就藏在树林里,如果我不能把它找到带回去的话,我的主人就会揍我,让我继续做他的奴隶。"

"跟我来吧。"小兔大声说道。它穿过树林往前跑,直到来到一个水池旁。那块金币就躺在水池的底部。

"我不知该如何感谢你。"星孩说,"瞧,这已经是你第二次救我了。"

"别这样说,是你先将怜悯给了我。"小兔说完,又飞快地跑开了。

星孩从水里取出了那枚黄金钱币,把它放在口袋里,匆匆地朝城里赶去。可是那个麻风病人看见他走过来,就又跑上前来,跪倒在他的面前,哭着说:"给我一块钱币吧,否则我会给饿死的。"

星孩对他说:"我口袋里只有一块黄金钱币,如果我不把它交给我的主人,他就会揍我,并让我继续当他的奴隶。"

可是麻风病人却仍旧缠着他苦苦哀求,直到星孩又动了怜悯之心,把那枚黄金钱币给了他。

星孩回到魔术师的家,魔术师为他开开门,带他走进屋里,问他说:"你拿到那块黄金钱币了吗?"星孩只好对他说:"我没有拿到它。"魔术师又朝他扑上去,揍了他一顿,并用链条把他锁上,然后把他扔进了地牢里。

到了早晨,魔术师又来到他身边,对他说:"如果今天你把那块红色的金币给我取回来,我就会放了你,可是如果你取不回来的话,我肯定会杀了你的。"

于是星孩又走进了树林,整整一天他都在四处寻找那块红色的金币,可是哪儿也找不到。到了傍晚,他坐下来,哭了起来。就在这时,那只小兔又来到了他的面前。

小兔对他说:"你要找的那块红色的金币就在你身后的那个山洞里。所以你不要再哭了,高兴起来吧。"

"我不知如何才能报答你。"星孩感动地说,"瞧,这已经是你第三次救我了。"

"别这样说,是你先将怜悯给了我。"小兔说完,就飞快地跑开了。

星孩钻进山洞,在最深处的角落里发现了那枚红色的金币。于是他把它装进了口袋,匆匆赶回城里。那个麻风病人看见他走过来,就站在路的当中,大声痛哭起来,并对他说:"快把那块红色的钱币给我吧,不然我肯定会死的。"星孩又一次怜悯了他,把那块红色的金币给了他,对他说:"你比我更需要。"然而此时他的心里沉甸甸的,因为他明白等待着他的是什么样的厄运。

可是瞧啊!当他经过城门的时候,卫兵们都向他鞠躬行礼,口中喊道:"我们的君主多么漂亮啊!"一群市民跟随在他身后,高声欢呼道:"整个世界上真的再也没有人比他更漂亮了!"星孩哭了起来,他对自己说:"他们在嘲笑我,拿我的不幸寻开心。"人们越聚越多,他不知该往哪儿走,最后发现自己来到了一个宽阔的广场上,国王的宫殿就矗立在这儿。

王宫的大门打开了,牧师和大臣们都出来迎接他。他们对他鞠躬行礼,并说:"您就是我们恭候的君主,我们国王的儿子。"

星孩回答他们说:"我不是国王的儿子,我只是一个穷要饭的女人的儿子。你们为何说我漂亮?我知道我长得很丑。"

这时,那位穿着嵌有金花饰的铠甲,头盔上蹲着一只长有翅膀的雄狮的先生,把手中的盾牌递到星孩面前,大声说道:"我的君主怎么能说他自己不漂亮呢?"

星孩抬头望着盾牌映出的自己,啊!他自己的脸又跟从前一样了,他的美貌恢复了,而且他在自己的眼中看到了一种以前从未见过的东西。

牧师和大臣们跪在他面前,对他说:"古老的预言曾经说过,就在今天有一个人要来统治我们。所以,请我们的君主接受这顶王冠和这根王杖,做我们公正而仁慈的统治者吧。"

可是星孩却对他们说:"我不配,因为我连自己的生母都不认。在没有找到她之前,在没有得到她宽恕之前,我是不会停留的。所以还是让我走吧,我还要去走遍世界,就算你们要把王冠和王杖给我,我也不会在这儿停留的。"他一边说着,一边转过身去,朝着通向城门的街上走去。看啊,在士兵们簇拥着的一群人中间,他看见了自己那位要饭的母亲,她身旁站着的就是那个麻风病人,他们就站在路的当中。

他高兴地叫了起来,跑上前去,跪下身子,去亲吻他母亲脚上的伤口,用泪水冲洗着那些伤口。他把头低下来贴着地上的尘土,哭泣着,像一个心碎的人儿。他对她说:"母亲,在我傲慢的时候我没有认您,可是现在请您在我卑微的时候收下我吧。母亲,我曾将仇恨给予您,但请您把爱给我吧。母亲,我虽拒绝过您,但现在请您收下您的孩子吧。"然而那个要饭的女人并没有回答他一个字。

他又伸出双手,抓住那个麻风病人的一双苍白的脚,对他说:"我曾三次仁慈地怜悯过你,就请你求我母亲对我说一句话吧。"然而那个麻风病人也不回答他一个字。

他又哭了起来,说:"母亲,我的痛苦已经大得让我无法忍受了。请您宽恕我吧,让我回到森林中去。"那要饭女人把手放在他的头上,对他说:"起来吧。"那麻风病人也把手放在他的头上,也对他说:"起来吧。"

于是他站起身来,看着他们。瞧啊!原来他们是国王和王后。

王后对他说:"这是你的父亲,你刚刚救过他。"

国王说:"这是你的母亲,你用你的泪水洗过她的双脚。"

他们俯身搂住他的脖子,吻他,并带他进了王宫,给他穿上漂亮的衣服,并把王冠戴在他的头上,把王杖交在他的手中。从此,他统治着这个坐落于河边的城市,成了它的君主。他对所有的人都表现出了极大的公正和仁慈。他赶走了那个邪恶的魔术师,还送了很多珍贵的礼物给那个樵夫和樵夫的妻子,而对于樵夫的孩子,他给予了最高的敬意。他不能容忍任何人虐待鸟兽,他用爱、仁慈和宽恕去教诲那些人,他给穷人送去面包,给那些赤身裸体的人送去衣服,使整个王国和平而富庶。

然而他统治的时间并不长,因为他要忍受太深重的磨难,要遭遇太严峻的考验,三年过后,他就去世了。而那个继位的统治者是个非常邪恶的君王。

任一鸣　译

阿瑟·萨维尔勋爵的罪行

一

复活节前,温德米尔夫人最后一次宴请宾客,本廷克宅与往常相比更加济济一堂。六位内阁大臣从下议院议长招待会赶来,满身勋章和绶带,所有的漂亮女人各个衣着华丽,卡尔斯鲁厄①的索菲娅郡主站在画廊的一头。这是一个身材高大、好像鞑靼人的女人,长着乌黑的小眼睛,戴着稀奇的翡翠,大嗓门讲着糟糕的法语,无论别人跟她说什么,她都报之以放声狂笑。的确,这是一个奇妙的聚会。雍容优雅的贵妇人与慷慨激昂的激进派亲切交谈,深受欢迎的牧师与著名的怀疑论者友好相处。一群德高望重的主教一直尾随着一位臃肿的歌剧女明星,从一个房间拥到另一个房间。楼梯上,站着以艺术家自居的皇家艺术院院士。据说,餐厅一时间,堪称天才济济。实际上,这是温德米尔夫人举办得最精彩的晚会之一,那位郡主几乎待到十一点半才走。

郡主一走,温德米尔夫人就回到了画廊,在那里一位著名政治经济学家在郑重其事地向一个匈牙利激愤的音乐演奏高手讲解音乐原理。温德米尔夫人开始和佩斯礼公爵夫人说话。她看上去奇美无比,脖子宛如象牙雕一样高贵典雅,一双大眼睛好似勿忘我蓝色的花朵,还有浓密的金色鬈发。那是真正的纯金色,不是现在冒金色美名的浅稻草色,而是金子沐浴着阳光或者蕴藏在奇异琥珀之中的颜色。金色的发卷儿使她的脸增添了圣徒的轮廓,同时也不乏罪人的痕迹。她是一个心理学研

---
① 德国西南部一城市。——译者注

究的好对象。早年,她发现了一个重要的真理,什么也没有轻率更像天真;而且由于一系列轻举妄动,其中一半无伤大雅,她已经取得了人物所有的一切好处。她不止一次更换丈夫;的确,德布雷特记载她结过三次婚;但是因为她的情人一成不变,世人早已停止散布她的流言蜚语。这时,她已年届四十,无儿无女,却保持着寻欢作乐的激情,这正是她永葆青春的秘诀。

突然,她急切地环顾屋内,用清晰的女低音说:"我的手相家在哪里?"

"你的什么,葛蕾荻丝①?"公爵夫人叫道,不由得吃了一惊。

"我的手相家,公爵夫人。眼下离开他,我简直活不下去。"

"亲爱的葛蕾荻丝!你总是那么别出心裁。"公爵夫人嗫嚅道,努力在回想手相家到底是什么,希望他和手足病专家不一样。

"他每周准时来看我的手两次,"温德米尔夫人继续说道,"这真是怪有趣的。"

"天哪!"公爵夫人自言自语道,"说到底,他到底还是一种手足病专家。多么可怕。我希望无论如何他是个外国人。那样还不至于太糟糕。"

"自然我一定要把他介绍给你。"

"介绍他!"公爵夫人叫了起来,"你的意思是说他已经在这里了?"她开始寻找一个小玳瑁扇和一个褴褛的花边披巾,以便随时准备离开。

"他当然在这里。举行宴会不请他,我连做梦都不敢想。他告诉我,说我有一只安全通灵的手,还说如果我的拇指再略微短那么一点点,我就会是个不可救药的悲观主义者,早就进修道院了。"

"啊,我明白了!"公爵夫人顿感宽慰地说,"他是个算命的,给人算什么时候交好运,对吧?"

"还算什么时候倒霉,"温德米尔夫人回答道,"一切吉凶祸福。比如说,明年,我大难临头,陆上和海上都躲不过,所以我打算住到一个气球里,每天晚上把晚饭用篮子拉上去。这都记在我的小拇指上,或者是在我的手掌上,我忘了究竟是哪一个。"

"但是这分明是蔑视天命,葛蕾荻丝。"

---

① 即温德米尔夫人。——译者注

"我亲爱的公爵夫人,到这个地步天命肯定能够受得了蔑视。我认为人人每个月都应该看一次手相,以便知道不宜做什么。当然,知道了也照干不误,但是事先得到警告真是非常惬意。现在,如果没人马上去把波杰斯先生叫来,我就不得不亲自去了。"

"让我去吧,温德米尔夫人。"一个高挑英俊的男子说道,他正站在旁边听她们交谈,脸上流露出开心的微笑。

"非常感谢,阿瑟勋爵。但是,我担心你认不出他来。"

"如果他真像你所说的那么神奇,温德米尔夫人,我想我不会认不出他来的。告诉我他的长相,我立刻就会把他给你找来。"

"好吧,他一点也不像手相家。我是说,他一点也不神秘或者莫测,也不浪漫。他是一个矮胖子,长着光秃、滑稽的脑袋,戴着一副大金边眼镜,有点像家庭医生和乡村律师。很遗憾我这么说,但是这不是我的错。人的长相就这么烦人。所有我的钢琴家看起来各个像诗人,而所有我的诗人看起来又都像钢琴家。我记得上个社交季节我宴请了一个非常可怕的暗杀党。他曾经炸死好多人。他总是穿着一件锁子甲上衣,衬衣袖子里藏着匕首;可是他来的时候看上去就像一个善良的老牧师,整个晚上不停地讲笑话,你知道吧?尽管他非常逗乐,诸如此类,可是我特别失望,而且当我问他关于那件锁子甲上衣时,他只是笑呵呵地说,在英国实在是太冷了,没法穿。啊,波杰斯先生到了!喂,波杰斯先生,我想让你给公爵夫人看看手相。公爵夫人,你必须摘下手套来。不,不是左手,是另一只。"

"亲爱的葛蕾荻丝,我认为这不太好。"公爵夫人说,勉勉强强地解着一个脏兮兮的小山羊皮白手套的纽扣。

"社交界认为颇为有趣的事儿,"前半句温德米尔夫人说的是法语,"照例一点意思也没有。但是,我必须介绍你。公爵夫人,这是波杰斯先生,我宠信的手相家。波杰斯先生,这位是佩斯礼公爵夫人,如果你说她比我有更大的月亮山,我就再也不相信你了。"

"我肯定,葛蕾荻丝,我手上没有这一类东西。"公爵夫人严肃地说。

"公爵夫人阁下说得很对,"波杰斯先生说道,瞥了一眼长着短粗手指的小胖手,"月亮山没有充分发展,不过生命线出类拔萃。请弯一弯手腕。谢谢。腕横①上有三条清楚的线!你会长命百岁,公爵夫人,而且幸福美满。抱负——四平八稳,智慧线也不夸张,情感线——"

"喂,你可一定得实话实说,波杰斯先生。"温德米尔夫人吼道。

"那是我莫大的荣幸,"波杰斯先生鞠了一躬,说道,"如果公爵夫人确实如此,可是很遗憾,我看到显示的是伟大专一情感与强烈责任心的结合。"

"求你说下去,波杰斯先生。"公爵夫人说道,看上去十分惬意。

"公爵夫人阁下的美德全然不见理财有方的痕迹。"波杰斯先生继续说。温德米尔夫人顿时笑得前仰后合。

"理财有方可是件很好的事情,"公爵夫人扬扬自得地说道,"当我嫁给佩斯礼的时候,他有十一座城堡,但是没有一座适合住的住宅。"

"而现在他有十二处宅院,却没有一座城堡。"温德米尔夫人叫道。

"咳,亲爱的,"公爵夫人说,"我喜欢——"

"舒适,"波杰斯先生说,"还有经过改进的现代化设施和通进每一个卧室的热水管道。您真英明。舒适是当代文明唯一能够给我们的东西。"

"你对公爵夫人的性格已经给出了令人佩服的描绘,波杰斯先生,现在你得看看弗洛拉太太的。"见笑容可掬的女主人点头向她致意,一个长着苏格兰人米黄色头发和高肩胛骨的高个子女子从沙发后面很不利索地走上前来,伸出一只瘦削细长的手,手指像竹片一样。

"啊,钢琴家!我看出来了,"波杰斯先生说,"一个出色的钢琴家,但是几乎还算不上是音乐家。非常内向,非常诚实,而且非常喜欢动物。"

"对极了!"公爵夫人叫道,将脸转向温德米尔夫人发出惊叹,"绝对准确!弗洛拉在麦克洛斯基养了两打柯利狗②,而且如果她父亲允许她的话,她会把我们城里的住宅都变成动物饲养场的。"

"咳,这正是我每个星期四在我们家干的,"温德米尔夫人叫道,哈哈笑着,"只是与牧羊狗相比,我更喜欢狮子。"

---

① 波杰斯此处故弄玄虚,用了个中古拉丁词,指腕部掌面上的横纹。——译者注
② 牧羊犬的一种,原产苏格兰,体大,头尖瘦。——译者注

"这你可就错了,温德米尔夫人。"波杰斯先生自负地鞠了一躬,说道。

"如果女人不能使她的错误动人,她不过是个女人。"得到的是如是回答。"但是你必须给我们多看几个手相。来,托马斯爵士,把你的手给波杰斯先生看看。"一个穿着白马甲,面容和蔼的老先生走向前来,伸出一只又厚又粗糙的手,中指特别长。

"生性喜爱冒险,过去远航过四次,今后还有一次。遭遇过三次海难。不,只有两次,但是你下一次航行有海难危险。你是一位坚定的保守党人,循规蹈矩,还酷爱收藏古玩。十六至十八岁之间生过一场大病。大约三十岁继承了一笔财产。对猫和激进派特别厌恶。"

"了不起!"托马斯爵士惊叹道,"你一定也给我太太看看。"

"你的第二位太太,"波杰斯先生平静地说,仍然握着托马斯爵士的手不放,"是你的第二位太太。我会深感荣幸的。"但是,马维尔太太,一个长相阴郁的女人,长着咖啡色的头发和多情善感的眼睫毛,完全拒绝把她的过去和未来抖搂出来;而且温德米尔夫人想尽办法也不能使俄罗斯大使德克勒夫先生摘下手套来。实际上,很多人都害怕面对这个小个子,他带着死板的微笑,架着金边眼镜,长着明亮的小眼睛;当他在大庭广众面前告诉可怜的费莫尔夫人时,说她一点也不喜欢音乐,可是又特别喜欢音乐家,大家普遍觉得手相术是一门非常危险的科学,是一个不应该鼓励的科学,除非是双方私下密谈。

不过,阿瑟·萨维尔勋爵一点也不知道马维尔太太不幸的故事,他一直怀着极大的兴趣注视着波杰斯先生,以强烈的好奇心也想看看自己的手相,但是他又有点不太好意思走向前来,所以穿过房间,走到了温德米尔夫人站的地方,脸色涨得红润而动人地问她,波杰斯先生是否介意。

"他当然不介意,"温德米尔夫人说,"他到这里就是干这个的。我所有的狮子,阿瑟先生,都是表演狮子,我一召唤它们,它们就钻圈。不过我必须事先警告你,我会把一切都告诉西碧儿。明天她来和我吃午饭,谈论帽子,如果波杰斯先生发现你有坏脾气,或者有痛风倾向,或者有一个妻子住在贝斯沃特,我肯定会让她知道一切。"

阿瑟勋爵微笑着摇了摇头。"我不怕,"他回答道,"西碧儿和我彼此很了解。"

"啊!听你这么说,我有点遗憾。婚姻恰当的基础是相互的误会。不,我一点也不是玩世不恭,我仅仅是有经验,不过,这也一样。波杰斯先生,阿瑟勋爵急等着看看他的手相。不要告诉他,他和伦敦最漂亮的姑娘之一订了婚,因为一个月前《晨邮报》登载过。"

"亲爱的温德米尔夫人,"杰德伯格侯爵夫人叫道,"一定让波杰斯先生在这里多待一会儿。他刚才告诉我,我会登上舞台,我很感兴趣。"

"如果他已告诉你这个,杰德伯格夫人,我肯定会带他走。马上过来,波杰斯先生,看看阿瑟勋爵的手。"

"哎,"杰德伯格侯爵夫人微微噘着嘴,从沙发上站起身来,"既然不允许我登台,无论如何也得允许我做一名观众。"

"当然,我们都是观众。"温德米尔夫人说,"喂,波杰斯先生,你可注意,告诉我们点好事。阿瑟勋爵是我特别宠爱的人之一。"

但是,波杰斯先生看到阿瑟勋爵的手后,顿时脸色煞白,可他什么也没说。似乎一阵战栗传遍他全身,他格外浓密的眉毛奇怪、激动地抽风般抽动起来,他迷惑不解时总是这样。接着他黄色的前额上冒出了大颗大颗的汗珠,就像一颗颗有毒的露珠,他肥胖的手指变得冰凉而黏湿。

对于这种异常激动的举止,阿瑟勋爵不可能视而不见,他平生第一次感觉到害怕。他有一种想马上冲出房间的冲动,但是他克制住了自己。与其提心吊胆揪着心,还不如了解真相,不管真相有多么糟糕。

"我等着呢,波杰斯先生。"他说道。

"我们全都等着呢。"温德米尔夫人急不可待地吼道,可是手相家没有回答。

"我想阿瑟是要登上舞台了。"杰德伯格夫人说,"可是你刚才那么一呵斥,波杰斯先生哪里还敢实话实说。"

突然,波杰斯先生放了阿瑟勋爵的右手,抓起他的左手,把身子弯得很低很低,看了起来,他的眼镜的金边几乎要碰到了手掌。转瞬间,他的脸变成了一个可怕的白面具,但是很快他镇定下来,抬头看着温德米尔夫人,强作笑颜地说:"这是一个迷人青年的手。"

"当然是了!"温德米尔夫人回答道,"可是他会成为迷人的丈夫吗?

这是我想要知道的。"

"所有迷人的小伙都是好丈夫。"波杰斯先生说道。

"我认为丈夫不应该太有魅力,"杰德伯格夫人焦虑地咕噜道,"那太危险了。"

"我亲爱的孩子,他们绝不会太有魅力了,"温德米尔夫人吼道,"但是我想要的是细节。细节才是唯一有趣的事情。阿瑟勋爵会发生什么事?"

"啊,在今后几个月内,阿瑟勋爵会去做一次航行——"

"啊,对了,他的蜜月,当然了!"

"还失去一个亲戚。"

"不是他的姐妹,我希望。"杰德伯格夫人用悲切的声音说。

"当然不是他的姐妹,"波杰斯先生回答道,不屑地挥了挥手,"仅仅是个远房亲戚。"

"咳,我失望至极,"温德米尔夫人说道,"我明天绝对没有什么可告诉西碧儿的。现在没人在乎远亲了。他们多年前就不时兴了。不过,我认为,她最好再戴块黑纱,去教堂都是这样,这你知道。我们现在吃晚饭去吧。他们肯定把什么都吃完了,可是我们可以喝点热汤。弗朗索瓦一向能做一手好汤,但是目前他对政治很兴奋,因此我对他从来没有很大的把握。我真的希望布朗热能够保持缄默。公爵夫人,我想你一定累了吧。"

"不,亲爱的葛蕾荻丝,"公爵夫人回答道,蹒跚着朝门走去,"我玩得快乐极了,最有意思的是那位手足病专家,不对,我是说那位手相家。弗洛拉,我的玳瑁扇在哪里?啊,非常感谢,托马斯爵士。还有我的花边披巾,弗洛拉?啊,谢谢你,托马斯爵士,你真好,没错。"这个可敬的夫人最终设法走下了楼梯,香水瓶儿掉到地上也没超过两次。

在整个这段时间,阿瑟·萨维尔勋爵一直站在火炉旁,心里还是充满着那种恐惧感,一想到大祸临头便感到毛骨悚然。他姐妹挎着普利姆代尔勋爵的胳膊从他身边走过,她穿着粉红的锦缎,戴着珍珠首饰,显得妩媚动人。他朝她粲然一笑。而当温德米尔夫人叫他跟着她时,他几乎都没有听到。他想到了西碧儿·默顿,想到了他们之间会发生什么事情他不禁泪眼模糊起来。

看到他,人们会说,复仇女神涅墨西斯偷了巨人帕拉斯的盾,给他看了蛇发女怪戈耳工的脑袋。① 他似乎变成了石头,他的脸像阴郁的大理石。他一直过着出身高贵的公子哥养尊处优、骄奢淫逸的生活,纨绔子弟无忧无虑、优雅的生活。此刻,他第一次担心起命运的神秘可怖,意识到大难临头的可怕含义。

这一切似乎多么疯狂和怪异!那可能是用他看不懂而另一个人能够破译的文字记载着某种罪恶的可怕秘密,某种血红的罪证吗?没有可能摆脱吗?我们无异于棋子,被看不到的力量控制着,是好是丑,是陶工任意描绘的器皿吗?他的理性在抗争,但是,他感觉在劫难逃,而且突然受命挑起一个难以承受的重担。演员是非常幸运的。他们可以选择是演喜剧还是悲剧,是遭罪还是作乐,欢笑还是流泪。但是,在真实生活中是不同的。大多数人男男女女被迫演出他们不能胜任的角色。原本跑龙套的我们扮演起哈姆莱特来,原本演哈姆莱特的不得不反串《亨利四世》中尽打哈哈的哈尔王子。世界是个大舞台,但是戏剧的角色安排着实糟糕。

突然,波杰斯先生进了屋子。当看到阿瑟先生时,他吃了一惊,他粗糙肥胖的脸霎时又青又黄。两人目光相遇,一时间,沉默冷场。

"公爵夫人把一只手套忘在这里了,阿瑟先生,她让我给她拿过去,"波杰斯先生最后说,"啊,我看到它在沙发上!晚安。"

"波杰斯先生,我提一个问题,对此,我必须要求你给予直截了当的答复。"

"另找时间吧,阿瑟勋爵,公爵夫人着急着呢。我得走了。"

"你不要走。公爵夫人不着急。"

"不能让女士等着,阿瑟勋爵,"波杰斯先生苦笑着说,"女性往往容易不耐烦。"

---

① 在希腊神话中,涅墨西斯是复仇女神,帕拉斯是被雅典娜杀死的巨人,戈耳工是蛇发女怪三姐妹,其中最小的美杜莎最可怕,任何人只要看到她的脸,就会变成石头。此处作者用以形容阿瑟的强烈反应和表情。——译者注

阿瑟勋爵优雅的嘴唇扭曲了,流露出气急败坏和不屑的表情。这个时候,可怜的公爵夫人对他似乎无关紧要。他穿过屋子,走到了波杰斯先生站的地方,伸出了一只手。

"告诉我,你在那里看到了什么?"他说,"告诉我实话。我必须知道。我不是个小孩子。"

波杰斯先生的眼睛在金边眼镜后边眨个不停,他不自在地把重心由一只脚转到另一只脚,他的手一边神经质地摆弄着一只闪亮的表链。

"阿瑟勋爵,你凭什么认为,我没有把我从你手上看到的都告诉你?"

"我知道你没有,我要求你告诉我实情。我给你报酬。我给你一张一百镑的支票。"

绿色的眼睛顿时一亮,随之又暗淡无光。

"是畿尼①吗?"波杰斯先生终于低声问道。

"当然。我明天给你送张支票。你是哪个俱乐部的?"

"我没有俱乐部。就是说,目前还没加入。我的地址是——还是让我给你张名片吧。"波杰斯先生从他的背心口袋里拿出一张金边硬纸片,深鞠一躬,把它递给了阿瑟勋爵。勋爵看到上面印着:

塞普蒂默斯·R.波杰斯先生
手相家
月亮西街一〇三号甲

"本人从十点到四点工作,"波杰斯先生呆板地咕噜道,"家庭看相可以打折。"

"快点。"阿瑟勋爵吼道,脸色煞白地伸出一只手。

波杰斯先生紧张地环视四周,把厚重的门帘拉上。

"这需要花点儿时间,阿瑟勋爵,请你最好坐下。"

"快说,先生。"阿瑟勋爵又吼道,还在打蜡地板上愤怒地跺了一脚。

---

① 当时一英镑等于二十先令,一畿尼等于一点零五镑,等于二十一先令,因此两者有百分之五的差价。——译者注

波杰斯先生略露微笑,从胸前口袋里掏出了一个小放大镜,用手帕仔细地擦拭着。

"我一切准备就绪。"他说道。

二

十分钟之后,阿瑟·萨维尔勋爵吓得脸上毫无血色,眼睛里充满了悲哀和狂野。他从本廷克宅冲了出来,斑纹大遮阳棚周围站着穿着皮大衣的男仆,他从中挤出一条路来,仿佛对一切都视而不见、充耳不闻。夜凄凉寒冷,广场四周的煤气灯在凛冽的风中摇曳闪烁;但是他双手滚烫,前额火烧火燎。他走啊,走啊,几乎像醉鬼一样步履踉跄。他走过时,一个警察好奇地看着他,连一个在拱门懒洋洋地要求施舍的乞丐都害怕起来,因为他看到了比自己更加不幸的人。阿瑟勋爵在一盏灯下站住,赶紧看了看自己的手。他认为他能够看到上面已经沾染了血迹,从他颤抖的双唇之间传出一声微弱的哀叫。

谋杀!这是那个手相家在手上所看到的。谋杀!连夜晚似乎也都知道了,而凄厉的寒风也对着他的耳边呼喊这个词。谋杀充斥大街小巷黑暗的角落旮旯。谋杀从房顶上向他龇牙咧嘴。

起初,他来到海德公园,公园昏暗的林地仿佛使他着迷。他疲惫地倚靠着栏杆,让潮湿的金属冷却他的眉毛,倾听着树木可怕的沉寂。"谋杀!谋杀!"他不停地重复着,好像如此不断重复能够冲淡这个词的可怕的含义。他自己的声音使他胆战心惊,尽管如此,他几乎希望,回声女神厄科能够听到他的声音,把酣睡的城市从睡梦中唤醒。他感觉到一种疯狂的冲动,想随便拦下过路行人,把一切都对他诉说。

然后,他游荡到牛津街,进入狭窄可鄙的陋巷。两个涂脂抹粉的妇女从他身边经过,向他挤眉弄眼。从一个黑暗的院子里传出了咒骂和击打声,跟着就是尖声的吼叫。他看到几个贫穷老迈的弯腰驼背的身影挤在一个潮湿的门口处。一阵莫名其妙的怜悯涌上他的心头。这些罪恶与不幸的孩子注定要遭受厄运,就像他注定的一样?他们是否像他一样仅仅是一场怪诞演出中的傀儡呢?

然而,令他震撼的不是遭的罪有多么离奇,而是遭这种罪的可笑;它无聊透顶,毫无意义。一切似乎是全不相干!互不相称!表面上的乐观升平与现实的真相是多么不协调,这使他惊讶不已。他仍然很年轻。

过了一段时间,他发现自己到了马利尔本教堂前面。静悄悄的路看上去像一条长长的、闪闪发光的银带,摇曳的影子在这里那里洒落,在带子上构成黑色的阿拉伯图案。闪烁的煤气灯排成一条弧线伸向远方。在一个带围墙的小房子外面,有一辆双轮双座马车,司机就睡在里面。阿瑟勋爵匆匆地朝波特兰广场的方向走去,不时地环顾四周,好像是自己害怕被人跟踪似的。在里奇街拐角处,站着两个人,在读公告栏上的一张小启事。一种古怪的好奇心驱使着他走了过去。当他走近时,用黑体字印刷的"谋杀"映入他的眼帘。他吃了一惊,面颊涨得绯红。那是一个告示,悬赏通缉一个男子的信息,该男子中等身材,三四十岁,戴着一个低圆顶软毡帽子,穿黑衣服、格子裤子,左脸颊有个疤。他一遍一遍地读,琢磨这个倒霉的人是否会落网,还有他是怎样落下疤痕的。或许有一天,他自己的名字也会被张贴在伦敦街头的墙上。有一天,或许也会悬赏一笔钱捉拿他本人。

想到此,他恐惧得仿佛要呕吐。他慌忙转过身来,匆匆地融入了夜幕之中。

他几乎不知道自己都去了哪里。他模模糊糊记得像进了迷宫一般,在一些破烂不堪的棚屋之间游荡,迷失在一个阴暗街道构成的大网之中,直到天光大亮,他才发现自己到了毕卡第利广场。当他朝着贝尔格莱夫广场往家走时,他遇到了一些大马车正赶往科文特加登市场。那些穿白罩衣的赶车人,脸色被太阳晒得很讨人喜欢,粗硬的鬈发,阔步向前,打着响鞭,不时地互相呼唤着。铃儿叮当的马队由一个灰色高头大马开道,上面坐着一个小胖男孩,他的破帽子上插着一束报春花。他哈哈笑着用两只小手紧紧地抓着鬃毛。车上大堆大堆的蔬菜,在晨空中看上去,仿佛是一朵巨型玫瑰的粉红花瓣衬托着大块的绿玉。阿瑟勋爵莫名其妙地被打动了,他不知道为什么。黎明奇妙的美景,在他看来似乎无法言表地煽情,于是他想起了所有美丽的破晓和狂风暴雨的日暮。同样,这些直来直去、举止粗鲁的乡下人,他们看到了多么陌生的伦敦啊!

这个伦敦没有黑夜的罪恶，也没有白昼的烟雾，是一座死气沉沉、幽灵般的城市，一片荒凉的墓地！他想他们是怎么看待伦敦，他们是否了解伦敦的辉煌和耻辱，了解伦敦强烈火爆、光怪陆离的欢乐，了解伦敦可怕的饥饿，了解这里从早到晚不断制造和毁坏的一切。或许对于他们来说，伦敦只是一个可以送农作物来卖的市场。他们最多待上几个小时，离开时这些街道仍然还是静悄悄，家家户户还在酣睡。看到他们从身边经过，他感到了一种快乐。他们虽然粗鲁，穿着沉重的钉鞋，步履也笨重别扭，他们却带来了些许淳朴的田园气息。他感觉他们和大自然生活在一起，融为一体。大自然教给他们心平气和、和谐相处。他嫉妒他们，而他们却并未意识到这一切。

等到他到达贝尔格莱夫广场时，天空呈现一片淡蓝色，小鸟也开始在花园里面啼鸣。

三

阿瑟勋爵醒来时，已经是十二点了，中午的太阳穿过象牙色丝绸窗帘照进房间。他起身向窗外望去。一片模糊的热气笼罩在这座伟大城市的上空，房子的屋顶像罩着一层朦胧的银灰色。楼下广场上氤氲的绿地里，一些孩子跑来跑去，像白蝴蝶一样，街道上挤满了去海德公园的人们。生活在他眼里从来没有这么可爱过，灾祸仿佛从来也没有如此遥远。

接着，他的贴身男仆给他用托盘端来一杯巧克力。他喝了之后，拉开一个厚重的绛桃色长毛绒门帘，进入浴室。柔和的光线穿过透明的玛瑙薄板，从上面悄悄地洒落下来，大理石池子里的水像一整块月亮宝石一样微光闪烁。他匆匆地跳了进去，让清凉的涟漪没到他的脖子和头发，接着又把头埋入水下，好像他要洗掉什么可耻记忆的痕迹。他洗浴完毕出来，似乎感觉平静了一些。此刻身体的舒适感控制了他，受过良好教育的人常常这样，因为感官，像火一样，可以使人毁灭，也可以使人净化。

吃过早饭以后，他躺到了一个长沙发上，点燃了一支香烟。在壁炉架上,有一个古老精制锦缎做衬托的大相片。那正是西碧儿·默顿的倩影,就像他在诺埃尔夫人的舞会上第一次见到时那样。西碧儿小巧伶俐的头微微地垂向一边,好像纤细芦苇一样的脖子几乎不能承担这么多美丽的重负;嘴唇略微开启,好像在唱着甜蜜的乐曲;女孩的温柔纯情都从梦幻般的眼神里惊奇地显露无遗。她身穿柔软贴身的双绉连衣裙,手执大团扇,看上去就像一个从塔纳格拉附近橄榄林里出土的精美小陶俑;她体态姿色颇有一种希腊韵致。然而她并不娇小。她身材匀称,简直臻于完美——十分难得,因为这个年龄的女子往往不是长过头,就是不足。

此时此刻,阿瑟勋爵看着她,心中充满了由爱情萌生的痛切哀怜。他感到,明知谋杀厄运当头还要去娶她,这是像犹大一样的背叛,这样的罪孽比博尔吉亚①曾经策划的奸计更恶毒。他随时可能被驱着实施他手上铭记的可怕谶语,他俩还会有什么幸福?当命运之神仍然擎着可怕的利剑,他们的生活还能过什么样的日子?无论如何,婚礼必须延期。对此,他非常坚决。虽然他热烈地爱着这个姑娘,而且当他们坐在一起的时候,只要一碰她的手指,就会使他的每一个神经极其欢快和兴奋。他明明白白地认识到他的责任所在,而且完全明白这样一个事实,在他把谋杀付诸行动之前,他绝没有权利娶她。把这事办了之后,他才可以和西碧儿走上婚礼台,把他的生命交到她手中而没有犯罪的恐惧。把这事办了之后,他才可以把她搂在怀里,知道她永远不会为他而赧颜,永远不会没脸抬头。但是,首先必须把这事办妥,而且对他俩来说,办得越早越好。

许多男人处在他这样的位置会选择优哉游哉的安逸之道,而避免攀登责任陡峭的高峰。但是,阿瑟勋爵太认真,不能把享受凌驾于原则之上。他的爱不仅仅是激情;对他来说,西碧儿是一切美好和崇高的象征。一时间,他对于要求他做的有一种自然的抵触,但是它很快就消失了。他的良心告诉他这不是一种罪恶,而是一种牺牲;他的理性提醒他没有

---

① 意大利十五至十六世纪有重大影响的贵族之家。该家族的罗德里戈(即后来的罗马教皇亚历山大六世)和其子恺撒以及其女卢克雷齐娅是骄奢凶残的阴谋家。——译者注

别的路可行。他不得不在为自己还是为别人而活之间做出抉择,尽管毫无疑问这一任务是可怕的。然而,他绝不能忍受让自私战胜爱情。迟早我们都会面对同样的问题——对于我们大家来说,都得回答同样的问题。对于阿瑟勋爵来说,在他的一生中早早地来到了——在中年斤斤计较的玩世不恭毁掉他的本性之前,或者在我们时代浅薄、流行的自私自利腐蚀掉他的良心和他感觉义无反顾地履行他的责任之前。幸运的还有,对他来说,他不仅仅是梦想家,或悠闲的半瓶子醋。如果他是这样的话,他就会犹豫不决,就像哈姆莱特一样,从而让优柔寡断损害他的目的。但是,他本质上是一个实干之人。对他来说,生命在于行动,而不在于思考。他具备一切品质中最难得的、良好的判断力。

头一天晚上的狂躁心绪,到这时已经烟消云散。在回想起从一个街道到另一个街道疯狂的游荡、遭受激烈的情感痛苦时,他几乎有一种羞愧感。当时,他的痛苦完全发自内心,然而此刻似乎感觉并不真实。他纳闷他怎么会这么傻,企图对不可避免的宿命大动肝火。这是唯一使他烦恼的问题,似乎是干掉谁的问题,因为他不是不知道这样一个事实,像异教徒的宗教一样,谋杀既需要祭司也需要牺牲者。他不是天才,也无仇人,而且的确他感觉到这不是发泄个人私愤、报私仇的时候,他所肩负的使命至关重要,非同小可。因此,他在一张笔记本的纸上列出了他的朋友和亲戚的名单,而且经过深思熟虑,他决定选择克蕾门蒂娜·比切姆夫人,一个和蔼的老太太,住在柯曾街,是他母亲家的远房亲戚。他一直非常喜欢克蕾姆夫人,大家都是这样叫她。由于他本人非常富有,成年时,已经继承了拉格比勋爵所有的财产,她的死完全没有可能剥夺他世俗的金钱好处。实际上,他越考虑这个问题,对他来说她似乎越是合适的人选,觉得任何拖延都是对西碧儿的不公。他决定立刻做出安排。

要做的第一件事,当然,是把他与手相家的账结了;所以他坐在窗户附近的一张谢拉顿①式小写字台旁边,填写了一张一百零五镑的支票,付给塞普蒂默斯·波杰斯先生。他把它装进一个信封里,吩咐贴身男仆

---

① 由英国家具设计师托马斯·谢拉顿得名,他所设计的家具线条平直、简朴雅致。——译者注

送到月亮西街。接着,他给马房打电话,通知为他套好双轮双座轻便马车,然后穿好衣服出门。当他离开房间的时候,他回头看了看西碧儿·默顿的相片,发誓说,不管遇到什么事,他永远不会让她知道他为了她所做的一切,而是把他自我牺牲的秘密永远埋藏在心中。

在去白金汉俱乐部的路上,他在一个花店停了一下,给西碧儿送了一个美丽的花篮。他带着可爱的白花瓣和雉眼状斑点的水仙花,一到俱乐部,就直接去了图书室,摇铃让侍者给他拿一杯柠檬苏打水和一本毒物学方面的书。他已经完全决定了,下毒是解决他这个麻烦事的最佳手段。任何像个人暴力的事对他来说都是可憎的,而且,他非常担心不使用任何可引起公众关注的方式,谋杀克蕾门蒂娜夫人。他讨厌被温德米尔夫人视为稀有动物,或者看到他的名字出现在世俗社会报纸的文章里。他也想到了西碧儿的父母,他们是非常传统的人。如果他们听到任何丑闻,可能会反对这门婚事,尽管他有把握,如果他把事情原原本本都告诉他们,他们会首先欣赏使他付诸行动的动机。这样来看,他有充足的理由选择毒药。此法安全可靠,神不知鬼不觉,避免了一切痛苦的场面——像大多数英国人一样,对此类场景他有根深蒂固的抵触。

不过,至于毒药学,他绝对是一无所知。由于侍者似乎在图书馆里除了他拿来的拉甫的《手册》和贝利的《杂志》①以外,找不到其他的书,他自己到书架上查阅,最终找到了一本装订精美版本的《药典》和一本厄斯金的《毒物学》,由皇家医学院院长马休·里德爵士主编。他是白金汉俱乐部最老资格的成员之一,因被误认为另外一个人而入选;出了这个差错,整个委员会义愤填膺。当讨论原先准备吸纳的那个人时,他们竟全都投了反对票,把那个人给否决了。两本书都用了不少专业术语,这令阿瑟勋爵大感不解,开始后悔在牛津没有好好用心学习拉丁文;幸好他发现厄斯金《毒物学》的第二册里乌头碱的性能用非常清楚明白的英语做了生动详尽的介绍。对他来说,似乎这正是他所需要的毒药。它见效迅速——的确,几乎是立刻致命,而且完全没有痛苦。如果置于胶囊内服用,一点也不存在口味不佳难以下咽的问题,所以马休爵士推

---

① 两本体育杂志,指绅士俱乐部的常备参考书籍。——译者注

荐这种方式。于是他在衬衫袖口上记下了致命所需剂量,把书放回了原处,大步流星地去了圣詹姆斯街佩瑟尔与亨贝大药房。贵客临门,佩瑟尔先生总是亲自接待,对于这一订货,他感到非常吃惊。他以一种非常恭恭敬敬的样子嗫嚅道,必须有医疗证明。不过,阿瑟勋爵一向他解释他必须干掉的是一条挪威大驯犬,因为它已经显示了狂犬病的早期症状,而且已经咬了车夫的腿肚子两次,他就表示自己已经很满意了,称赞了阿瑟勋爵对于毒物学知识惊人的了解,而且立刻配好了药。

阿瑟勋爵把胶囊放进了一个漂亮的小银质糖果盒,这是他在邦德街橱窗里看到的,扔掉了亨贝药房丑陋的药盒,立刻驱车去了克蕾门蒂娜夫人家。

"喂,坏人先生,"他走进屋子里时,这位老夫人用一个法语称呼欢迎他,"为什么这段时间一直没来看我?"

"我亲爱的克蕾姆夫人,我从来没有一点自己支配的时间。"阿瑟勋爵微笑着说。

"我想,你是说,你成天和西碧儿·默顿小姐待在一起,买衣服,说瞎话吧?我不知道为什么人们要对结婚如此小题大做。在我那个时候,我们从来都没有梦想到公开地卿卿我我和拿肉麻当有趣,就连私下里也不干这种事。"

"我向你保证,我已经二十四小时没有见西碧儿·默顿了,克蕾姆夫人。据我所知,她让她的那些给她设计帽子和服装款式的人全包了。"

"当然,这是你来看像我这样的一个丑陋的老妇人的唯一原因。我纳闷你们男人怎么不听劝告。人们也曾经为我神魂颠倒,"刚才这句话她也是说的法语,"我在这里,一个可怜的关节炎患者,额前头发是假的,脾气又坏。咳,如果不是亲爱的詹森夫人,她送给我她能找到的最糟糕的法国小说,我认为我熬不过这些日子。医生根本没用,他们唯一能干的就是找人捞钱。他们甚至都治不好我的胃灼热。"

"我给你带来了一种治疗这个病的药,克蕾姆夫人,"阿瑟勋爵严肃地说,"这是一种奇妙的东西,一个美国人发明的。"

"我想,我不喜欢美国人的发明,阿瑟。我肯定我一点也不喜欢。我最近读了一些美国小说,它们都没有意思。"

"啊,但是这绝不是瞎说,克蕾姆夫人!我保证,这是灵丹妙药。你必须试一试。"阿瑟勋爵从口袋里拿出那个小盒,把它递给了她。

"咳,这个盒子挺迷人,阿瑟。这真是一个礼物吗?你真可爱。这就是那种妙药吗?它看上去像一颗糖果。我马上就吃下去。"

"天哪!克蕾姆夫人,"阿瑟勋爵叫道,抓住了她的手,"你决不能这么做。这是一种顺势疗法药物,如果你没有犯病时,它可能给你带来没完没了的伤害。等到它发作时再吃。你会对它的疗效感到惊奇的。"

"我喜欢现在就吃下去,"克蕾门蒂娜夫人说道,把这个透明的小胶囊举到了灯前,液态乌头碱漂着气泡,"我肯定它味道不错。事实是,虽然我憎恨医生,但我喜欢药品。不过,我会保存到下次发病。"

"那是什么时候?"阿瑟勋爵焦急地问道,"很快吗?"

"我想,不用一周。昨天早晨我让它折磨死了。但是谁也说不准。"

"那么,你肯定月底之前会发一次病吧,克蕾姆夫人?"

"我想是的。但是,你今天怎么这么有同情心,阿瑟!真的,西碧儿使你受益匪浅。现在你必须走了,因为我要和一些非常乏味的人吃晚餐,他们不说流言蜚语,我知道如果我现在不睡一觉,晚饭时我肯定会睡过去。再见,阿瑟,替我问候西碧儿,非常感谢你的美国药品。"

"你不会忘记吃吧,克蕾姆夫人,对吧?"阿瑟勋爵说道,从座位上站了起来。

"当然不会,你这个傻小子。我想,你太好了,想到了我,我会写信告诉你,是否还要。"

阿瑟勋爵兴高采烈地离开了屋子,感到极大的宽慰。

那天晚上他见了西碧儿·默顿。他告诉她,他突然陷入了可怕的困境,荣誉和责任都不允许他畏缩不前。他对她说,婚姻目前必须再度延期,因为直到他摆脱这种可怕的纠葛,他不是一个自由的人。他恳求她相信他,不要对未来有任何怀疑。一切都会好的,但是必须要有耐心。

这一幕发生在公园巷默顿先生家的花房中,在那里阿瑟勋爵像往常一样就餐。西碧儿似乎从来没有这么高兴过。一时间,阿瑟勋爵深受感动,差点成了胆小鬼,给克蕾门蒂娜夫人写信把药给要回来,如期举行婚礼,就像没有波杰斯先生这个人一样。但是,他本性中善良的一面很快使他坚定起来,甚至当西碧儿啜泣着扑进他的怀里,他都没有为之所动。搅动了他感官的这种美也触及了他的良心。他觉得,为了几个月的快乐而毁掉如此美好的生活是愚蠢之举。

他和西碧儿一直待到快近午夜,他安慰她,反过来又受到了安慰。第二天一大早,他给默顿先生写了一封信,表达了男子坚定的气概,说明了推迟婚期的必要性,然后他便去了威尼斯。

四

在威尼斯,他遇到了他的哥哥,萨比顿勋爵。他碰巧乘着自己的游艇从科孚岛①过来。两个人一起度过了令人愉快的两个星期。早晨,在里多岛上骑马,或者坐着黑色的长凤尾船在运河的绿水中荡漾;下午,通常在游艇里款待来访者;晚上,他们在弗洛里安饭店用餐,在中心广场上抽掉无数根香烟。然而,阿瑟勋爵不知怎的还是不幸福。每天他都看《泰晤士报》的讣告栏,期望看到克蕾门蒂娜夫人去世的讣告,但是每天都大失所望。他开始害怕她发生什么意外,开始后悔当她急于试试药的疗效时,他阻止她立刻把乌头碱吃下去。西碧儿的信,尽管充满了爱、信任和柔情,也经常口气悲哀。有的时候,他常常想到与她永远分开了。

过了两周,萨比顿爵士厌倦了威尼斯,决定顺着海岸线南下到拉韦纳②去,因为他听说在那里的松木场有一种绝妙的射山鸡游戏。③ 起初,阿瑟勋爵绝对拒绝去,但是他非常喜欢萨比顿,最终还是被说动了。如果他独自待在达尼埃里旅馆,就会无聊得要死。十五日早晨,他们动了身,强烈的东北风吹着,大海也波浪翻滚。这项运动好极了,自由的野外生活使阿瑟的脸颊又恢复了光彩。但是到了二十二日,他开始担心起克蕾门蒂娜夫人来。他不顾萨比顿的再三劝阻,坐火车回到了威尼斯。

他刚从凤尾船走出来,踏上旅馆的台阶,老板就走上前来迎接他,给

---

① 位于希腊西北部,是爱奥尼亚海中的第二大岛,首府科孚,又名克基拉。——译者注
② 意大利北部一城市,有运河连接亚得里亚海。——译者注
③ 开枪惊动山鸡等野禽,把它们赶入在林中拉的罗网中。——译者注

了他一沓子电报。阿瑟勋爵从他手里夺了过来,把它们一一撕开。一切都很成功。十七日夜里,克蕾门蒂娜夫人溘然去世!

他首先想到的是西碧儿,他给她发了一个电报,宣布他立刻回伦敦。然后他吩咐贴身男仆收拾行李,坐当夜的邮政列车返回。他付给他雇用的凤尾船船夫大约正常费用的五倍,迈着轻快的步伐,带着愉快的心情,跑向了他的起居室。在那里他发现有三封信在等待他。一封来自西碧儿本人,充满了同情和安慰。其余的来自他的母亲和克蕾门蒂娜夫人的律师。好像那天夜里老夫人和公爵夫人共进晚餐,她的机智诙谐的谈吐使每个人都很愉悦,但是抱怨胃灼热又发作了,回家的时间要早一点。早晨,人们发现她死在床上,显然没遭受什么痛苦。立刻派人去叫来了马休·里德先生,但是,当然,已经太晚了,二十二日她被葬在比切姆·开尔柯特墓地。在她死前的几天,她立下了遗嘱,把她在柯曾街的小房子留给了阿瑟勋爵,还包括她所有的家具、个人动产和藏画,只有她的收藏的小物件归了她的妹妹马格丽特·拉福德夫人。她的紫晶项链,归西碧儿·默顿所有。这些财产不太值钱;律师曼斯菲尔德先生特别着急等着阿瑟先生如果可能的话,马上回来,因为有许多账单要付,克蕾门蒂娜夫人历来账目不清。

阿瑟勋爵颇为动情。克蕾门蒂娜夫人真是心地善良,还想到了他。阿瑟勋爵觉得这全怪波杰斯先生。不过,他对西碧儿的爱,左右了其他别的情感,他已经尽了他的责任,给了他平静和安慰。当他到达切林十字塔时,他感觉幸福极了。

默顿一家非常亲热地接待了他,西碧儿让他保证不要让任何东西再阻挡在他们中间,婚期定在六月七日。生活对于他又一次明媚和美好,所有旧日的快乐又都回到了他的身上。

不过有一天,他与克蕾门蒂娜夫人的律师和西碧儿本人一起察看柯曾街的房子,他们焚烧着一袋一袋旧信,翻出一屉一屉垃圾杂物,那个年轻的姑娘高兴地叫了一声。

"你发现了什么玩意儿,西碧儿?"阿瑟勋爵一边干着活,一边微笑着说道。

"这个可爱的小银质糖果盒,阿瑟。这玩意儿做得很精巧,不是吗!

一定要给我！我知道在我八十岁以前，紫晶一点也不适合我。"

那是盛乌头碱的盒子。

阿瑟勋爵吃了一惊，脸颊泛起了淡淡的红晕。他几乎完全忘记了他的所作所为。对他来说，这似乎是一个滑稽的巧合，西碧儿竟然是第一个使他联想到它。正是为了她的缘故，他才经历了所有这些可怕的焦虑。

"当然，可以给你，西碧儿。这是我给可怜的克蕾姆夫人的。"

"啊！谢谢你，阿瑟；我还可以要这个糖果吗？我原来不知道克蕾门蒂娜夫人喜欢糖果。我还认为她要聪明得多呢。"

阿瑟的脸变得死一般苍白，脑子里产生了一个可怕的想法。

"糖果，西碧儿？你是什么意思？"他用低沉而粗鲁的声音说。

"里边有一颗糖，就这些。它看上去又陈旧又肮脏，我丝毫也不想吃。阿瑟，你怎么了？你的脸有多么苍白！"

阿瑟先生蹿出屋子，夺过了盒子。里边有一个琥珀色的胶囊，带着有毒的气泡。克蕾门蒂娜夫人原来是自然死亡！

这个发现的震撼对于他似乎是太大了。他把胶囊扔进了火炉，瘫坐在沙发上，绝望地叫了一声。

五

对于第二次推迟婚期，默顿先生非常沮丧，玖丽亚夫人已经订了她的结婚礼服，她竭尽全力让西碧儿取消这个婚姻。不过，虽然西碧儿非常珍爱她的母亲，但是她已经把她的整个生命交到了阿瑟勋爵手中，玖丽亚夫人所说的一切都不能使她改变她的信念。至于阿瑟勋爵本人，他花了好多天才克服了可怕的失望。有一阵子，他的精神完全崩溃了。然而，他深明事理，很快地做出了调整。他健全实际的头脑没有让他长期一筹莫展、不知所措。毒药业已证明完全失败，炸药，或者其他形式的爆炸物，显然是可以一试的恰当物品。

因此，他重新查阅亲朋好友的名单。经过仔细的考虑，他决定炸掉他的舅舅,奇切斯特①的教长。这位教长是一个文化修养深厚、学问渊博的人。他极其喜欢钟表,有珍奇的时计收藏,从十五世纪到现在,而且似乎对于阿瑟来说,这位好教长的这个嗜好给他实施他的计划提供了美好的机会。当然,到哪里去弄一台爆炸装置那是另一回事。在这一点上,《伦敦分类人名录》②给他提供不了什么信息,而且他觉得去苏格兰场也没有多大用处,因为他们直到爆炸发生之前,对这种爆炸党的动向似乎从来都是一无所知,即使爆炸之后也知道的不多。

突然,他想到了他的朋友卢瓦洛夫,一个颇有革命倾向的俄罗斯小伙子。他是阿瑟勋爵在冬天于温德米尔夫人家里认识的。据说卢瓦洛夫伯爵正在写作彼得大帝的传记,到英国来的目的,就是要研究这位沙皇以轮船木匠身份在这个国家居留的相关文件;但是人们普遍怀疑他是个民粹派③。毋庸置疑,俄国大使馆对于他在伦敦的出现毫无善意。阿瑟勋爵觉得此人正是目前他所需要的人。一天早晨阿瑟勋爵驱车到了卢瓦洛夫在布鲁姆斯伯里的住所,去征求他的忠告和帮助。

阿瑟勋爵告诉了他这次造访的意图。"这么说你从政是非常认真的了?"卢瓦洛夫伯爵问。但是阿瑟勋爵讨厌任何曲解。他觉得必须向他承认,他对社会问题毫无兴趣,他需要这个爆炸装置仅仅是纯粹的家庭事务,在此不涉及任何人,唯有他自己。

卢瓦洛夫伯爵惊奇地看了他好大一会儿,接着明白了他是非常认真的。他在一张纸上写下了一个地址,署上姓名的缩写字母,隔着桌子递给了他。

"苏格兰场会为得到这个地址付一大笔钱的,我亲爱的朋友。"

"他们不会得到的。"阿瑟勋爵叫道,哈哈笑着;他和这个年轻的俄国人热烈地握了手之后,跑下了楼梯,审视着这张纸,告诉车夫赶到索霍广场。

在那里,他把车夫打发掉了,阔步走过希腊街,一直走到一个叫作贝

---

① 英格兰南部西萨塞克斯郡首府。——译者注
② 按行业编排的类书,录有姓名、住址等资料。——译者注
③ 十九世纪后期俄国革命运动中一个主张采取个人恐怖手段的派别。——译者注

尔大院的地方。他从拱顶下穿过,发现自己到了一个古怪的死胡同。这里显然被一个法国洗衣房占着,因为从房子到房子之间,布满了晾衣绳组成的完美的网,在早晨的天空里,白色的内衣在飘舞。他走到了头,敲了敲一幢绿色的小房子的门。在颇多耽搁之后,其间每一个窗户都被窥视的脸庞玷污得一塌糊涂,一个长相粗鲁的外国人开了门,用非常蹩脚的英语问他有什么事。阿瑟勋爵把伯爵给他写的纸条递给了他。那个男子看到了它,鞠了一躬,请阿瑟勋爵进了一层楼一个非常破旧的前厅。过了一会儿,温克尔科普夫先生①(在英国别人都这样称呼他)匆匆地进了屋子,脖子上系着葡萄酒沾染的餐巾,左手拿着叉子。

"卢瓦洛夫伯爵介绍我来找你,"阿瑟勋爵鞠了一躬,说道,"我有事急着和你谈一谈。我叫史密斯,罗伯特·史密斯先生,我想让你给我提供一枚定时炸弹。"

"很荣幸见到你,阿瑟勋爵,"和蔼的小德国人笑着说,"不要那么吃惊。我的责任就是结识每一个人,我记得一天晚上在温德米尔家见到过你。我希望她很好。你不在意陪我坐一坐,等我把早饭吃完好吗?很棒的肉饼,我的朋友们都说我的莱茵葡萄酒比他们在德国大使馆里喝的都要好。"还没等阿瑟勋爵从被认出来的惊奇中缓过神来,他发现自己在后屋里坐着,从一个标着皇族名讳图案的浅黄白葡萄酒杯中啜着最美好的马可布吕涅尔②,用这个著名的阴谋家最友好的方式聊着。

"定时炸弹不宜运出国境,"温克尔科普夫说,"即使它们成功地过了海关,火车的运行也不太准时,它们经常在到达合适的目的地之前就会爆炸。不过,如果你要一个家用,我可以给你提供一件优质品,而且保证你对结果满意。我可以问一问是对付谁的吗?如果是对付警察,或者是和苏格兰场有关的任何人,恐怕我无能为力。英国侦探的确是我们最好的朋友。我总是发现,我们可以依赖他们的愚蠢做一切我们喜欢的事情。他们哪一个也不在话下。"

"我向你保证,"阿瑟勋爵说,"这事和警察完全无关。实际上,这个

---

① 此为德语姓氏。——译者注
② 莱茵白葡萄酒最佳品牌之一,原为葡萄园名。——译者注

定时炸弹要对付奇切斯特教长。"

"饶了我吧！我不知道你对宗教还这么在意,阿瑟先生。现在很少有人这么做了。"

"恐怕你高看我了,温克尔科普夫先生,"阿瑟勋爵满脸通红地说,"事实是,我真的对宗教一无所知。"

"那么纯粹是个人私事了?"

"纯属私事。"

温克尔科普夫先生耸了耸肩膀,离开了房间。几分钟以后回来,拿着一个便士大小的圆形炸药,和一个漂亮的法国小钟表,顶上饰有自由女神的镀金塑像踩在象征专制主义的九头蛇身上。

当他看到它时,阿瑟勋爵的脸开始放光了。"这正是我想要的,"他叫道,"快告诉我它怎样爆炸。"

"啊！这是我的秘密,"温克尔科普夫先生回答道,带着无可非议的自豪感,同时凝视着他的发明,"告诉我你想让它什么时候爆炸,我把这个机器调到那个时刻。"

"好吧,今天是星期二,如果你能马上拿出来——"

"那不可能;我手头有许多重要的活要为我的莫斯科的一些朋友做。不过,明天仍然可以送货。"

"噢,这时间就足够了！"阿瑟勋爵彬彬有礼地说,"如果明天晚上,或星期四早晨送货。至于爆炸的时间,就星期五中午吧。教长那个时刻一准在家。"

"星期五,中午。"温克尔科普夫先生重复着,他在火炉旁写字台上一个大账本上,做了一个大致如此的笔记。

"现在,"阿瑟勋爵从座子上站起来说,"请告诉我应该付给你多少钱?"

"这么个小玩意,阿瑟勋爵,我不在乎要不要钱。炸药是七先令六便士,表是三镑十先令,大约五先令。只要是卢瓦洛夫伯爵的朋友,我都十分乐意效劳。"

"但是,你的酬劳呢,温克尔科普夫先生?"

"那没什么！对我来说是个乐趣。我不是为钱而干的;我活着完全是为了艺术。"

阿瑟先生在桌子上,放了四镑二先令六便士,感谢了这个小个子的德国人的善意,而且还成功地拒绝了本周六参加一个茶会,会见一些无政府主义者的邀请,然后离开了这所房子,往海德公园方向走去。

在后来的两天里,他处于最兴奋的状态。星期五十二点他坐车去了白金汉宫等候消息。整个下午,那名面无表情的大厅杂役一直在张贴从全国各地来的电讯,发布赛马的结果、离婚诉讼的判决、天气状况等等,而磁带滴答滴答地报出下议院整夜会议的细节和股票交易所的小野餐。四点钟,晚报到了,阿瑟勋爵退到了阅览室,拿着《佩尔美尔街》《圣詹姆斯》《环球》和《回声》这几份报纸。这引起了古德柴尔德上校的强烈不满。他想读一读那天早晨他在伦敦市长官邸做的一个演讲的报道,他报告的主题是南非传教团问题、在每一个省有黑人主教是明智之举和由于某种原因对《新闻晚报》的强烈偏见。不过,所有的报纸都丝毫没提奇切斯特,阿瑟勋爵感到这次尝试又失败了。这对他是一个可怕的打击。一时间,他精神崩溃了。第二天,他去看温克尔科普夫先生,后者道歉不已,并且主动免费再提供一个表,或者成本价提供一箱硝酸甘油炸弹。但是,他对炸药已经完全失去了信心,温克尔科普夫先生本人也承认,现在一切都可能掺假,就连炸药也很难搞到纯的。然而,这个小德国人,虽然承认这个机械装置一定是出了什么毛病,这个表仍然可能发生爆炸不是没有希望。他还举例说,一次他送给敖德萨总督①的晴雨表,虽然定的是十天爆炸,结果大约三个月才爆炸。千真万确的是,等到它确实爆炸时,它只是成功地把一个女佣炸成了碎片,总督六周之前就进了城,但是至少它表明,作为一种破坏性的力量,在机械装置控制下,很有威力,虽然一点不太准时。这种联想使阿瑟勋爵得到了一点安慰,但是即使如此,它也是注定要失望的,因为两天后,他上楼时,公爵夫人把他叫进了她的屋里,让他看一封她刚刚收到的教长宅邸的来信。

"洁恩的信写得很动人,"公爵夫人说,"你一定要好好读一读她的

---

① 敖德萨为乌克兰南部黑海西北岸的港口城市,当时乌克兰属沙俄,总督即沙俄所派的军政长官。——译者注

上一封信。它和缪蒂送给我们的小说一样好。"

阿瑟勋爵从她手里接过了信。信的内容如下：

> 寄自奇切斯特教长府
> 五月二十七日

我最亲爱的姑妈：

非常感谢您捐给多加会①的绒布，还有方格布。我非常同意你的观点，她们想穿漂亮东西是愚蠢的，可是现在大家都是非常的激进和非宗教的，让她们明白她们不应该尝试穿戴的像上层社会，是困难的。我肯定，我不知道我们能够做什么。正如父亲在布道中常说的，我们生活在一个非信仰的时代。

上个星期四，一个不知名的崇拜者给爸爸送了个钟表，我们可让它给乐死了。钟表发自伦敦，用一个木盒子盛着，资费已付讫；爸爸认为一定是一个读过他著名布道《放纵是自由吗》的某个人送的，因为在表的顶上有一个女人像，头上戴着爸爸所说的自由帽。我本人并不认为它特别合适，但是爸爸说它是历史性的，所以我想还行。帕克尔打开了包装，爸爸把它放在了藏书室的壁炉上，星期五早晨，我们都坐在那里，当表刚刚敲十二点时，我们听到了一阵嗡嗡的声音，从人像的基座处冒出了一小股烟，自由女神掉了下来，在栏杆上摔坏了鼻子！玛丽亚吓了一大跳，但是它看起来那么滑稽，詹姆斯和我一阵阵地笑个不停，连爸爸也给逗乐了。我们一检查，发现它是一只闹钟，如果你把它调到一定的时间，再在一个小锤下放上一些炸药和一个火药帽，你让它什么时候爆炸，它就什么时候爆炸。爸爸说它不能再放在藏书室里了，因为它制造噪音，所以莉琪

---

① 《圣经·新约·使徒行传》第九章第三十六至四十二节载，多加是一个广行善事的女基督徒，经常做衣服周济穷人，死后使徒彼得使其复活。因此，基督教会女教徒缝制衣服行善的组织往往称"多加会"。——译者注

把它拿到了教室,结果它整天都在制造小爆炸。您认为阿瑟会喜欢这样一个爆炸作为结婚礼物吗?我认为他们在伦敦很时髦。爸爸说,他们可以大有益处,因为他们表示自由不能持久,而是必须倒台。爸爸说,自由是法国大革命那时发明的。它是多么可怕!

我现在要去多加会了,在那里我要给他们读你最有教益的信。亲爱的姨妈,你的想法是多么的正确,在他们的生活阶层,他们应该穿不合适的。我必须说,在这个世界和未来世界有那么多更重要的事情,他们为衣着而焦虑,这是荒唐的。我非常高兴你的那块很好的花毛葛料子,你的花边没有扯断。我穿着我的黄缎子衣料,那是星期三在主教家您惠赠的,我认为它看上去很好。你要不要蝶形领结?简宁斯说,现在大家都戴蝶形领结,而且衬裙都要滚荷叶边的。莉琪说刚刚又有了一次爆炸,爸爸已经命令把那个表送到马厩去。我认为爸爸不像起初那么喜欢它了,尽管收到这样一个漂亮而又巧妙的玩具,使他感觉扬扬得意。它表明,人们阅读了他的布道集,而且从中受益。

爸爸要我转达他的挚爱,希望塞西尔姑父的痛风好些了,詹姆斯、莉琪和玛丽亚也都是如此,相信我,亲爱的姑妈。

永远爱你的侄女 洁恩·珀西

又及:一定告诉我是否需要蝶形领结。简宁斯坚持说,这是当今的时尚。

阿瑟仿佛对信是那么严肃又不高兴,公爵夫人一阵阵地大笑不已。

"我亲爱的阿瑟,"她叫道,"我再也不给你看年轻姑娘的信了!可是关于那个表,要不要我说点什么?我认为是个重大发明,我本人该喜欢有一个。"

"我不太喜欢它们。"阿瑟勋爵苦笑着说道,吻过了他的母亲,就离开了房间。

他上了楼,一下子就坐到了沙发上,眼里充满了眼泪。他已经竭尽全力进行谋杀,但是两次都失败了,而且都不是由于他自己的过错。他已经试图履行他的责任,但是似乎命运之神本身背叛了他。好动机毫无结果、努力为善徒劳无益的感觉压迫着他。或许,整个地毁掉这个婚姻会更好些。不错,西碧儿会受到伤害,但是伤害不能真的损毁像她这样崇高的天性。对于他本人,那有什么关系?永远不缺男人可以去死的战争,永远不缺男人可以为之献身的事业,既然生活对于他没有什么乐趣,死也就没有什么好恐惧的了。让命运女神去制造她的厄运吧。他懒得去帮助她。

七点半,他穿上衣服,去了俱乐部。萨比顿在那里和一些小伙子聚餐。他不得不和他们一道吃饭。对他们琐碎的谈话和无聊的玩笑,他不感兴趣。咖啡一上来,他就离开了他们,为了脱身,还编了个约会。当他走出俱乐部时,大厅杂役递给了他一封信。信是从温克尔科普夫那里来的,要他第二天晚上去拜访,看一个一打开就爆炸的伞。它是最新的发明,刚刚从日内瓦送来。他把那封信撕成碎片。他已经下定决心不再做任何尝试。然后,他漫步去了泰晤士河堤岸,在那里坐了几个小时。月亮透过蓬乱的茶褐色云层向下窥视,就像一只狮子的眼睛,无数的星星在无垠的苍穹闪烁,好像金粉洒在紫色的房顶上。不时地,一艘摇摇摆摆的驳船驶入浊流,随着潮汐漂去。当列车呼啸着驶过桥梁时,铁路信号由绿色变成红色。过了一会儿,威特敏斯特的高塔敲响了十二时的钟声,洪亮的钟声每敲一下黑夜似乎都在颤抖。然后,铁路的灯熄灭了,只留下孤零零的一盏灯仍然亮着,就像一个巨大桅樯的一颗红宝石,城市的喧嚣变得微弱了。

夜里两点钟,他站了起来,朝黑修士会①方向走去。一切看起来都那么虚无缥缈!多么像一个奇怪的梦!河对岸的房子似乎就是由黑暗建成的。人们会说,银色和影子重新把世界装点了一番。圣保罗大教堂

---

① 天主教多明我会的修道士常裹黑色披风,因此被称为黑修士,此处指伦敦中部圣保罗教堂西南不远处一座多明我会修道院的地带。——译者注

的巨大圆顶像阴沉沉夜色中的一个气泡显现。

当他接近克娄巴特拉方尖碑①时,他看到一个人倚在堤墙上。他走近时,汽灯正照在他的脸上。

原来是波杰斯先生,那个手相家!谁也不会看错那张皮肉松弛的胖脸、金边眼镜、病弱的微笑和邪恶的嘴巴。

阿瑟勋爵停了下来。一个妙主意闪过头脑,他偷偷地溜到了他身后。瞬间,他就抓住了波杰斯先生的腿,把他扔进了泰晤士河。只听到一声粗俗的咒骂,沉重的溅水声,接着一切归于寂静。阿瑟先生焦虑地往下俯视,但是看不到一点手相家的影子。在月光照耀的河水的一股涡流中,一顶高帽子飞快地旋转出来。过了一会儿,它也沉了,再也看不到波杰斯先生的踪影。一次,他想他看到一个肥胖丑陋的身影挣扎着朝大桥的楼梯游去,但是结果却只是反光,当月亮从云层后边照出来时,它就消失了。最终,他似乎已经认识到命运的旨意。他宽慰地深深地松了一口气,嘴上说出了西碧儿的名字。

"先生,你掉了什么了吗?"他身后的一个声音突然说道。

他转过身来,看到一个警察,打着一盏牛眼灯。

"没有什么重要的,警长。"他微笑着回答道。招呼了一个路过的街车,他跳了进去,告诉那人赶到贝尔格莱夫广场。

在后来的几天里,他一会儿希望满怀,一会儿恐惧万端。有的时候,他几乎期待波杰斯先生走进房间,另外一些时候,他感觉命运不可能对他这么不公。他两次走到手相家在月亮西街的地址,但是,他振作不起精神来按门铃。他渴望得到确实消息,但又害怕直面真相。

最终,还是来了确定的消息。他正在俱乐部吸烟室坐着喝茶,相当疲惫地听着萨比顿津津有味地配乐表演最近的喜剧歌曲,这时招待拿着晚报进来。阿瑟勋爵拿起了《圣詹姆斯报》,无精打采地翻阅着,这个时候这个奇怪的标题引起了他的注意:

---

① 从古埃及搬来的两块方尖碑之一,一块在伦敦泰晤士河堤,另一块在纽约中央公园。——译者注

手相家自杀身亡

他兴奋得脸色苍白,开始读了起来。这则短讯内容如下:

昨天早晨七时,著名的手相家,塞普蒂默斯·R.波杰斯先生的尸体,被冲上格林尼治河滩,恰好在轮船饭店之前。这位不幸的绅士已经失踪了一些时日,在手相家圈内引起相当的忧虑。据说,他由于操劳过度致使一时精神错乱而自杀,陪审团今天下午送回了大致如此的裁定。波杰斯先生刚刚完成一篇关于手相术的论文,不久即会发表,届时无疑会引起很大的关注。死者终年六十五岁,似乎并无任何亲属。

阿瑟勋爵冲出了俱乐部,手里还拿着那张报纸,立刻坐车去了公园巷。大厅杂役惊异不已,徒劳地想阻拦他。西碧儿从窗户里看到了他,她看得出他带来了好消息。她跑下来迎接他,她一看到他的脸,就知道万事大吉。

"我亲爱的,"阿瑟勋爵吼道,"咱们明天结婚吧!"

"你这个傻小子!连蛋糕还没订呢!"西碧儿说,笑得眼泪涌眶。

六

大约三周后举行了婚礼,圣保罗教堂挤满了一大群精明的人们。结婚仪式由奇切斯特教长以非常感人的方式宣读,大家都认为,这是他们见到的最漂亮的一对新郎和新娘。他们不仅仅是漂亮,而且——幸福。阿瑟勋爵从来没有后悔他为西碧儿所忍受的一切,而从西碧儿那方面来说,她给予他一个女人能够给予一个男人最美好的东西——崇拜、温柔和爱情。对于他们来说,浪漫没有被现实摧毁。他们永远感觉青春年少。

几年之后,他们已经有了两个漂亮的孩子,温德米尔夫人来到了奥尔顿隐修山庄,一个可爱的老地方,这是公爵送给儿子的结婚礼物。一天下午,她和阿瑟太太坐在花园一棵椴树下,看着小男孩和小姑娘在玫瑰道上嬉戏,就像阵阵阳光,她突然抓住女主人的手,说道:"你幸福吗?"

"亲爱的温德米尔夫人,我当然幸福了。你呢?"

"我没有时间幸福,西碧儿。我总是喜欢介绍给我的最后一个人,但是,通常,一旦我和人们熟悉起来,我就厌倦了他们。"

"你的那些狮子不能满足你吗,温德米尔夫人?"

"咳,亲爱的,不能!狮子只能维持一个社交季的新鲜感。一旦它们的鬣毛被剪掉,它们就是最乏味的东西。而且,如果你真对它们好,它们的所作所为就糟糕透了。你还记得那个可怕的波杰斯先生吗?他是个可怕的骗子。当然,我一点也不在乎这事,就连他向我借钱,我都原谅了他,但是我不能忍受他向我求爱。他确实使我憎恨手相术。我现在喜欢心灵感通术了。这个要更有趣得多。"

"你千万不要在这里说任何诋毁手相术的话,温德米尔夫人,这可是阿瑟唯一不喜欢人们说三道四的话题。我保证,他对此非常认真。"

"你不是说,他相信手相术吧,西碧儿?"

"问他吧,温德米尔夫人,他来了。"阿瑟先生朝花园走来,手里拿着一大束黄玫瑰,他的两个孩子在他旁边跳舞。

"阿瑟勋爵吗?"

"是的,温德米尔夫人。"

"你不会告诉我,你相信手相术吧?"

"我当然相信了。"这个年轻人微笑着说。

"可是为什么?"

"因为我生活的一切幸福都多亏了它。"他嗫嚅道,一下子坐到了一把柳条椅子上。

"我亲爱的阿瑟勋爵,你的什么东西多亏了它?"

"西碧儿。"他把玫瑰递给了他的妻子,盯着她紫罗兰色的眼睛。

"真是瞎说!"温德米尔夫人喊道,"我这辈子从来没有听到过这样的瞎话。"

赵洪玮　译

没有秘密的斯芬克斯
——蚀刻版画

一天下午,我坐在和平咖啡馆外边,注视着巴黎人生活的显赫与简陋,品味着味美斯酒,惊叹着眼前来来往往繁华盛况与贫困惨相的奇异全景图。这时我听到有人叫我的名字,我回头一看,却见到了默奇森勋爵。我们自从大学毕业之后,一直再没见面,那都是快十年前的事了,所以我很高兴又遇到他,我们热烈地握手。在牛津大学,我们是好朋友。我非常喜欢他,他那么英俊,那么活泼,那么值得尊敬。我们过去常说如果他不总是实话实说,他定会出人头地的,但是我认为正因为他的坦诚我们才更加佩服他。我发现他变化很大。默奇森看上去心情有点烦躁困惑,好像怀疑什么事情。我觉得不可能是现代怀疑论,因为他是个最坚定的托利党人,相信《摩西五书》就像他相信上议院一样;所以我得出一个结论:一定是为了一个女人,便问他是否已经结了婚。

"我不太了解女人。"他回答说。

"我亲爱的杰拉德,"我说,"女人是被爱的,不是被了解的。"

"我不信任的,我怎么爱?"他回答道。

"杰拉德,我觉得你的生活有点神秘,"我喊道,"告诉我。"

"咱们坐车出去转转,"他回答说,"这里人太多。不,不要黄色的车,那里任何别的颜色的都行,那个深绿色的就行。"接着不大一会儿我们就奔驰在林荫大道上,朝着玛德琳的方向而去。

"我们去哪里?"我说。

"啊,你喜欢的任何地方!"他回答道,"去博伊西的那家饭店。我们在那里吃饭,你给我讲讲你的情况。"

"我想先听听你的,"我说,"跟我说说你的秘密。"

他从口袋里拿出一个小巧的银扣摩洛哥皮匣子,递给了我。我把它打开,里边有一张女人的相片。她高挑纤细,一双茫然的大眼睛,一头蓬松的头发,显得异常美丽动人。她裹着豪华的裘衣,看上去像个洞悉一切的女千里眼。

"这张脸你认为怎么样?"他说道,"真诚吗?"

我仔细地审视了一番。让我看,这张脸属于一个有着某种秘密的人,但是,我说不出这种秘密是好还是不好。这种美来自多种神秘——实际上,是一种心理的而不是造型的美——淡淡的一丝微笑掠过嘴唇,真是微妙绝伦,因而又不那么可爱。

"喂,"他不耐烦地吼道,"你说怎么样?"

"她是穿貂皮大衣的蒙娜丽莎,"我回答说,"把她的一切都告诉我。"

他说:"现在不行,吃过饭吧。"于是就开始谈起了别的事情。

招待端上咖啡和香烟时,我提醒杰拉德他的许诺。他从座位上站了起来,在屋子里来回踱了两三回,然后,一屁股坐在了一个单人沙发里,给我讲述了下面的故事:

"一天晚上,"他说,"五点左右我走在证券街①上。那里发生了可怕的撞车,交通几乎堵塞了。靠近人行道,停着一辆黄色四轮马车,不知怎的,它引起了我的注意。当我经过时,今天下午我给你看的那张面孔从车里向外张望。整整一夜以及第二天整整一天,我都一直在想她。我在肮脏的街道上悠来荡去,向每一辆车里窥视,等待着那辆黄色马车;但是我找不到我神秘的美人儿,最终,我开始认为她不过是个梦。大约一周以后,我和拉斯泰尔夫人一起吃饭。晚饭定在八点钟,但是八点半了,我们仍然在客厅里等待。最终,仆人打开了门,宣布奥洛尔夫人到了。她正是我到处寻找的那个女人。她非常从容地走了进来,仿佛是镶着灰边的月光,而且,令我喜出望外的是,我竟然受命把她带入宴席。我们落座以后,我非常天真地说:'我想,我前些日子在证券街见到过你,奥洛尔夫

---

① 伦敦最繁华的一条街,有很多高级商店。——译者注

人.'她脸色顿时变得苍白,低声对我说:'请不要那么大声说话,别人可能听到.'有了这么一个糟糕的开头,我感觉糟透了,接下来就赶忙把话题转到法国戏剧上来。她讲的很少,总是用同样低沉动听的声音说话,仿佛害怕别人听到似的。我热烈而愚蠢地坠入了情网,笼罩在她身上确定无疑的神秘气氛激发了我最强烈的好奇。宴会之后她马上要离开,我问她我是否能够给她打电话约她相见。她犹豫了一会儿,环视四周,看看我们附近是否有人,然后说:'好的,明天四点四十五.'我求拉斯泰尔夫人给我介绍介绍她的情况。我能够知道的只有她是个寡妇,在派克街有一处漂亮的房子。有个令人讨厌的学究开始了关于寡妇的长篇大论,意在例证婚姻上最般配的问题,我起身回了家。

"第二天,我准时到了派克街,但是管家告诉我,奥洛尔夫人刚刚出去。我快快地去了俱乐部,感到很纳闷,经过再三考虑,便给她写了一封信,问是否允许我那天下午再行拜访。一连几天我没有收到回信,但是,最终我收到一个纸条,说星期日下午四点她在家,还带着这样一个不寻常的附言:'请不要再往这里给我写信,我会当面做出解释的.'星期天,她接待了我,而且非常动人。但是,等我离开时,她问我是否有时间再给她写信,地址就写'格林街,伟泰克图书馆转交,璐克斯太太'。她说:'因为某种原因,我自己的家里收不到信.'

"整个这段时期,我经常见她,笼罩着她的那种神秘气氛须臾不离。有的时候,我想她受着某个男人淫威的摆布,但是她看上去又那么无可匹敌,我难以置信。对我来说得出任何结论都是困难的,因为她像博物馆里见到的那种奇怪的水晶,一会儿清楚,一会儿暗淡。最后我请求她做我的妻子:我讨厌,也厌烦了她把我的访问和我给她发的几封信搞得神神秘秘的。我在图书馆给她写信,问她下个星期一六点钟她是否能够见我。她答应了,我高兴得像腾云驾雾。我对她着了迷:尽管有这种神秘,我那时这样想——最终,我现在明白了。不,我爱的是这个女人本身。这种神秘使我苦恼,使我发疯。为什么机遇要玩弄我?"

"那么你最终发现了?"

"恐怕是吧,"他回答说,"你可以自己判断."

"星期一到了,我和叔叔一起去吃午饭,大约四点钟到了马里来帮路。你知道,我叔叔住在利镇特公园。我想要去皮可地里,经过一些破烂不堪的小街走条捷径。突然,我在前面看到了奥洛尔太太,她面纱罩得严严实实,飞快地走着。一走到街头最后一栋房子,她就上了楼梯,拿出一把门锁钥匙,走了进去。'秘密就在这里。'我对自己说。我匆忙赶上前去,观察那所房子。它好像是一栋出租房屋。她的手帕掉在门口,我拾了起来,装进了口袋。然后,我考虑该怎样办。我得出这样的结论,我没有权利监视她,我坐车到了俱乐部。六点钟,我去见她。她正躺在沙发上,穿着银色薄纱袍,袍子周边绕着她总是佩戴的奇异的月亮宝石。她看上去楚楚动人。'见到你非常高兴,'她说,'我一天都没出门。'我惊讶地盯着她,从口袋里拿出了手帕,递给了她。'奥洛尔太太,你今天下午掉到了卡姆诺街。'我平静地说。她恐怖地看着我,但是没有去接手帕。'你在那里干什么?'我问道。'你有什么权力盘问我?'她回答道。'一个爱你的男人的权利,'我回答说,'我是来请求你做我妻子的。'她用双手捂着脸,泪如泉涌。'你必须告诉我。'我继续说。她站了起来,直视着我,说道:'默奇森勋爵,没有什么可告诉你的。''你去见什么人,'我吼道,'这是你的秘密。'她的脸煞白吓人,说道:'我没去见任何人。''你不能和我说实话吗?'我叫喊着。'我已经告诉你了。'她答道。我疯了,气疯了,我不知道说了些什么,但是我对她说了些可怕的话。最后,我冲出了房子。第二天,她给我写了一封信,我没有打开就送了回去,接着跟艾兰·卡尔维尔去了挪威。一个月以后,我回来了,在《早晨邮报》看到的第一件事就是奥洛尔太太的死讯。她在歌剧院受了凉,五天后就死于肺充血。我把自己关了起来,谁也不见。我太爱她了,我爱她爱得发疯。上帝呀!我是多么爱这个女人!"

"你去了那条街,去了街上的那所房子?"我问道。

"是的。"他回答道。

"一天,我去了卡姆诺街。我控制不住,我被疑虑折磨着。我敲了敲门,一个模样可敬的女人给我开了门。我问她,是否有房屋出租。'嗯,先生。'她回答说,'有客厅要出租的,可是我已经三个月没有见到那位太太了,因为房租已经到期了,你可以租下来。''是这位太太吗?'我说道,并且拿出了那张相片。'是她,没问题,'她叫道,'她什么时候回来,先生?''这位太太死了。'我回答说。'啊,先生。我希望这不是真的!'这个女人说道,'她是我最好的房客。她每周付给我三个畿尼,只是不时地来客厅里坐坐。''她在这里会见什么人吧?'我说道,但是,那个女人向我保证说没有,她总是自己来,而且谁也不见。'她到底在这里干些什么?'我喊道。'她只是坐在客厅里,先生,读读书,有时候喝点茶。'那个妇女回答说。我不知道说什么是好,我给了她一镑金币,就离开了。你说,这一切到底是什么意思?你相信那个妇女说的是真话吗?"

"我相信。那么为什么奥洛尔太太去那里?"

"我亲爱的杰拉德,"我回答说,"奥洛尔太太只是一个有着神秘癖好的女人。她租下那些房间,为的就是能够享受戴着面纱去那里的乐趣,把自己想象成故事的女主角。她爱好神秘,但是她自己却不过是个没有秘密的斯芬克斯。"

"你真的这么想吗?"

"当然。"我回答。

他拿出那个摩洛哥皮匣子,把它打开,注视着那张相片。"我还是琢磨不透。"他最后说。

赵洪玮　译

坎特维尔的幽灵

——唯物唯心主义传奇

一

当美国公使海勒姆·B.奥梯斯先生买下坎特维尔庄园的时候,大家都说他干了一件大蠢事,因为确切无疑这个地方有鬼怪作祟。的确,以一丝不苟而闻名的坎特维尔勋爵本人,感到在他们谈价钱时,有责任向奥梯斯先生提及这一事实。

"我们自己也不愿意住在这个地方,"坎特维尔勋爵说,"因为我的姑奶奶,博尔顿公爵的遗孀,被吓得昏厥过去,从此再也没有康复。她正在为晚宴化妆时,两个枯骨的手搭到了她的肩上。我感觉必须告诉你,奥梯斯先生,我们家族几个尚在的成员都见到过这个幽灵,还有本教区的教区长奥古斯塔斯·丹皮尔牧师,他是剑桥皇家学院的董事。发生了公爵夫人的事件之后,我们的年轻仆人没有愿意跟我们住在一起的,坎特维尔夫人经常彻夜难眠,这完全是由于来自走廊和图书室的神秘声音造成的。"

"阁下,"公使回答道,"我会权衡考虑这些家具和幽灵的。我来自一个现代化的国家,在那里我们所拥有的金钱可以买到一切。我们生气勃勃的年轻人把旧大陆①搞得红红火火,席卷了你们的最佳演员和歌剧女明星,我认为,如果在欧洲有幽灵这种东西存在的话,我们国家在很短的时间内也将会有的,它将摆在我们某一个公共博物馆里,或者在各地

---

① 指欧洲,与新大陆(指美洲)相对。——译者注

做巡回展出。"

"我担心幽灵真的存在,"坎特维尔勋爵微笑着说,"尽管它可能拒绝贵国善做生意的经纪人提出的建议。三个世纪以来它闻名遐迩,实际上是从一五八四年,每当我们家庭的某个成员去世之后它总会出现。"

"好吧,就像在这种情况下家庭医生也会到场一样,坎特维尔勋爵。但是,先生,世上根本没有幽灵这种东西,我想自然的法则不会因为英国贵族而失灵吧。"

"你在美国当然很自然了,"坎特维尔勋爵回答道,他没有完全理解奥梯斯先生最后一句话,"如果你不在乎房子里的幽灵,这没问题。只是你必须记住我警告过你。"

几周后,买卖结束了,在这个季节结束的时候,公使和他的家庭来到了坎特维尔庄园。奥梯斯太太,西五十三大街的卢克丽霞·R.塔潘小姐,当年是纽约有名的美人儿,这时是一个非常端庄的中年妇女,长着动人的眼睛和优雅的外形。许多离开本国的美国夫人装出一副慢性疾病患者的孱弱,认为这是一种欧洲优雅风情;但是,奥梯斯太太从来就没有步入这种误区。她有优良的体质和真正的蓬勃朝气。的确,在许多方面,她很像地道的英国人,而且是一个优秀的榜样,显示了现在我们和美国的确是有很多共同之处,当然,语言①这一事实除外。她的大儿子,出于做父母一时的爱国激情被取名华盛顿,对此他一直耿耿于怀。华盛顿是一个金发的、颇为漂亮的小伙子,他由于连续三个社交季节都在新港游乐场领头跳德国华尔兹舞,而使自己有资格进入美国外交界,而且即使在伦敦他也是以优秀的舞蹈家而著名。栀子花和名人录是他仅有的两大癖好。除此之外,他极其聪明理智。弗吉妮亚·E.奥梯斯小姐是一个十五岁的小姑娘,柔美可爱,大大的蓝眼睛里透着优雅的自由。她的骑术非常高明,一次她骑着小马绕着海德公园两圈,与比尔顿老勋爵比赛,赢了一匹半马位的优势,就在阿喀琉斯雕像前,使得年轻的柴郡公爵欢喜若狂,当场向她提出求婚,由他的监护人当晚送回了伊顿公学,而他则痛哭流涕。弗吉妮亚后边是一对孪生兄弟,他们通常被称为"星星和

---

① 指英国人处处模仿美国,然而美国人所说的英语却差别很大。——译者注

条条",因为他们总是挨棍棒和鞭笞。他们还是无忧无虑的孩子,除了可敬的公使外,他们是家中唯一正宗的共和党人。

坎特维尔庄园离最近的阿斯考特火车站有七英里远,奥梯斯先生不得不打电报订一辆四轮游览马车去接他们。他们兴高采烈地开始了旅程。那是一个七月的晚上,空气中弥漫着怡人的松树的芬芳。时而,他们听到斑鸠陶醉于自己的歌喉,或者,看到在羊齿草丛深处山鸡光滑的胸脯。他们经过时,小松鼠从山毛榉树枝上窥视着他们,野兔穿过灌木丛,或越过藓苔覆盖的小丘,躲避着他们,白白的尾巴划过天空。不过,当他们进入坎特维尔庄园大街时,天空突然乌云密布,一阵奇怪的寂静似乎控制了大气,一大队白嘴鸦在他们头上悄悄地飞过。而且,在他们到家之前,大颗的雨点已经纷纷洒落下来。

站在台阶上迎接他们的是一位老妇人,穿着干干净净的丝绸,戴着白帽子和围裙。这是管家厄姆尼太太。在坎特维尔勋爵夫人的恳切要求下,奥梯斯夫人同意把她留下来担任以前的职务。他们下来时,她深深地鞠了一躬,而且用怪有趣的老式规矩说:"欢迎您到坎特维尔庄园。"跟着她,他们穿过精美的都铎王朝①风格前厅进入了图书室。这是一个狭长、低矮的房间,黑色的橡木,房间的一头是一个锈迹斑斑的大镜子。在这里他们发现茶已经为他们准备好了。脱了外衣之后,他们坐了下来,开始环顾四周。厄姆尼太太在旁边侍候着他们。

突然,奥梯斯夫人看到地板上有一个暗红的污迹,就在火炉旁,不知道到底是什么,于是对厄姆尼太太说:"恐怕那里洒过什么吧?"

"是的,夫人,"老管家用低低的声音说,"那地方洒过血。"

"太可怕了,"奥梯斯夫人叫道,"我非常讨厌起居室里有血污。必须立即除掉。"

老管家微微一笑,用同样低沉而神秘的声音回答道:"那是埃丽诺·德·坎特维尔夫人的血,一五七五年,她就在那里被自己的丈夫赛蒙·德·坎特维尔先生给杀死了。赛蒙先生比她又多活了九年,然后非常神秘地失踪了。他的尸体一直没有找到,但是他罪恶的阴魂一直在庄园里作

---

① 一四八五年至一六〇三年的英国封建王朝,历经五代,共一百一十八年。——译者注

祟。这处血污备受旅游者的青睐,而且清除不掉。"

"这都是瞎说,"华盛顿·奥梯斯吼道,"平克尔顿公司的冠军除污剂和模范去垢剂转眼就会把它除掉。"还没等诚惶诚恐的管家拦挡,他早已双膝跪地,迅速用一个看上去像一种黑色化妆品的小棒在地板上刮擦起来。不大一会儿,那摊血迹就无踪无影了。

"我知道平克尔顿能行。"他胜利地呼叫着,一边环视表示赞赏的家人。但是,没等他说完这话,一个可怕的闪电照亮了阴郁的屋子,一声令人丧胆的霹雳使他们都吓得站了起来,厄姆尼太太昏了过去。

"多么怪诞的天气!"美国公使平静地说,一边点燃了一支长长的方头雪茄,"我想这个古老的国家人口过于拥挤,因此没有足够的好天气分给大家。我一向总是认为移民是英格兰唯一的出路。"

"我亲爱的海勒姆,"奥梯斯太太叫道,"像这样动不动就晕过去的女人,我们该拿她怎么办?"

"扣她的工钱,就像打碎器皿一样,"美国公使说,"以后她就再也不会晕了。"几分钟以后,厄姆尼太太果然醒了过来。不过,毫无疑问,她特别难受,她严肃地告诫奥梯斯先生提防这个房子里要发生的一些祸端。

"有些情景是我亲眼所见,先生,"她说,"它们可以使任何基督教徒毛发悚然,一个又一个的夜晚这里发生的事情使我整夜都不能合眼。"不过,奥梯斯先生和他的妻子热情地保证他们是诚实的灵魂,是不怕幽灵的,在引发了她的新主人和太太的一番上帝的保佑和增加薪水之后,这位老管家才踉踉跄跄地回到了自己的房间。

二

暴风雨狂暴地呼啸了一整夜,但是没有什么特殊的事情发生。不过,第二天早晨他们下去吃饭时,发现那可怕的血迹又出现在地板上。华盛顿说:"我想模范去垢剂没有问题,我已经什么污迹都试过了。一定是幽灵干的。"因此,他又再次擦去了血污,但是第二天早晨又出现了。第三天早晨还是在那里,尽管图书室夜里已由奥梯斯先生本人锁了起来,钥匙也拿上了楼。全家人这时都兴趣盎然。奥梯斯先生开始怀疑他否认幽灵的存在是否有点太专断了,奥梯斯夫人表达了她想参加心灵研究会的意愿,华盛顿给迈尔和波德摩两位先生写了一封长信,专门讨论涉及刑事犯罪血污的永久性问题。那天晚上关于幽灵是否是客观存在的疑虑永远地消除了。

白天温暖而阳光明媚,夜晚凉爽宜人,全家外出乘车兜风。他们直到九点才回家享用简便的晚餐。谈话根本就没有转到幽灵上,所以也根本没有所期待的接受的基本条件,这些常常是心理现象出现的前奏。所讨论的内容,根据我从奥梯斯先生那里得知的,正像上层社会有教养的美国人一般的谈话,如芳妮·戴文波特小姐作为女演员比萨拉·本哈特优越之处;即使是在英国最好的家庭搞到嫩玉米、荞麦饼和玉米片粥的困难;波士顿在发展世界精神中的重要性;铁路旅行行李票制度的优越性;与伦敦拖腔相比纽约口音的甜蜜。根本就没有提及超自然现象,也没有以任何方式暗示赛蒙·德·坎特维尔先生。十一点钟全家就寝,到十一点半所有的灯都熄了。过了一会儿,奥梯斯先生被房间外边走廊里一种奇怪的噪音惊醒。它像是金属互碰发出的银铛声,而且似乎越来越近。他立刻起来,划了一根火柴,看了看时间。正好是一点钟。他相当镇静,试了试脉搏,脉搏一点也不亢奋失常。奇怪的声音仍然继续着,从中他清晰地听出了脚步声。他穿上了拖鞋,从梳妆匣里拿出一只椭圆形小瓶子,打开了门。借着苍白的月光,他看到就在他前面,有一个样子非常可怕的老人。他的眼睛红得像燃烧着的煤块,长长的灰发蓬乱卷曲地披在肩上;他的衣服是古代式样,脏兮兮,破破烂烂;手腕和脚踝上戴着沉重的手铐和脚镣,而且都锈迹斑斑的。

"亲爱的先生,"奥梯斯先生说,"我不得不强烈要求给你的锁链上一点油,并为此给你拿来一小瓶坦曼尼的旭日润滑油。据说是一用就灵,而且敝国一些最著名的神学家提供了一些大致内容的例证,都在包装纸上写着。我将把它给你放在卧室蜡烛旁边,你还需要什么我也很高兴提供。"说完这话,这个美国公使把瓶子放在了大理石的桌子上,然后,关上门睡觉去了。

一时间,坎特维尔幽灵气得一动不动;接着把那个瓶子朝光滑的地板狠劲摔去,他逃下了走廊,同时发出了空洞的呻吟,放射出可怕的绿光。然而,就在他到达巨大的橡木楼梯顶时,一扇门一下子开了,两个穿白袍的小家伙出现了,一个大枕头呼啸着越过了他的头顶! 显然,事不宜迟,所以,他急忙通过第四维空间①作为遁身之术,穿越护壁板逃之夭夭,房子又归于平静。

一到了左厢一个秘密的小房间,幽灵就倚着月光喘了口气,并且开始分析他的境况。在三百年持续而辉煌的事业中,他还从来没有受到这么大的侮辱。他想到了公爵遗孀,她正站在镜子前戴着缎带和钻石,被他吓得休克;还想到了四个侍女,通过一间空卧室,他仅仅龇牙一笑就把她们吓得发癔症;他想到了郊区的牧师,一天晚上他从图书室里回来晚了,他给他把蜡烛吹灭了,从此以后牧师完全成了神经错乱的患者,得由威廉·古尔爵士来照料了;还想到了德·特雷幕亚克老夫人,一天早晨她醒得早点,看到一具骷髅坐在炉旁沙发椅里正在读她的日记,结果,由此得了脑膜炎,六个星期卧床不起。痊愈后,她终于同教会和解了,并且毅然与臭名昭著的怀疑论者伏尔泰先生决裂。他还记起了那个可怕的夜晚,邪恶的坎特维尔勋爵②在他的更衣室里被发现行将噎死,一张方块 J 一半插进了嗓子里,死前他坦白,他就是用这张牌骗了查里·詹姆士·福克斯五万镑,而且发誓说,是幽灵逼他吞下去的。他想起了他所有的伟大成就,有在餐具室自杀的管家,因为他看到一个绿色的手在轻轻地敲击玻璃窗。还有美丽的斯塔特菲尔夫人,她不得不总是戴着天鹅绒带子掩饰她白皙的皮肤上的五个指印。最终,她在皇家林荫道尽头的鲤鱼池里自溺身死。带着真正艺术家热烈的自我陶醉,他回顾了他最成功的表演,一边在心中回想起最近扮演的"红发鲁宾,或勒死的婴儿",回想起他初次扮演的"憔悴的吉比昂,或贝克斯里沼泽的吸血鬼",还回想起六月一个可爱的黄昏,他只不过是在草地网球场上用他的几块骨头玩了玩九柱戏,竟引起了全场骚动;回想起这一切,他禁不住对着自己苦笑起来。然而经历了这所有的辉煌之后,谁想到一些该死的现代美国人来了,给

---

① 指普通三维空间长、宽、高之外的第四维,即不可思议的空间。——译者注
② 指庄园出售者坎特维尔勋爵的某一代祖先。——译者注

他提供旭日润滑油,往他头上扔枕头!真是不可容忍。而且,历史上幽灵从来没有受到如此的待遇。因此,他决定进行报复,并且就这样一直冥思苦想到天亮。

三

第二天早晨,当奥梯斯一家吃早饭时,他们较为详细地讨论了幽灵之事。美国公使自然有点懊恼,因为他的礼物没有被接受。他说:"我决不希望给予幽灵任何身体伤害,而且我必须指出,考虑到他在这个宅子里的时间长度,我认为向他扔枕头是非常不礼貌的。"——这话很公道,对此,我很遗憾地说,两个双胞胎哈哈大笑个不停。"另外,"他继续说道,"如果他真的拒绝使用旭日润滑油,我们将不得不给他去掉锁链。卧室外边有这样的噪音,是令人非常难以入睡的。"

不过,在这一周余下的时间内,他们没有受到骚扰,唯一引起注意的事情是图书室地板上血污的不断再现。这事当然非常奇怪,因为夜里门始终是由奥梯斯先生上锁的,而且窗户也牢牢地插上了。血污变色龙般的颜色也引起了大量的评论。有些早晨,它是暗红(几乎是印度人的肤色),有些早晨又是朱红色,接着又是鲜艳的紫红色。一次,他们按照自由美国新教圣公会的简单仪式进行家庭祈祷,结果发现它是艳丽的翠绿色。这些万花筒般的变化自然使得大家兴趣盎然,每天晚上就此随意打赌。只有小弗吉妮亚没有参加到说笑中去,因为由于某种无法解释的原因,她一看到血污,总是非常难过,看到翠绿色的那天早晨,几乎要哭了起来。

幽灵第二次出现是在星期天夜里。他们刚刚就寝,就突然被大厅里一声可怕的撞击声惊醒。他们冲下楼梯,发现一个巨大的古代铠甲脱离了架子,落到了石头地面上,而坐在高靠背椅子里的正是坎特维尔幽灵,他正在摩挲着双膝,脸上带着剧痛的表情。那一对孪生兄弟,带着他们的豆子枪,立刻向他发射了两颗豆子,枪法的准确程度非经过在书法老师身上长期勤学苦练不能取得,而美国公使则用左轮枪对着他,以加利福尼亚的礼节,要求他举起手来!幽灵吃了一惊,发出一声愤怒的尖声狂叫,像雾一样向他们扑了过来,扑灭了华盛顿·奥梯斯的蜡烛,使他们完全陷入了黑暗之中。一到达楼梯的顶部,他自己喘了口气,决定发出他著名的魔鬼般狂笑。不止一次他发现这个极其有用。据说这种狂笑曾使雷克勋爵的假发在一夜之间变成灰白色,还曾经毫无问题地使坎特维尔夫人的三个家庭女教师在她们上工不到一个月就提出离职预告。于是他发出了他最可怕的笑声,直到这个古老的拱顶不停地共鸣起来。但是还没等可怕的回声消逝,一扇门打开了,奥梯斯夫人穿着一身天蓝色的晨袍走了出来。"恐怕你身体很不舒服吧,"她说,"所以给你拿来了一瓶道贝尔医生处方药水。如果是消化不良,你会发现它疗效奇佳。"幽灵愤怒地瞪着她,立刻开始准备把自己变为一只大黑狗,这又是他著名的拿手好戏,家庭医生总是把坎特维尔勋爵的舅舅,尊敬的托马斯·霍尔顿无法治愈的痴呆症归因于此。不过这时有走近的脚步声,使他对实现他存心不良的打算犹豫起来,所以他满足于变为微弱的磷光,随着一声凄厉的坟场般的呻吟消失了,恰在这时双胞胎赶了上来。

一到了他的屋子里,他就完全精疲力竭了,为这种极度的兴奋而难受。双胞胎的武力行为和奥梯斯夫人彻头彻尾的物质主义,自然是极其恼人的,但是真正令他沮丧不已的是,他竟穿不上那副铠甲。他曾经希望即使是现代的美国人也会被身穿盔甲的幽灵吓得灵魂出窍,如果不是因为更理智的原因,至少出于对于他们的民族诗人朗费罗①的尊敬,对于他的优美、动人的诗篇,当坎特维尔一家住在伦敦时,他本人就消磨掉许多无聊的时光。而且,那是他自己的铠甲。他曾经穿着这副铠甲在凯尼尔沃思比武场上出尽了风头,赢得了高度的赞扬,包括伊丽莎白女王本人的赞赏。然而,当他披上它的时候,他却完全承受不住巨大的胸甲和钢盔的重量,结果重重地摔倒在石板上,双膝擦破了不少皮,还撞伤了右手的指关节。

在此之后的几天里,他特别不舒服,除了保持血迹的再现,几乎一步也没有离开他的房间。然而,通过对自己的精心调理,他恢复了,并且决

---

① 朗费罗(1807—1882),美国诗人,代表作为长诗《海华沙之歌》。一八四一年发表《歌谣及其他》,其中有一首很出名的诗,名为《穿甲胄的骷髅》。——译者注

心第三次再吓一吓美国公使和他的家庭。他选择了八月十七日，星期五，作为他显现的日子，他整整花了大半个白天考虑自己的装束打扮，最终决定选一顶插红羽毛的垂边高帽，一件袖口和领子加褶的尸衣和一把生锈的短剑。到了晚上，下起了一场暴雨，风特别大，这所老宅子里所有的门窗都摇来摇去，吱喳乱响。实际上，这正是他所喜欢的天气。他的行动计划是这样的，他要悄悄地溜进华盛顿·奥梯斯的房间，从床脚处，对他念念有词，在低音乐声音的伴奏下，在自己的嗓子处捅了三次。他对华盛顿有一种特殊的怨恨，因为他特别清楚，正是他老是用平克尔顿公司生产的模范去垢剂清除著名的坎特维尔血迹。在把这个肆无忌惮、顽固不化的年轻人吓住之后，然后，他就到美国公使和妻子住的房间里，在那里把他一只又冷又湿的手放到奥梯斯太太前额上，同时他会将积骨堂的秘密在她瑟瑟发抖的丈夫耳边透露。对于小弗吉妮亚，他没有完全下定决心。她从未用任何方式侮辱过他，而且既美丽又温柔。仅仅从衣橱里发出几声空洞的呻吟，他想，就绰绰有余，或者，如果他没有把小姑娘吓醒，他可以用僵直拧曲的手指在床单上摸索。对于孪生兄弟，他却早已下定决心，教训他们一顿。首先要做的当然是坐在他们的胸上，从而产生梦魇可怕的感觉。然后，由于他们的床互相靠得很近，他将显形为一个绿色、冰冷僵尸的形状，站在他们之间，直到把他们吓瘫，最终，脱掉尸衣，变成"哑巴丹尼尔，或者是自杀骷髅"，在房间里爬来爬去，显露出凛凛白骨，骨碌碌的一只独眼。他所扮演的这一角色，在不止一次的场合下，产生了巨大的效果，他认为这和他著名的"疯子马丁，或伪装的秘密"效果相同。

　　大约十点半，他听到这个家庭准备就寝。他被这对双胞胎的狂野、尖厉的笑声所骚扰了一段时间。这对小学生无疑是在睡前自娱自乐，享受无忧无虑的欢快，但是，到了十一点一刻，万籁俱寂，夜已阑珊，他便出发开始行动。猫头鹰敲击着玻璃窗，乌鸦从多年的水松树上呱呱地怪叫着，风围绕着房子游荡呻吟像迷失的灵魂；但是奥梯斯一家进入了睡眠，不知道他们的命运，但是透过雨和风暴声，他能够听到美国公使均匀的鼾声。他偷偷地溜出了护壁板，在他残忍、起皱的嘴上挂着邪恶的微笑，在他偷偷地走过灯笼式大窗户，窗上用天蓝和金色画着他自己的纹章，还有被他杀死的妻子的纹章,这时月亮把她的脸蛋藏在了一块云彩后边。他滑呀,滑呀,像一个邪恶的影子,他经过时,黑暗本身好像也讨厌他。一次他听到有什么东西在叫,就停了下来;但是只是红农场的一只狗吠声,然后,他又继续走,发出了奇怪的十六世纪诅咒,在午夜的空中挥舞那柄锈迹斑斑的短剑。最后,他到达了走道的角落,这条走道首先通向华盛顿的房间。在那里,他停了一会儿,风把他长长的灰色鬓发吹得散乱在头上,把这个死人可怕的裹尸布扭曲成奇怪的、不可思议的褶皱。接着表打了一刻钟,他感觉时间到了。他暗自发笑,转过弯道;但是他刚刚转过去,随着一个可怕的哀号,他倒在了地上,把他变成惨白色的脸藏在了他颀长的、瘦骨嶙峋的手里。就在他前面,站着一个可怕的幽灵,一动不动像一个雕像,怪诞的像一个疯子的梦! 他的头光秃而溜滑;他的脸蛋圆胖苍白;而且阴险的笑好像已经把他的特征萎缩成永恒的咯咯笑。从眼睛里发射出鲜红的光芒,嘴是一个宽大的火井,一个可怕的衣服,像他自己的一样丑陋,好像静静的雪裹着巨人的身躯。在他的胸前是一个牌子,上面有奇怪的字,一些好像是耻辱,一些是狂野罪恶的记录,一些是可怕罪恶的日历,右手高举一柄钢锋闪着寒光的偃月刀。

由于他以前从来没有见到过幽灵,他自然被吓得要命,匆忙又瞥了那个可怕的幽灵一眼,然后逃回自己的房间,他披着斗篷一路跑开,在走廊里才慢了下来,最后把生锈的刀子也掉进了公使的长筒靴里,早晨管家在那里把它给发现了。一旦进入自己房间的私邸,他一下子躺到一张小床上,把头埋进了衣服里。然而过了一会儿,勇敢的坎特维尔老幽灵的勇气又振作起来,他决定天一亮就去和另外一个幽灵谈一谈。因此,黎明刚刚使群山镶上了银边,他回到了他第一次看到那个可怕幽灵的地方,心想,说到底,两个幽灵比一个好,在新朋友的帮助下,他可以安全地对付这对双胞胎兄弟。然而,一到那里,一个可怕的景象就引起了他的注意。显然,那个幽灵发生了什么事情,他空洞眼窝里的光芒已经熄灭,寒光闪闪的偃月刀已经从他手里脱落,而且他倚着墙,摆出紧张而不舒服的姿势。他冲上前去,抓住了他的胳膊,使他恐惧万状的是,他的头滑了下来,滚到了地上,他的身子朝后一仰;他发现自己抓住了一个白色粗斜纹床幔! 在他脚边散落着一把扫帚、一把切肉刀和一棵空心大头菜!

他无法理解这种奇怪的变化,连忙抓住那块牌子,借着灰蒙蒙的晨光,他读到如下这些可怕的话:

> 我们是奥梯斯幽灵。
> 维有我们才是真正的原板鬼魂。
> 谨防假帽。
> 其他都是鹰品。①

整个事件掠过了他的头脑。他上当了,受骗了,而且被占了上风!当年坎特维尔的凶光又回到了他的眼中;他咯咯地咬着没有牙齿的牙龈;把他萎缩的双手举过了头顶,根据老派讲究辞藻的方式发誓说,一俟金鸡二度吹响快乐的号角,一连串流血事件即将发生,谋杀就会无声无息地游荡。

还没等他发完这个可怕的誓言,从远处农场的红色屋顶传来了公鸡的叫声。他深长、低沉、苦涩地笑了笑,等待着。他一个小时一个小时地等待,但是那只公鸡不知什么原因没有再叫。最终,七点半,侍女来了,这促使他放弃了可怕的株守。他悄悄地回到了自己的房间,思索着自己空洞的誓言和受挫的目的。在那里查阅了几本有关古代骑士风度的书籍,这些书他特别喜欢,而且发现每逢这种场合,这一誓言都使用过,雄鸡总是叫第二遍的。"让这个该死的呆鸟永堕地狱,"他咕噜着,"我已经看到了白昼,用我粗壮的长矛,我要把它的喉咙刺穿,让它为我用啼声作临终的祷告!"然后,他退到了一个舒服的铅棺材里,在那里一直待到晚上。

四

第二天幽灵疲惫不堪,浑身无力。过去四周可怕的兴奋开始产生效

---

① 维有、原板、假帽、鹰品,分别应为唯有、原版、假冒、赝品。这对双胞胎犯了好些拼写错误,因此幽灵原先误认为是"古体字"。——译者注

果。他的精神彻底崩溃了，一有风吹草动，他都会吓一跳。他在房间里待了五天，最后下决心放弃图书室地板上的血迹。如果奥梯斯家不想要，显然他们就不配有。显而易见他们属于低层次、物质层面存在的人，很难欣赏感官现象及其象征价值。幻影鬼魅问题和魂魄幽灵的发展当然是不同的事情，真的不在他的控制范围之内。每周在走廊里出现一次和每个月第一个、第三个星期三在从灯笼大窗那里发出急促含糊的自言自语是他庄严的职责，而且他不知道如何体面地摆脱这种义务。不错，他的生活是非常邪恶的，但是，另外，与这种超自然现象相关的一切，他了如指掌。因此，在后来的三个星期六午夜到三点之间他像往常一样在走廊里巡行，采取一切可能的措施以防被听到或看到。他脱掉了靴子，在虫蛀的旧木板上尽可能轻地踩着，穿着一件黑色的大天鹅绒袍子，小心地用旭日润滑油润滑锁链。我必须承认采取最后一种防护措施对他来说是颇为困难的。然而，一天晚上，这个家庭正在吃饭，他溜进了奥梯斯的卧室，拿走了那个瓶子。起初，还感到有些羞愧，过后还是理智地看到这一创举还是有许多可称道之处的，而且，在某种程度上，满足了他的目的。尽管这一切，他仍然没有被置之不理。走廊里仍然拉着绳子，黑暗中他会绊上去，一次，当他装扮成"黑艾萨克，或霍格利森林的猎人"时，他踩在了黄油上，狠狠地跌了一跤，那是孪生兄弟在从壁毯厅门口到栎木楼梯平台用黄油涂成的滑坡。这最后一次侮辱着实把他给气坏了，他决定使出最后一招，来保持他的尊严和社会地位，而且决定扮成有名的角色"冒失鬼茹珀特或无头伯爵"第二天夜里会会这对无礼的伊顿公学学生。

他已经七十年没有如此装束了。实际上，自从他把美丽的巴蓓拉·莫迪希夫人吓得突然取消了与现在的坎特维尔勋爵祖父的婚约之后再也没有。她被吓得和英俊的杰克·卡斯尔顿逃到了格雷特纳·格林①，宣布谁也不能说动她嫁给一个让这样一个可怕的幽灵在黄昏时在走道

---

① 苏格兰南部弗里斯郡的一个村庄。过去在苏格兰结婚不需要父母同意，英格兰私奔情侣往往到那里办理结婚手续。——译者注

里到处游荡的家庭。可怜的杰克后来被坎特维尔勋爵在旺兹沃思①公地的决斗中打死，巴蓓拉夫人不到年底在坦布里奇韦尔斯②伤心而死。所以，从哪方面来说，都是一个伟大的成功。不过，这是一个极其困难的"装束"，如果我可以使用这样一个戏剧性表达法来展示超自然的最大的奥秘之一或者使用一个更科学术语，高级自然世界的话，而且他得花费整整三个小时做准备。最后，一切都准备好了，他对于自己的外表很满意。和服装配套的那双大皮马靴对于他来说有点太大，而且他只能找到两支马枪中的一支。但是，总体来说，他非常满意，在一点一刻的时候，他溜出了护壁板，悄悄地走出了走廊。一到达双胞胎兄弟住的房间，这我得提一下叫作蓝卧室，这是由于它的帐幔壁纸都是蓝色的缘故，他就发现门是半开的。想堂而皇之地进去，他把门撞开，这时一大罐子水从上边正好砸在他身上，使他浑身湿透，而且只差几英寸没有砸在他的左肩上。与此同时，他听到从带帐幔的四柱床上爆发出原先克制住的哈哈大笑。对于他的神经系统这一震惊非同小可，他拼命地逃回了自己的房间，第二天患了严重的感冒。整个事情使他感到欣慰的是，他没有带着他的头去，如果他带了，后果可能是极其严重的。

现在他完全放弃了恐吓这个粗鲁的美国家庭，通常满足于在走道里穿着一双镶边拖鞋溜达，用一条厚厚的红围巾围着脖子以免感冒，手拿一支小小的火绳钩枪，以防孪生兄弟的进攻。他受到的决定性的打击发生在九月十九日。他下楼梯，到了穿堂大厅，感觉很有把握，无论如何，他可以平安无事。著名纽约摄影师萨罗尼为合众国公使夫妇拍的一些大幅照片已经代替了坎特维尔家族的画像，幽灵正在嘲笑这些照片，聊以自慰。他简单而干净地穿着一个长尸衣，上面粘着教堂墓地的苔藓，用一条黄色亚麻带子系着下巴，拿着一个小灯笼和一个瑟克斯通铁锹。实际上，他是打扮成"无坟野鬼乔纳斯，或丘特西巴恩强盗僵尸"，他最著名的角色之一，这个坎特维尔们有充分的理由记住，因为这是他们和邻居拉福特爵士争吵的真正原因。那是在早上大约两点一刻，据他所知，没有

---

① 英国英格兰大伦敦内伦敦的一个有议员选举权的自治城市。——译者注
② 英格兰东南部肯特郡一市镇，那里有著名的含铁矿泉。——译者注

一个人起来。不过,在他朝图书室走去看看血污是否还留下什么痕迹时,突然从暗角处跳出了两个身影,他们在他头上疯狂地挥动着胳膊,冲着他耳朵上尖叫着"扑"。

他感到非常的恐惧,在这种情况下,是非常正常的,他向楼梯冲去,但是发现华盛顿·奥梯斯拿着一只很大的浇花水壶在那里等着他;由于这样四面受敌进犯,而且几乎被逼到绝境,他消失到那个大铁炉里,对他来说这很幸运,那儿没有生火,他不得不通过烟道和烟囱回家,到达自己房间时处于浑身是土、乱糟糟和绝望的状态。

自此以后,他再也不敢夜间巡游了。孪生兄弟在几次场合下埋伏着,每天晚上在通道里撒上核桃皮,这使他们的父母和仆人很恼火,但是那也没有用处。不言而喻,他的感情受到了极大的伤害,他再也不愿意露面了。结果奥梯斯先生继续写作他关于民主党历史的鸿篇巨制,他已经写了多年了;奥梯斯夫人组织了一个美妙的烤蛤蜊会,它惊动了整个乡间;男孩们开始迷上了打长曲棍球、玩尤克、扑克和其他美国民族游戏;弗吉妮亚,骑着小马在巷子里游荡,年轻的柴郡公爵陪着她,公爵是专程来坎特维尔庄园度过他假期的最后一周的。大家普遍认为,幽灵已经走了,实际上,奥梯斯先生给坎特维尔勋爵写了一封信,大致也是这个内容。他在回信中表达了他得悉这个消息后的巨大喜悦,还表达了他对公使夫人可敬的妻子最美好的祝贺。

不过,奥梯斯一家上当了,因为幽灵仍然还在宅子里,虽然这时几乎成了残废,但是根本就没有打算这事就此罢休,特别是当他听说客人当中有小科舍公爵①时。公爵的叔祖父,弗兰西斯·斯蒂尔顿勋爵与卡伯里上校曾经赌一百个金畿尼,他会和坎特维尔幽灵掷骰子,结果第二天早晨被发现躺在牌室地板上完全瘫痪了,尽管他还是活到了很大的年纪,但是从此之后他除了"双六②"什么也不会说了。这个故事当时非常著名,当然,不过,出于对两个高尚家庭感情的尊重,千方百计地想把它封杀;关于这个所有情况的详细叙述可以在塔特尔勋爵的《回忆摄政王

---

① 即柴郡公爵。——译者注
② 指用骰子掷出两个六点。——译者注

太子和他的朋友》第三卷中找到。这样,幽灵自然非常急于显示他并没有失去对于斯蒂尔顿家族的影响,的确,他和他们还有点远亲,他自己的嫡堂姐再醮给巴尔克利先生,而众所周知,柴郡公爵是巴尔克利的直系子孙。因此,他准备出现在弗吉妮亚小情人面前,装扮成"吸血僧,或缺血的本笃会教士",这个景象非常的吓人,老斯塔特普夫人看到时,那是在一七六四年,一个致命的年除夕,她发出了撕心裂肺的惨叫,最终导致严重的中风,三天后死去,她剥夺了坎特维尔一家的继承权,尽管他们是她的至亲,她把她的钱都留给了她在伦敦的药剂师。然而,在最后的时刻,幽灵对孪生兄弟的恐惧使他没敢出门,因此小公爵才得以在接待王室的卧房羽毛大帐下安稳入睡,他还梦见了弗吉妮亚。

五

在此后几天里,弗吉妮亚和她的鬈发骑士去布洛克利草地上骑马,在穿过一道篱笆时,弗吉妮亚把她的骑装给刮破了,而且破得很厉害,回家的时候,她决定爬后边的楼梯进房间,以便不被看见。当她经过壁毯厅时,房门碰巧开着,她想她看到有人在里边,认为是她母亲的侍女,她有的时候把她的活计拿到那里做,于是弗吉妮亚往里边望去,准备让她给补补她的骑装。然而,令她大为惊奇的是,房内竟是坎特维尔本人!他坐在窗户旁边,看着刚从枯黄的树上脱落的金色叶子随风飘扬,红色的树叶则在长街中狂舞。他手托着腮,整个神情极其沮丧。的确,小弗吉妮亚的第一个想法就是立即跑开,把自己锁在屋子里,然而,看到他那么可怜、那么狼狈,她禁不住心生怜悯,决定尽力安慰安慰他。她的脚步是那么轻盈,而幽灵的忧郁又是那么沉重,直到她开口和他讲话,他才觉察到她。

"我很为你难过,"她说,"但是,我兄弟们明天要回伊顿去,因此,到那时如果你不捣乱的话,没人会打扰你的。"

"荒唐,让我不捣乱,"他回答道,他惊奇地打量着这个小姑娘,她竟然胆敢和她讲话,"真荒唐。我必须弄响我的锁链,我必须透过钥匙孔呻吟,我必须在夜里游荡,如果你指的是这个的话。这正是我存在的唯一原因。"

"根本不是为了生存的原因,你知道你一直很邪恶。我们来的第一天,厄姆尼太太就告诉我们,你杀死了你的妻子。"

"好吧,我承认,"幽灵没好气地说,"但是那纯粹是私人家事,与其他任何人无关。"

"杀任何人都是大错特错。"弗吉妮亚说,有的时候她很有从某位新英格兰祖先继承的可爱的清教徒式认真劲。

"啊,我憎恨抽象道德廉价的权力!我的妻子其貌不扬,从来没有把我的皱领浆好过,而且一点也不懂烹饪。咳,有一次,我在豪格利森林捕到了一头鹿,一头绝妙的两岁小公鹿,你知道她把鹿做成什么菜端上餐桌的吗?不过,现在没关系了,因为一切都过去了,而且我认为她的兄弟们把我饿死也是太可恶了,尽管我确实杀了她。"

"把你饿死?啊,幽灵先生,我是说赛蒙爵士,你饿了吗?我盒子里有个三明治。你要吗?"

"不,谢谢,现在我从来就不吃东西,不过还是谢谢你的好意,你比你那些讨厌的、粗鲁的、庸俗的、狡猾的家人好得多。"

"住嘴!"弗吉妮亚跺着脚吼道,"你才粗鲁、讨厌、庸俗呢,说到狡猾,你心里最明白你从我箱子里偷走颜料,用来保持图书室里滑稽的血污。起初你偷走了我所有的红色,包括银朱在内,我再也不能画日落,接着又拿走翠绿和铬黄,最后我只剩下靛蓝和白色,只能画月光。这种画不仅看上去令人难过,而且一点也不好画。从头至尾我从来没有告过你的状,尽管我很烦恼,而且非常滑稽,因为谁见过翠绿的血?"

"哎,是的,"幽灵说,非常的温顺,"我该干什么?现如今搞到真血可不容易,而且你哥哥开始都是用模范去垢剂,我当然就没有理由不用你的颜料了。至于颜色,它始终是个品位问题:比如说,坎特维尔家流淌的血是蓝色的,英格兰最蓝的①;但是,我知道你们美国人不在乎这类事情。"

"你什么都不懂,你最好还是出国开开眼界吧。我父亲一定会乐于

---

① 蓝色的血,西方人用"蓝血"指代贵族血统。——译者注

给你安排一次免费旅行,尽管对各种各样的精类①都会课以重税,海关那里也不会刁难,因为海关官员都是民主党人。一到了纽约,你肯定会获得巨大成功。我知道在那里有很多人愿意花十万美元买个爷爷;如果能买到家庭幽灵,再大的价钱也有人肯买。"

"我认为我不会喜欢美国。"

"我想,因为我们那里没有废墟,没有古董吧。"

"没有废墟!没有古董!"幽灵回答道,"你们不是有自己的舰队,而且派头十足吗?"

"那好,晚安。我要去请求爸爸让两个兄弟再多待一周。"

"请不要走,弗吉妮亚小姐,"他叫道,"我非常孤独,非常不幸,而且我真的不知道该干什么。我想去睡觉,可睡不着。"

"这很荒唐!你只需上床,吹熄蜡烛就行。有时候要想不睡都很困难,特别是在教堂里,但是睡觉一点都不困难。咳,甚至连婴儿都知道怎样做,而他们并不很聪明。"

"我三百多年没睡了,"他伤心地说,弗吉妮亚美丽的蓝眼睛吃惊得瞪大了,"三百多年,我都没睡了,我太累了。"

弗吉妮亚变得非常严肃起来,她的小嘴唇像玫瑰叶一样抖动起来。她朝他走了过去,在他旁边跪了下来,仰视着他苍老萎缩的脸。

"可怜,可怜的幽灵,"她咕噜着,"你没有睡觉的地方吗?"

"在松树林的深处,"他回答道,声音低低的像梦话,"有一个小花园。那里草长得又高又密,蘑菇花就像大白星星,夜莺在那里整夜歌唱。他整夜唱个不停,冰冷、晶莹的月亮俯视着,水松树用巨大的臂膀罩着长眠者。"

弗吉妮亚的眼里含着泪花,变得模糊起来,双手捂着脸。

"你说的是死亡花园。"她小声说。

"是的,死亡。死亡一定很美丽。躺在松软的褐色的地上,头上茅草飞舞,听着寂静。既没有昨天,也没有明天。忘记了时间,忘记了生活,安息。你能帮助我。你可以为我打开死亡大门的,因为爱总是和你在一

---

① 此处作者用了一个双关词,英语 spirit 意为"烈酒"和"幽灵"。——译者注

起,爱比死亡更有力量。"

弗吉妮亚颤抖了,一阵寒战传遍她全身,好大一会儿,一片寂静。她感觉好像在一个可怕的梦中。

然后,幽灵又说话了,他的声音听上去就像风的叹息。

"你读过图书室窗户上古老的预言吗?"

"啊,经常读,"小姑娘叫道,抬头望着,"我了如指掌。它是用奇怪的黑字母涂写的,而且很难读。那首诗只有六行:

> 等到一个金发小姑娘
> 使罪人之唇祈声朗朗,
> 等到不育的巴旦杏开花结果,
> 泪水从一个小孩眼中扑簌洒落,
> 整座宅院将归平静
> 坎特维尔方得安宁。

但是,我不懂这些话的意思。"

"它们的意思是,"他伤心地说,"你必须和我一起为我的罪恶哭泣,因为我没有眼泪,为我的灵魂祈祷,因为我没有信仰,然后,如果你一直可爱、善良和温柔,死亡天使将可怜我。在黑暗中,你将看到可怕的形状,邪恶的声音将在你的耳旁低语,但是,它们不会伤害你,因为面对孩童的纯洁,地狱的威力无法施展。"

弗吉妮亚没有回答,幽灵在狂暴的绝望中搓着手,一边俯视着她垂着的金色的头。突然,她站了起来,脸色非常苍白,眼睛里透着奇怪的光芒。"我不害怕,"她坚定地说,"而且我会求天使可怜你。"

他从座位上站了起来,微弱地欢呼了一声,以老传统的优雅握住她的手拉了起来,亲吻着。他的手指像冰一样冰冷,他的嘴唇像火一样燃烧,但是,弗吉妮亚没有犹豫,这时他领着她穿过昏暗的房间。在褪了色的挂毯上绣着小猎人,他们在吹着饰有流苏的号角,挥舞着小手让她回去。"回去吧!"可是,幽灵把她的手抓得更紧了,她闭上眼睛不看他们。长着蜥蜴尾巴、暴突眼睛的可怕动物,从洞穴烟囱处向她眨着眼睛,还嗫嚅着:"注意啊!小弗吉妮亚,当心!我们可能再也看不到你了。"但是幽灵溜得更迅速,弗吉妮亚没有听。当他们到达房子的头上时,他停了下来,咕噜了一些她听不懂的话。她睁开了眼睛,看到墙壁像雾一样渐渐地消退着,她前面还有一个硕大的黑洞。一阵凛冽的寒风在他们身边盘旋,她感到什么东西在拉她的裙子。"快,快,"幽灵喊道,"否则太晚了。"而且,转瞬间,护壁板在他们身后合拢,而壁毯厅空无一人。

六

大约十分钟以后,喝茶的铃声响了,由于弗吉妮亚没有下来,奥梯斯夫人派了一个仆人去叫她。过了一会儿,他回来了,他哪里也找不到弗吉妮亚小姐。由于她习惯于每天晚上到外边花园里为餐桌采集花朵,奥梯斯夫人起初一点也没有着急,但是当钟表敲了六点,弗吉妮亚还没有露面,她真的着急起来,于是派男孩们出去找她,而她本人也和奥梯斯先生在宅子里每个房间里搜寻。六点半,小伙子们都回来了,哪里也找不到他们姊妹的踪迹。这时他们都无比着急,不知道如何是好,这时候,奥梯斯先生突然想起几天前,他曾经同意一帮吉卜赛人在庄园内露营。因此,他立刻动身去勃莱克费尔凹地,他知道他们在那里,他的大儿子和两个农场仆人和他一道前往。柴郡小公爵焦躁得发疯了,乞求也允许他一道前往,但是奥梯斯先生不允许,因为他怕可能会有一场殴斗。不过,一到达现场,他就发现吉卜赛人已经走了,而且显然他们走得相当仓促,因为篝火仍然还在燃烧,有些盘子还扔在草地上。派了华盛顿和两个伙计侦察这个地区之后,他跑回了家,给这个乡间所有的警官都发了电报,告诉他们寻找一个小姑娘,她被流浪汉或吉卜赛人绑架了。接着他命令把他的马牵来,在坚持要他妻子和三个孩子坐下来吃饭以后,就和一个马夫前往阿斯各特大路去了。不过,他还没走几英里就发现有人在后面骑着马赶他,回头一看,看到小公爵骑着小马赶了上来,他的脸红红的,连帽子也没戴。"我非常遗憾,奥梯斯先生,"这男孩气喘吁吁地说,"但是,弗吉妮亚找不到,我什么饭也吃不下去。请不要对我生气,如果你去年让我们订婚,就绝不会发生这样的麻烦。你不会把我送回去吧?我不能走！我不愿意走！"

公使禁不住对着这个英俊而淘气的少年微笑,而且深深地为他对弗吉妮亚的忠诚所打动,所以在马上俯下身来,和蔼地拍着他的肩膀说:"好,塞瑟尔①,如果你不愿意回去,我想你就得跟我去,但是我必须在阿斯各特给你搞顶帽子。"

"啊,别担心我的帽子！我要弗吉妮亚！"小公爵喊着,还笑了起来,他们骑马到了火车站。在那里奥梯斯先生询问了站长,是否有人对关于弗吉妮亚的描述给了答复,在站台上见到过,但是没有一点关于她的消息。不过,站长上上下下都发了电报,还向他保证密切注意查找这样一个女孩。公使给小爵士从一个亚麻织品零售商那里买了一顶帽子,那个商人正在上门板打烊。然后,奥梯斯骑马去了白克斯勒,大约四英里外的一个村庄,有人告诉他那是个著名的地方,吉卜赛人常去,因为在它附近有一大片放牧地。在那里他们叫醒了当地的警察,但是从他那也没有得到任何消息,在骑马跑遍了这个放牧地以后,他们掉转马头回家,大约十一点钟到达庄园,累得要死,而且心也要碎了。他们发现华盛顿和孪生兄弟打着灯笼等在大门口,因为街道非常黑。关于弗吉妮亚,没有得到一点蛛丝马迹。吉卜赛人已经在布鲁克利草地被扣押,但是她没有和他们在一起,而且他们解释他们突然离开时说,他们搞错了乔顿集市的日期,所以急急忙忙地离开,因为怕晚了。的确,听到弗吉妮亚失踪的消息,他们很难过,因为他们对奥梯斯先生让他们在公园里露营心中十分感激,于是他们中有四个人留了下来,帮助寻找。鲤鱼塘已用捞锚过了一遍,整个庄园彻底搜了个遍,但是毫无结果。显而易见,无论如何,那天晚上弗吉妮亚对于他们不复存在;就是在最绝望的状态之中,奥梯斯先生和小伙子们回到了家中,马夫跟在后边,牵着那两匹马和小马。在大厅里,他们见到一群惊恐的仆人,可怜的奥梯斯夫人躺在图书室的一个沙发上,又是害怕又是担心,几乎要发疯,老管家用花露水给她擦洗了前额。奥梯斯先生立刻要求她吃点东西,而且为所有的人叫了晚餐。那是非常阴郁的一顿饭,因为几乎没有人说话,就连孪生兄弟也惊恐万状,

---

① 即柴郡公爵。——译者注

鸦雀无声，因为他们非常喜欢他们的姐姐。吃完之后，奥梯斯先生不顾小公爵的一再恳求，让他们都去睡觉，说那天夜里已经没有什么可做的了，还说早晨他会给苏格兰场发电报请求立刻派些侦探来。就在他们走出饭厅的时候，钟楼开始午夜报时，当最后一下敲响时，他们听到一声撞击和一声突然的尖叫声；一个可怕的霹雳震撼着房子，一曲非人世的音乐飘过空中，楼梯顶上的一块嵌板随着一声巨响跌落下来；接着，弗吉妮亚跨到了梯阶上，脸色看上去非常苍白，手里拿着一个小匣子。转瞬之间，他们都朝她跑了过去。奥梯斯夫人急切地搂着她，小公爵激烈地吻得她都喘不过气来，孪生兄弟围着他们跳起狂野的战争舞蹈。

"我的上帝！孩子，你去哪里了？"奥梯斯先生颇为气愤地责问，认为女儿和他们玩了个恶作剧，"塞瑟尔和我骑马走遍了整个郡间找你，你的母亲都被吓死了。你绝不要再玩这种恶作剧了。"

"除非拿幽灵开心！除非拿幽灵开心！"孪生兄弟尖叫着，一边到处跳来跳去。

"我的心肝宝贝，感谢上帝找到你了，你绝不要离开我身边了。"奥梯斯太太咕噜着，一边吻着瑟瑟发抖的孩子，梳理着她蓬乱的金发。

"爸爸，"弗吉妮亚平静地说，"我和幽灵在一起。他死了，你必须来看他。他一直很邪恶，但是他为自己做的一切感到难过，他临死之前，给了我这一盒美丽的珠宝。"

整个家庭凝视着她，惊得哑口无言，但是她非常严肃认真；转过身来，她领着他们穿过房里的一个入口，下到了一个秘密的通道，华盛顿跟着拿着一支点燃的蜡烛，这是他从桌子上抓起来的。最后他们来到了一个橡木大门，上面分布着生锈的钉子。弗吉妮亚一碰，它在一个沉重的铰链上转了回去，他们发现自己到了一个低矮的小屋子，上面有一个弧形的拱顶，还有一个小格子窗。墙上镶着一个巨大的铁环，上边拴着一副骷髅，它在石板地上四肢完全伸展开了，似乎在用无肉的手指竭力抓取一个老式木质食盘和一只水壶，它们恰恰放在它够不到的地方。坛子显然曾经装满了水，因为里边覆盖着绿色的苔藓，上面除了一层灰尘什么也没有。弗吉妮亚在骨架旁蹲了下来，两只小手合十，开始默默地祈祷，而其他人惊奇地看着，惊叹这可怕的悲剧，这时渐渐地明白了其中的奥秘。

"哈罗!"孪生兄弟中的一个突然尖叫了起来,他一直望着窗外,竭力发现这个房间坐落在房子的那一翼。"哈罗!枯萎的老树开花啦。月光下我可以清楚地看到那些花。"

"上帝已宽恕了他。"弗吉妮亚一边严肃地说,一边站了起来,一道美丽的光芒似乎照亮了她的脸庞。

"你真是个天使!"年轻的公爵喊道,他搂着她的脖子,亲吻她。

七

在这些奇怪的事件四天以后,夜里大约十一点,在坎特维尔庄园开始了一场葬礼。灵柩由八匹黑马拉着,每匹马头上插着一大簇随风摇曳的鸵鸟羽毛,铅质的棺材盖着一个豪华的深紫色柩衣,上边用金线绣着坎特维尔纹章。在灵柩和几辆马车的旁边,走着仆人,举着点燃的火把,整个队伍奇妙而感人。坎特维尔勋爵是丧主,特意从威尔士来参加葬礼,和小弗吉妮亚坐在第一辆车上。接着是美国公使和他的妻子,然后是华盛顿和三个孩子,最后一个车上是厄姆尼太太。大家普遍认为,她整整被幽灵吓了五十多年,她有权利最后送送他。在教堂墓地的一角,掘了一个很深的墓穴,就在老水松树下,悼词由奥古斯塔斯·丹皮尔牧师以最感人的方式宣读。当仪式完了之后,仆人根据坎特维尔家古老的习俗,熄灭了火把,当棺木放入墓穴时,弗吉妮亚走向前来,把一个白色和粉红色巴旦杏花做的十字架放在了上面。在她这样做的时候,月亮从一片云彩后边走出,使小小的教堂墓地沐浴着静息的银光,远处矮树丛里,一只夜莺开始歌唱。她想起了幽灵对于死亡园的描述,她的眼睛布满泪花,模糊起来,在回家的路上,她几乎一言不发。

第二天早晨,在坎特维尔勋爵进城之前,奥梯斯先生会晤了他,讨论幽灵送给弗吉妮亚的珠宝。它们十分有意义,特别是一个有古代威尼斯背景的红宝石项链,确系地地道道的十六世纪的一件珍品,而且它的价值太大了,奥梯斯先生觉得不应该随便让女儿接受这一礼物。

"阁下，"他说，"我知道贵国有关永久管业①的法律既适用于土地，也适用于首饰，但是我还十分清楚，这些珠宝一定是或者应该是府上的动产继承物②。因此，我必须恳求你，把它们带到伦敦去，把它们作为你财产的一部分，在某种特殊的环境下回到你的手里。至于我的女儿，她只是个孩子，而且，我高兴地说，对这种无聊的奢华兴趣不大。我还得到奥梯斯夫人的提醒，我可以说，她对于艺术的权威性不同寻常——她还是小姑娘时，有幸在波士顿度过了几载——这些珠宝价值不菲，如果出售，可以卖个大价钱。在这种情况下，坎特维尔勋爵，我肯定你会看出我让我任何家庭成员拥有这些是不可能的。何况，所有这些华而不实的玩意儿对于英国贵族不管多么合适和必需，对于我们这些严格根据共和党人的——而且我认为是不朽的——简朴原则抚养大的人会是完全不合适的。或许我应该提到弗吉妮亚在乎你让她保留那个盒子，作为对于你的不幸的祖先的纪念。由于它特别陈旧，也欠修理，你或许认为满足她的要求是合适的。就我来说，我承认，我非常惊奇地发现我的一个孩子对任何形式的中世纪物品表示出兴趣，只能做出这样的解释：弗吉妮亚是奥梯斯太太从雅典回来不久，出生于贵国伦敦的某个郊区的。"

坎特维尔勋爵严肃地听着值得尊敬的公使的讲话，不时地拉一拉他的灰胡子，以掩饰不情愿的微笑。当奥梯斯先生结束讲话时，他和蔼地拉着他的手，并且说："我亲爱的先生，你迷人的小女儿为我不幸的祖先，赛蒙爵士，做了一个重要的事情，我和我的家人对于她惊人的勇气和胆识真是感恩不尽。显然，这些珠宝首饰应该归她，而且，说句实话，我相信，如果我无情无义地从她那里拿走，那个邪恶的老家伙半个月后就会从坟墓里出来，让我过魔鬼的生活。至于它们是否是动产继承物，遗嘱和法律文件没有提到的都不构成动产继承物，而且这些珠宝的存在不为人所知。我向你保证，我和你的管家一样没有任何权力，而且我敢说，等你女儿长大以后，她一定会喜欢佩戴漂亮的首饰。此外，你还忘了，奥梯斯先生，这些家具和幽灵你都是作价买下的，凡是幽灵所有的一切立刻

---

① 归法人所有而不能变卖的产业。——译者注
② 随不动产一起转移产权的动产。——译者注

归你所有。因为尽管赛蒙爵士夜晚在走廊里频繁活动，可是从法律的角度上讲，他毕竟已经死亡，你通过购买取得了他的财产。"

对于坎特维尔勋爵的拒绝，奥梯斯先生感到很是为难，他恳求他重新考虑他的决定，但是这个好脾气的贵族颇为坚定，最终说服了公使允许他的女儿保留幽灵送给她的礼物。当一八九〇年春天，这个年轻的柴郡公爵夫人因结婚出现在女王的第一客厅时，受到了普遍的羡慕。弗吉妮亚接受了爵冕，这是对所有良好的美国小女孩的奖赏。她的男朋友已成年，于是她嫁给了他。他们两个都很迷人，他们两个彼此又是那么的恩爱，所以每个人都很高兴。只有邓布尔顿侯爵夫人是个例外，因为她曾竭力把她七个未婚的女儿中的一个嫁给小公爵，并为此举办了不下三次豪华的晚宴。说来奇怪，奥梯斯先生本人也不高兴。奥梯斯本人极其喜欢年轻的公爵，但是从理论上讲，他反对头衔。用他自己的话说，他"担心，在贪图享乐的贵族使人委靡的影响下，共和党人地道的简朴原则会被遗忘"。不过，他的异议被完全打消了。而且，我相信当他走在汉诺威广场圣乔治教堂的甬道上时，他的女儿偎依在他的胳膊上，在整个英国，没有一个人比他更自豪了。

公爵和公爵夫人在蜜月结束后，来到了坎特维尔庄园。到达的第二天下午，他们走到了松树林旁僻静的教堂墓地。赛蒙爵士的墓碑上的墓志铭很是难认，只是在上边简单地刻上了老先生名字的缩写和图书室窗户上的韵文。公爵夫人带来了一些可爱的玫瑰花，她把它们撒在坟墓上。他们在墓旁站了一会儿，然后走到了那座现在已经成为废墟的古老教堂。在那里，公爵夫人坐在一个倒塌的柱子上。她的丈夫躺在她脚旁吸烟，仰视着她美丽的眼睛。突然，他扔掉了香烟，抓住她的手，对她说："弗吉妮亚，妻子不应该有背着丈夫的秘密。"

"亲爱的塞瑟尔！我没有背着你的秘密。"

"不，你有。"他微笑着回答道，"你从来没告诉我，你和幽灵在一起的时候发生了什么。"

"我从来没有告诉任何人，塞瑟尔。"弗吉妮亚严肃地说。

"这我知道，但是你可以告诉我。"

"请不要问我，塞瑟尔，我不能告诉你。可怜的赛蒙爵士！我欠他很多。是的,不要笑,塞瑟尔,我真的如此。他使我明白生活是什么,死亡的意义,还有爱比两者都要强大。"

公爵站了起来,爱恋地亲吻他的妻子。

"只要你的心属于我,你就可以保守你的秘密。"他喁嚅着。

"我的心永远属于你,塞瑟尔。"

"总有一天,你会告诉我们的孩子,是吧?"

弗吉妮亚的脸上泛起了红晕。

赵洪玮　译

模范百万富翁

——钦佩笔录

除非一个人富有,否则做一个有魅力的人毫无用处。浪漫是富人的特权,不是失业者的行当。穷人应该实际和平凡。有一个永久的收入比迷人更好。这是现代生活的伟大真理,休吉·厄斯肯从来没有实现过。可怜的休吉!在学术上,我们必须承认,他并非举足轻重。一生中,他从未说过一件才华横溢的事情抑或连一件存心不良的事情也没说过。不过他相貌堂堂,有一头卷曲的褐发,线条清晰的体形,一双灰色的眼睛。男男女女都喜欢他。除了赚钱以外,他具备各种才能。他父亲给他留下了他的骑兵刀和十五卷《半岛战争史》。休吉把前者挂在镜子上边,把后者放在一个书架上拉甫的《手册》和贝利的《杂志》之间。他靠一个老姨妈每年提供的二百镑生活。他什么都尝试过。他曾去过六个月的股票交易所,但是一只蝴蝶在牛群和熊堆里又能干些什么呢?他的茶叶商经历稍微长一点,但是他很快就厌倦了香红茶和小种红茶。接着他又试着卖干雪利酒。这也不行,雪利酒有点太干。最终,他一事无成。一个快快乐乐、不成功的小伙子,一表人才,无所事事。

更糟糕的是,他恋爱了。他所爱的姑娘叫劳若·默顿,一个退休上校的女儿。上校在印度失去了耐心和胃口,从此再也没找到这两样东西。劳若喜欢休吉,而他恨不得去吻她的鞋带。他们是伦敦最俊俏的一对,他们之间亲密无间。上校很喜欢休吉,但是决不允许谈婚论嫁。

"过来,小伙子,等你自己有了一万英镑的时候,我们再谈。"他常常这么说。那些日子里休吉看上去非常忧郁,只好去找劳若寻求安慰。

一天早晨,在他去荷兰公园的途中,默顿一家就住在那里,他顺便去看一个好朋友:爱兰·特莱沃。特莱沃是个画家。实际上,现在很少人不是画家。但是,他还是一个艺术家,艺术家却非常稀少。他是一个稀奇的粗鲁人,一脸雀斑,还有参差不齐的胡楂。不过,一旦他拿起画笔,却是一个真正的大师。他的画作成为人们强烈追逐的对象。起初,他受到了休吉强烈的吸引,必须承认,完全是由于他个人的魅力。他过去常说:"画家唯一应该结交的是野兽与美人,看了可以赏心悦目获得艺术享受的人和与之交谈可以得到心智恬静回报的人。花花公子的男人和多情善感的女人可谓骄子,他们统治着世界,至少他们应该这样做。"不过,在他逐渐地了解了休吉之后,他就喜欢上他开朗活泼的精神和他慷慨大度的性格,他的画室也就对他永久地开放了。

休吉进去时,他发现特莱沃正在给一个真人大小奇妙的乞丐画画上最后几笔。乞丐本人正站在画室角落里的一个高台上。他是一个消瘦的老人,脸像起皱的羊皮纸,带着非常可怜的表情。肩膀上披着一个粗糙的咖啡色的袍子,破破烂烂的;他的厚皮靴修修补补的,一手拄着一个粗糙的棍子,另一只手拿着压扁的帽子祈求施舍。

"多么感人的模特!"休吉小声说道,一边和朋友握手。

"感人的模特?"特莱沃大声地喊着,"我应该这样想!像他这样的模特可不是每天都可以见到的。一个意外收获,可遇而不可求,我亲爱的。委拉斯凯兹①在世!我的星座!伦勃朗②会给他做一幅多好的蚀刻画呀!"

"可怜的老人!"休吉说,"他看起来多么可怜!但是,我想,对你们画家来说,他的脸就是他的财富?"

"当然了。"特莱沃回答,"你不能指望乞丐高兴,对吧?"

"做模特挣多少钱?"休吉问,一边在长沙发上舒舒服服地坐了下来。

"一小时一先令。"

"那你一幅画挣多少钱,爱兰?"

"啊,这幅我挣两千。"

---

① 委拉斯凯兹(1599—1660),西班牙画家。——译者注
② 伦勃朗(1609—1669),荷兰画家。——译者注

"英镑?"

"畿尼,画家、诗人和内科医生都是挣畿尼。"

"那我认为,模特应该拿百分之一,"休吉喊道,一边大笑起来,"他们像你一样卖力。"

"瞎说,瞎说!单说往上涂色的麻烦吧,整天在画架前站着!好吧,休吉,让你一说什么都很轻松。但是,我向你保证,有的时候艺术几乎要达到体力劳动的程度。但是你不要讲了,我很忙。抽支香烟,别说话。"

过了一些时候仆人进来了,告诉特莱沃说画框匠要和他谈谈。

"别走,休吉。"他一边说,一边走了出去,"我一会儿就回来。"

趁特莱沃出去的机会,那个老乞丐就坐到身后一个长木椅上休息一会儿。他看上去那么凄惨可怜,休吉禁不住可怜起他来,他在口袋里摸索着找钱。他只找到了一镑金币和几个铜板。"可怜的老人,"他心里想,"他比我更需要,但是这意味着半个月别想坐车了。"他穿过画室,把一镑金币放到了乞丐手里。

老人吃了一惊,一丝淡淡的微笑掠过了他干瘪的嘴唇。"谢谢,先生,"他说,"谢谢你。"

一会儿特莱沃回来了,休吉便起身告辞,对自己刚才的所作所为,感到有点脸红。他和劳若度过了这一天,为了他的慷慨挥霍得到了一顿动人的训斥,最后只得步行回家。

那天夜里,大约十一点钟,他漫步到帕莱特俱乐部,发现特莱沃正在吸烟室里喝霍克酒和塞尔查水①。

"喂,爱兰,画都画完了吗?"他说,一边点了一支烟。

"画完了,而且装上了框,朋友!"特莱沃回答说,"顺便说一下,你可注意了。那个老模特对你特别倾心。我被迫把你的一切都告诉了他——你是谁,住哪里,有多少收入,有什么发展前途——"

"我亲爱的爱兰,"休吉叫道,"我回家时,大概会发现他正在等我。不过当然了你只是开玩笑吧。可怜的老人!我希望我能为他做点事情。我想,任何人这么可怜都是可怕的。我家里有一堆一堆的旧衣服——你认为他会喜欢挑一些穿吗?咳,他的破烂儿都快散架子了。"

---

① 一种德国产白葡萄酒和一种德国矿泉水。——译者注

"但是他穿着看上去蛮好的,"特莱沃说,"我绝不会画他穿着长礼服。你所谓的破烂儿对我来说叫浪漫。对你来说似乎是贫困,对我来说叫作独出心裁。不过,我会对他谈起你的捐赠。"

"爱兰,"休吉严肃地说,"你们画家都是一帮没心肝的东西。"

"艺术家的心就是他的头脑。"特莱沃回答说,"而且,我们的责任就是展现我们所看到的世界,而不是按照我们的了解去改造它。各守其职吧。好了,现在告诉我,劳若怎么样了?老模特对她很感兴趣。"

"你不是在说,你把她也告诉他了吧?"休吉说。

"当然,告诉了。他知道了一切,关于无情的上校、可爱的劳若和那一万英镑。"

"你把我的私事都告诉了那个老乞丐?"休吉吼道,看上去面红耳赤,非常愤怒。

"我亲爱的朋友,"特莱沃微笑着说,"那个老乞丐,如你所称呼的,是欧洲最富的人之一。明天他可以不动用他的存款就能买下整个伦敦。他在每个首都全有房产,用金盘子吃饭,如果他愿意可以阻止俄国加入战争。"

"你到底是什么意思?"他叫喊起来。

"我是说,"特莱沃说,"你今天在画室里看到的那个老人是豪斯伯格男爵。他是我的一个好朋友,买下了我所有的画和这一类的东西,一个月前委托我给他画一张乞丐的画。好奇妙吧?心血来潮的百万富翁!而且我得说,他穿着他的破烂衣服造型蛮好的,或许我得说穿着我的破烂,它们是我在西班牙搞到的旧衣服。"

"豪斯伯格男爵!"休吉喊道,"我的天哪!我给了他一镑金币!"他一屁股坐在了一个沙发椅里,一副沮丧相。

"给了他一镑金币!"特莱沃呼喊道,接着哈哈大笑起来,"我亲爱的朋友,你再也看不到它了。钱到了他手里可就不一样了。"

"我想你该早告诉我,爱兰,"休吉懊恼地说,"别让我出这么大的洋相。"

"好,首先,休吉,"特莱沃说道,"我怎么也没想到你会不顾后果地到处施舍。我能够理解你亲吻一个漂亮的模特,但是你给一个丑陋的模特一个金币——天哪,不能!而且,事实是我今天实际上对谁也心不在焉;而你进来时,我不知道,豪斯伯格是否喜欢提到他的名字。你知道,他衣着并不得体。"

"他一定会认为我是个大笨蛋!"休吉说道。

"根本不是。你走了以后,他兴趣盎然,哈哈地笑个不停,搓着满是皱纹的手。我搞不懂为什么他对了解你有那么大的兴趣,可现在我一切都明白了。他会为你的一个金币投资的,休吉,每过六个月付给你利润,饭后还会作资本报告。"

"我是个倒霉蛋。"休吉咆哮着,"我最好睡觉去,我亲爱的爱兰,你绝不要告诉任何人。否则我不敢在海德公园骑马道露面了。"

"瞎说!这是反映你慈善精神的最好证据。不要走。再吸一支烟吧,你可以尽情地谈谈劳若。"

但是,休吉没有留下来,而是走回了家,感到非常不痛快,惹得爱兰一阵阵地笑个不止。

第二天早晨,他正在吃饭,仆人给他拿来一张名片,上边写着:"古斯塔夫·诺丁先生,代表豪斯伯格男爵。""我想他是来道歉的。"休吉自言自语道。他告诉仆人把客人领进来。

一位老先生戴着金边眼镜,头发花白,走了进来,用略带口音的法语说:"我是在荣幸地和厄斯肯先生讲话吗?"

休吉鞠躬示意。

"我从豪斯伯格男爵那里来,"他继续说道,"男爵——"

"我请求你,先生,向他转达我真诚的歉意。"休吉结结巴巴地说。

"男爵,"老先生微笑了一下说,"托我给你带来了这封信。"他递过一个封着的信封。

信封外边写着"赠给休吉·厄斯肯和劳若·默顿的结婚礼物,一个老乞丐",里边是一张一万英镑的支票。

他们结婚的时候,爱兰·特莱沃做傧相,男爵在结婚早宴上做了讲演。

"百万富翁模特就够少见的了,"爱兰说道,"不过,哎呀!模范百万富翁可就更加罕见了!"

赵洪玮 译

图书在版编目(CIP)数据

快乐王子/(英)王尔德著;赵洪玮,任一鸣,潘天一译.
-北京:北京燕山出版社,2014.7(2019.3重印)
ISBN 978-7-5402-3606-9

Ⅰ.①快… Ⅱ.①王… ②赵… ③任… ④潘… Ⅲ.①童话-作品集-英国-近代
Ⅳ.①I561.88

中国版本图书馆CIP数据核字(2014)第150824号

快乐王子

[英]奥斯卡·王尔德 著
赵洪玮 任一鸣 潘天一 译
责任编辑/尚燕彬 王 然
装帧设计/小 贾 张 佳

北京燕山出版社出版发行
北京市丰台区东铁营苇子坑路138号嘉城商务中心C座 邮编100079
全国新华书店经销
三河市北燕印装有限公司印刷

开本 915×1220 1/32 印张 6 字数 164,000
2014年8月第1版 2019年3月第2次印刷

定价:18.00元

版权所有 盗版必究